한국 대표 단편선 04

해설과 함께 읽는 치숙 / 붉은 산 외

한국 대표 단편선 04
해설과 함께 읽는 치숙 / 붉은 산 외

초판 1쇄 2018년 10월 15일
2판 2쇄 2023년 07월 14일
지은이 전도현
검수 송하춘

펴낸이 윤진성
펴낸곳 서연비람
등록 2016년 6월 29일 제 2016-000147호
주소 서울시 강남구 남부순환로 2909, 201-2호
전자주소 birambooks@daum.net

ⓒ서연비람 2018, Printed in Korea.

ISBN 979-11-958474-8-8 (54810)
ISBN 979-11-958474-4-0 (전6권)

값 12,000원

해설과 함께 읽는

치숙 / 붉은 산

외

전도현 엮음

서연비람

이 책을 추천하며

이 책이 청소년들을 위해 만들어졌다는 말을 듣는 순간 내 귀가 번쩍 뜨였다.

한창 자라는 청소년들에게 좋은 소설을 읽어주겠다니 참 아름다운 인간교육이라는 생각을 해본다. 소설은 그 시대가 창출한 가장 강렬한 정신적 유산이자, 미래를 지향하는 상상적 공간일 텐데, 커가는 청소년들로 하여금 그걸 성장의 발판으로 삼게 하겠다니 반갑지 않을 수 없다. 대학에서 소설을 가르치고 연구하고 또 직접 창작을 해온 사람으로서, 문학이 인성개발에 미치는 영향을 높게 평가함은 당연하며, 한바탕 성장과 발육을 향해서만 치닫는 청소년기야말로 좋은 소설을 많이 읽을 때라는 생각을 늘 해온 사람이다.

강소천 선생의 「꿈을 찍는 사진관」을 읽으면서 자랐다. 중학생이 되어 처음 도시로 나간 시골소년 앞에 갑자기 나타난 이 동화집은 나로서는 세상에는 없던 신대륙이나 마찬가지였다. 어떻게 이토록 아름답고도 신비한 글 세상이 존재할 수 있을까. 나는 그동안 모르고 살았던 책들을 찾아 읽기를 계속하였다. 그리고 훨씬 훗날 미국에 가서 한국문학을 소개할 기회가 있었는데, 무엇을 가르칠까 고심하다가 나는 결국 나의 성장기에 읽은 「꿈을 찍는 사진관」을 갖고 가서 읽어주기로 하였다. 그때 그들은 대학생이었지만 그들이 한국을 이해하는 정도는 아직 중학생이었을 것이기 때문이다. 그렇게 한 학기 수업을 마치고 귀국했을 때 나는 내가 미국에 다녀왔다는 생각보다 그들의 세상이 태평양을 건너 우리 대한민국까지 뻗친 것을 보는 것 같아 마음 뿌듯했던 기억이 있다.

이번에 〈서연비람〉이 엮어낸 『해설과 함께 읽는 한국 대표 단편선』이 오늘의 청소년들에게도 같은 즐거움과 보람을 안겨줄 것으로 기대한다. 읽어라! 모르겠거든 알 때까지 읽어라! 이것이 내가 대학에서 가르치고 연구하고 또 소설을 쓰면서 얻은 올바른 소설독법 가운데 하나다. 여기에 친절한 해설까지 곁들였으니 서연비람의 독자들이야말로 천군에 만마를 얻은 셈이다. 모두 6권 40편의 아름다운 단편소설 모음집이 될 것이다. 새로운 작품을 발굴한다는 등의 이유를 걸어 괜히 낯설거나 정체가 불명한 책을 만들기보다는, 좀 해묵어보이더라도 우리 조부모 때부터, 부모 때부터 대를 이어 읽히고 검증을 받아온 모범적인 작품들을 선별하고자 노력한 책이다.

편편이 '작가 소개–작품 해설–작품–선생님이 들려주는 그 시절 이야기'의 순서를 밟아 읽는 이들로 하여금 쉽게 이해할 수 있도록 완벽을 기하였다. 그중에서도 특히 '선생님이 들려주는 그 시절 이야기'는 이 책이 고안한 아주 특별한 코너로서, 그동안 그 어떤 책에서도 보지 못한 선생과 학생의 실체를 여기서 만나게 될 것이다. 학습은 꼭 배워서만 안

다기보다 그것을 가르치던 선생님의 회초리와 함께 기억된다는 말이 있다. 배우고 가르치는 일에서 그만큼 교사의 역할이 중요하다는 말일 것이다. 여기 실린 단편들도 그렇게 선생님이 들려주신 그 시절 이야기와 함께 오래 기억될 것을 바라는 마음이다.

송하춘 고려대학교 명예교수

책머리에

이 책은 한국 현대 소설의 세계에 첫발을 들여놓는 청소년들을 위해 만들어졌다. 이제 청소년기에 접어드는 중학 시절은 자아와 세계에 대해 눈떠가는 때이다. 감수성이 예민하고 주변 환경의 영향을 많이 받으며, 신체적 성장과 함께 정서적·사회적 발달도 활발히 이루어진다.

이러한 시기에 접하는 소설 작품들은 다양한 삶의 간접 체험을 제공하여 인생과 세상에 대한 폭넓은 인식을 자극하고 세련된 정서를 길러 준다. 또 예비 수험생들인 학생들로서는 작품에 대한 지식과 감상 능력을 갖추기 위해서라도 반드시 읽어야 하는 대상이다.

소설의 이해와 감상에서 가장 중요한 것은 많은 작품을 직접 읽는 일이다. 그러나 학생들이 막상 현대 소설 작품을 집어 들고 독서를 시작하면 적지 않은 곤란을 느낀다. 초등학교 시절에 접하던 동화 위주의 이야기들과는 현격한 차이가 있기 때문이다.

우선 수많은 낯선 단어들이 학생들에게 당혹감으로 다가온다. 교과서 수록 소설 중에는 거의 100년 전의 작품을 비롯하여, 지금과 상당한 시간적 거리가 있는 시기에 창작된 작품들이 많다. 이들 작품의 어휘와 표현은 웬만한 교양을 갖춘 어른들에게도 쉽지 않다.

또 작품 내용들도 자상한 설명이 없으면 잘 이해되지 않는 부분이 많다. 삶과 사회에 대한 경험 자체가 많지 않은 데다 시대적 격차가 크기 때문이다. 식민지 피지배와 극도의 가난, 분단과 전쟁, 급속한 산업화와 도시화로 이어져 왔던 우리의 근현대사는 아직은 어린 학생들이 자연스럽게 받아들이기에는 무거운 내용이 아닐 수 없다.

필자는 이 같은 학생들의 어려움에 주목하여, 눈높이에 맞는 해설로써 작품 이해를 돕고자 하였다. 책의 제목을 '해설과 함께 읽는 한국 대표 단편선'으로 삼은 것도 이 때문이다. 책의 구성과 체제는 다음과 같다.

우선 첫머리에서 '작가 소개'를 통해 우리 문학사에 기록된 대표적인 작가들의 생애와 소설 세계를 소개하였다. 작가들의 삶과 창작 경향에 대한 이해가 작품 감상의 발판이 되어줄 것이다.

다음으로 줄거리와 주제, 기법적 특징 등을 정리하여 '작품 해설'란에 실었다. 특히 주제와 핵심적인 특징에 초점을 맞춰 기술하여 작품 이해를 돕고자 하였다. 이 해설은 작품 감상 전에 읽어도 좋고, 독서 후에 자신의 느낌과 견주어 보며 읽어도 좋을 듯하다.

그리고 작품의 원문 아래에는 어려운 어휘에 대한 '뜻풀이'를 각주 형식으로 제시하였다. 지금은 잘 쓰이지 않는 옛말과 난해한 한자어, 시골 사람들의 토속어와 방언 등에 대해 그 말뜻과 쓰임새를 가능한 한 쉽고 자세하게 풀이하였다. 이를 통해 학생들이 어휘력을 키우면서 원문의 의미를 정확하게 파악할 수 있을 것이다.

마지막으로 작품 말미에는 '선생님이 들려주는 그 시절 이야기'라는 코너를 통해 작품 이해의 바탕이 될 내용들을 설명하였다. 시대적·공간적 배경, 당시 사람들의 관습과 생활상, 기타 작품에 등장하는 요소들의 이해에 필요한 내용을 대화체로 기술하였다. '서연'과 '태환'이라는 가상의 학생이 질문하고, 선생님이 답하는 형식이다. 이처럼 또래 친구들이 질문하는 형식은 학생들로 하여금 친근함을 느끼면서 주체적인 문제의식을 갖고 작품을 대하게 만들 것으로 기대한다.

아무쪼록 학생들이 이러한 해설과 도움말을 통해 한국 현대 소설 읽기의 어려움과 부담을 덜고, 재미와 감동을 만끽하면서 작품 감상 능력을 키워 나가기를 바란다.

엮은이 전도현

혼란한 시대상과
기회주의적 인물에 대한 풍자

전광용 「꺼삐딴 리」 / 채만식 「치숙」

역사적 격동기에 시류를 따라 기회주의적으로 살아가는 이기적인 인물을
풍자하고 있는 작품들이다. 냉철하고 사실적인 필치의 풍자와 부정적 인물을
내세운 반어적 기법의 풍자가 깊은 인상을 남긴다.

꺼삐딴 리

전광용(1919~1988)

작가 소개

전광용은 함경남도 북청에서 출생하였다. 경성경제전문학교를 거쳐 1951년 서울대학교 국어국문학과를 졸업하였다. 이후 같은 대학원을 졸업한 후 서울대학교 교수를 지내며, 국문학 연구에도 힘을 기울여 신소설 연구 등에서 많은 업적을 남겼다.

그는 1939년 『동아일보』 신춘문예에 동화 「별나라 공주와 토끼」가 입선되며 문단에 등장하였고, 1947년 무렵에는 정한모, 정한숙 등과 함께 『시탑』, 『주막』의 동인으로 활동하였다.

하지만 그가 본격적으로 작품 활동을 펼친 것은 1955년 『조선일보』 신춘문예에 단편 「흑산도」가 당선되면서부터이다. 이후 1950년대 후반에 「동혈인간」, 「지층」, 「사수」 등의 단편을 발표하였고, 1960년대에는 「충매화」, 「곽서방」, 「꺼삐딴 리」, 「세끼미」 등의 단편과 『태백산맥』, 『나신』, 『창과 벽』 등의 장편을 잇달아 발표하였다.

그의 많은 작품은 자신의 직접 체험을 바탕으로 창작되었는데, 역사적 격동기를 배경으로 혼란스러운 세태와 다양한 인물들의 삶을 객관적이고 사실적인 필치로 그려 내는 경향을 보인다. 이 가운데 특히 일제강점기로부터 한국전쟁에 이르는 혼란한 시기에 변신을 거듭하며 기회주의적으로 살아가는 지식인의 행태를 실감 나게 묘사한 「꺼삐딴 리」가 대표작으로 꼽힌다.

그의 작품들에서는 냉철한 관찰과 심리 묘사, 탄탄한 구성이 돋보이며, 이를 통해 현실의 부조리한 실상을 고발하며 어두운 시대의 초상을 치밀하고 실감 나게 그려 냈다는 평가를 받는다.

작품 해설

　이 소설은 일제강점기와 광복, 한국전쟁으로 이어지는 격변의 시기에 이기적인 처세술과 기회주의적 변신으로 일신의 영달을 꾀하는 한 의사의 모습을 풍자적으로 그린 작품이다.

　주인공 이인국은 외과 의사이자 종합병원 원장으로서, 환자의 병세보다 경제력을 우선적으로 살피는 인물이다. 그는 일제강점기 제국대학 의학부를 우수한 성적으로 졸업하고 병원을 개업한 후, 철저하게 친일파로 살아가며 출세와 부를 추구한다.

　하지만 광복이 되고 북쪽에 소련군이 진주하자 친일파로 지목되어 투옥되고 위기에 처한다. 이때 그는 감방 안에서 주운 회화 책으로 러시아어를 익히는 한편, 감옥 안에 번진 전염병을 치료하며 탈출의 기회를 엿본다. 그러다가 소련군 장교의 얼굴에 붙은 혹을 제거하는 수술을 자원해 이에 성공하면서 감옥을 나오게 되고, 그 장교의 후원으로 아들을 소련 유학까지 보낸다.

　그러나 다음 해 한국전쟁이 터지자 그는 남쪽으로 내려와 서울에서 병원을 열고 친미파로 변신한다. 미국으로 유학 간 딸이 미국인과 결혼한다는 소식을 보내오자 본격적으로 영어 공부를 하고, 대사관 직원 브라운에게 고려청자를 선물하여 환심을 사며 미 국무성 초청 케이스로 떠날 준비를 한다.

이러한 줄거리는 의술을 돈벌이의 수단으로만 여기는 속물이자, 역사적 전환기마다 표변하며 기회주의적으로 살아가는 주인공의 모습을 잘 보여준다. 작가는 이 같은 인물의 이야기를 통해 외세에 기생하며 개인적 이익만을 좇는 타락한 삶의 방식과 인간성을 고발하고 풍자한다.

이 작품에서 구사된 풍자의 수법은 사실적이고 객관적이라는 점이 특징적이다. 작가는 부정적 인물을 직접 비판하거나 우스꽝스럽게 만들어 조롱하지 않고, 정확하고 간결한 문장으로 사실적으로 묘사한다. 또 과거 회상의 역전적 구성을 통해 시대 상황의 변화에 따라 친일, 친소, 친미로 변신하는 기회주의적 인물의 전형을 객관적인 수법으로 창조해 내고 있다.

이런 냉철하고 사실적인 필치로 인해, 독자들은 풍자 대상에 대한 비판을 넘어 그 배후에 있는 역사적 현실까지 인식하게 된다. 즉 시류에 따라 변신하며 외세에 빌붙는 주인공의 행태 이면에는 일제의 오랜 식민 지배에서 벗어나고도 또다시 외세에 휘둘리던 우리의 비극적 현대사가 가로놓여 있음을 깨닫게 되는 것이다.

이처럼 부정적 개인에 대한 날카로운 풍자와 함께, 당대 현실의 비극적 성격까지 효과적으로 환기하는 것은 이 작품의 뛰어난 점의 하나로 평가되고 있다.

꺼삐딴1 리

수술실에서 나온 이인국(李仁國) 박사는 응접실 소파에 파묻히듯이 깊숙이 기대어 앉았다.

그는 백금 무테안경을 벗어 들고 이마의 땀을 닦았다. 등골에 축축이 밴 땀이 잦아들어 감에 따라 피로가 배어 왔다. 두 시간 이십 분의 집도2. 위장 속의 균종(菌腫)3 적출. 환자는 아직 혼수상태에서 깨지 못하고 있다.

수술을 끝낸 찰나 스쳐 가는 육감 그것은 성공 여부의 적중률을 암시하는 계시 같은 것이다. 그러나 오늘은 웬일인지 뒷맛이 꺼림칙하다.

그는 항생질4 의약품이 그다지 발달하지 않았던 일제 시대부터 개복수술5에 최단 시간의 기록을 세웠던 것을 회상해 본다.

맹장염이나 포경 수술, 그 정도의 것은 약과6다. 젊은 의사들에게 맡

---

1 꺼삐딴 : 우두머리, 지도자. 영어 'captain'에 해당하는 러시아어
2 집도 : 수술이나 해부 따위를 하기 위하여 칼을 잡음.
3 균종 : 세균이 침입하여 번식함으로써 생기는 혹과 같은 종기
4 항생질 : 다른 미생물이나 세균 따위의 발육과 번식을 억제하는 성질
5 개복수술 : 배를 갈라서 열고 배 안에 있는 기관을 치료하거나 혹 따위를 제거하는 수술
6 약과 : 그 정도는 아무것도 아님.

겨 버리면 그만이다. 대수술의 경우에는 그렇게 방임7할 수만은 없다. 환자 측에서도 대개 원장의 직접 집도를 조건부8로 입원시킨다. 그는 그것을 자랑으로 삼아 왔고 스스로 집도하는 쾌감을 느꼈었다.

그의 병원 부근은 거의 한 집 건너 병원이랄 수 있을 정도로 밀집한 지대다. 이름 없는 신설 병원 같은 것은 숫제 비 장날 시골 전방9처럼 한산한 속에 찾아오는 손님을 기다리고 있는 형편이다.

그러나 이인국 박사는 일류 대학 병원에까지 손을 쓰지 못하여 밀려오는 급환자들 틈에 끼여 환자의 감별10에는 각별한 신경을 쓰고 있다.

그것은 마치 여관 보이11가 현관으로 들어서는 손님의 옷차림을 훑어 보고 그 등급에 맞는 방을 순간적으로 결정하거나 즉석에서 서슴지 않고 거절하는 경우와 흡사한 것이라고나 할까.

이인국 박사의 병원은 두 가지의 전통적인 특징을 가지고 있다.

병원 안이 먼지 하나도 없이 정결하다는 것과, 치료비가 여느 병원의 갑절12이나 비싸다는 점이다.

그는 새로운 환자의 초진(初診)13에서는 병에 앞서 우선 그 부담 능력

7 방임 : 돌보거나 간섭하지 않고 제멋대로 내버려 둠.
8 조건부 : 무슨 일에 일정한 제한이 붙거나 제한을 붙임.
9 전방 : 물건을 늘어놓고 파는 가게
10 감별 : 잘 살펴보고 알아서 구별함.
11 보이 : boy. 식당이나 호텔 등에서 손님을 접대하는 남자
12 갑절 : 어떤 수량이나 분량을 두 번 합한 것
13 초진 : 처음으로 진찰을 함.

을 감정하는14 데서부터 시작한다. 신통하지15 않다고 느껴지는 경우에는 무슨 핑계를 대든가, 그것도 자기가 직접 나서는 것이 아니라 간호원더러 따돌리게 하는 것이다.

그렇게 중환자가 아닌 한 대부분의 경우, 예진(豫診)16은 젊은 의사들이 했다. 원장은 다만 기록된 진찰 카드에 따라 환자의 증세와 아울러 경제 제도를 판정하는 최종 진단을 내리면 된다.

상대가 지기(知己)17나 거물급이 아닌 한 외상이라는 명목은 붙을 수가 없었다. 설령, 있다 해도 이 양면 진단은 한 푼의 미수(未收)18나 결손19도 없게 한, 그의 인생을 통한 의술 생활의 신조20요 비결이었다.

그러기에 그의 고객은, 왜정21 시대는 주로 일본인이었고, 현재는 권력층이 아니면 재벌의 셈속22에 드는 축이어야만 했다.

그의 일과는 아침에 진찰실에 나오자마자 손가락 끝으로 창틀이나 탁자 위를 훑어 무테안경 속 움푹한 눈으로 응시하는 일에서 출발한다.

---

14 감정하다 : 전문적인 지식이나 기술로 물건의 특성이나 가치, 참과 거짓 따위를 판정하다.
15 신통하다 : 관심을 끌 만큼 별다른 데가 있거나 마음에 들 만큼 마땅하다.
16 예진 : 환자의 병을 자세히 진찰하기 전에 미리 간단하게 증세를 살핌.
17 지기 : 자기의 가치나 속마음을 잘 알아주는 참다운 벗
18 미수 : 돈이나 물건 따위를 아직 다 거두어들이지 못함.
19 결손 : 수입보다 지출이 많아서 생기는 금전상의 손실
20 신조 : 반드시 지키겠다고 결심하여 마음속에 새긴 굳은 맹세
21 왜정 : 일본이 조선을 침략하여 강점하고 다스리던 정치
22 셈속 : 속셈의 실상

이때 손가락 끝에 먼지만 묻으면 불호령이 터지고, 간호원은 하루 종일 원장의 신경질에 부대껴야만 한다.

아무튼 그의 단골 고객들은 그의 정결한 결벽성에 감탄과 경의를 표해 마지않는다.

1·4 후퇴23 시 청진기가 든 손가방 하나를 들고 월남24한 이인국 박사다. 그는 수복25되자 재빨리 셋방 하나를 얻어 병원을 차렸다. 그러나 이제는 평당 50만 환26을 호가하는 도심지에 타일을 바른 2층 양옥27을 소유하게 되었다. 그는 자기 전문인 외과 외에 내과, 소아과, 산부인과 등 개인 병원을 집결시켰다. 운영은 각자의 호주머니 셈속이었지만, 종합 병원의 원장 자리는 의젓이 자기가 차지하고 있다.

이인국 박사는 양복 조끼 호주머니에서 십팔금28 회중시계29를 꺼내어 시간을 보았다.

2시 40분!

---

23 1·4 후퇴 : 1951년 1월 4일 한국전쟁 당시, 한국군과 유엔군이 중공군의 공세에 밀려 서울 이남 지역까지 철수한 사건. 이때 북한 지역에 살던 주민들도 한국군과 유엔군을 따라 남한 지역으로 내려오면서 수많은 난민과 이산가족이 발생하였다.

24 월남 : 삼팔선이나 휴전선의 남쪽으로 넘어감.

25 수복 : 잃었던 땅이나 권리 따위를 도로 찾음.

26 환 : 우리나라의 옛 화폐 단위. 1환은 1전(錢)의 100배이다. 1953년 2월 15일부터 1962년 6월 9일까지 통용되었다.

27 양옥 : 서양식으로 지은 집

28 십팔금 : 순금의 금분(金分)을 24로 할 때 금분 18을 가진 금

29 회중시계 : 주머니 따위에 넣고 다닐 수 있게 작게 만든 시계

미국 대사관 브라운 씨와의 약속 시간은 이십 분밖에 남지 않았다. 이 시계에도 몇 가닥의 유서30 깊은 이야기가 숨어 있다. 이인국 박사는 시계를 볼 때마다 참말 '기적'임에 틀림없었던 사태를 연상하게 된다.

왕진31 가방과 38선을 넘어온 피난 유물의 하나인 시계, 가방은 미군 의사에게서 얻은 새것으로 갈아매어 흔적도 없게 된 지금, 시계는 목숨을 걸고 삶의 도피행32을 같이한 유일품이요, 어찌 보면 인생의 반려(伴侶)33이기도 한 것이다.

밤에 잘 때에도 그는 시계를 머리맡에 풀어 놓거나 호주머니에 넣은 채로 버려두지 않는다. 반드시 풀어서 등기서류34, 저금통장 등이 들어 있는 비상용 캐비닛35 속에 넣고야 잠자리에 드는 것이었다. 거기에는 또 그럴 만한 연유가 있었다. 이 시계는 제국 대학을 졸업할 때 받은 영예로운 수상품이다. 뒤쪽에는 자기 이름이 새겨져 있다.

그 후 삼십여 년, 자기 주변의 모든 것이 변하여 갔지만 시계만은 옛 모습 그대로다. 주변뿐만 아니라 자기 자신은 얼마나 변한 것인가. 이십대 홍안36을 자랑하던 젊음은 어디로 사라진 것인지 머리카락도 반백37

---

30 유서 : 예로부터 전하여 내려오는 까닭과 내력
31 왕진 : 의사가 자기 병원 밖의 환자가 있는 곳에 가서 진찰함.
32 도피행 : 달아나거나 숨어서 피해 감.
33 반려 : 항상 가까이하거나 가지고 다니는 물건을 비유적으로 이르는 말
34 등기서류 : 부동산에 관한 권리 관계를 등기부에 기재하는 데 필요한 모든 서류
35 캐비닛 : 귀중품이나 사무용품, 서류 등을 넣어 보관하게 만들어 놓은 장
36 홍안 : 붉은 얼굴이라는 뜻으로, 젊어서 혈색이 좋은 얼굴을 이르는 말

이 넘었고 이마의 주름은 깊어만 간다. 일제시대, 소련국 점령하의 감옥 생활, 6·25 사변, 삼팔선, 미군 부대, 그동안 몇 차례의 아슬아슬한 죽음의 고비를 넘긴 것인가.

'월삼 17석38'

우여곡절 많은 세월 속에서 아직 제시간을 유지하는 것만도 신기하다. 시간을 보고는 습성처럼 째깍째깍 소리에 귀 기울이는 때의 그의 가느다란 눈매에는 흘러간 인생의 축도39가 서리는 것이었다. 그 속에서도 각모(角帽)40와 쓰메에리41 학생복을 벗어 버리고 신사복으로 갈아입던 그날의 감회42를 더욱 새롭게 해주는 충동을 금할 길 없는 것이었다.

이인국 박사는 수술 직전에 서랍에 집어넣었던 편지에 생각이 미쳤다.

미국에 가 있는 딸내미. 본래의 이름은 일본식의 나미코다. 해방 후 그것이 거슬린다기에 나미로 불렀고 새로 기류계43에 올릴 때에는 코

---

37 반백 : 흰색과 검은색이 반반 정도인 머리털
38 월삼 17석 : 17개의 보석이 박혀 있는 'Waltham'의 시계. 1950년대에 국내 재력가들 사이에서 유행했던 시계이다.
39 축도 : 대상을 일정한 비율로 줄여서 원형보다 작게 그린 그림
40 각모 : 대학에서 졸업식 같은 공식 행사에 교수, 학생들이 쓰는 윗면이 네모진 모자
41 쓰메에리 : 깃의 높이가 4센티미터쯤 되게 하여, 목을 둘러 바짝 여미게 지은 양복
42 감회 : 지난 일을 더듬어 생각하며 느끼는 회포
43 기류계 : 가족 관계 등록부가 올라와 있는 장소 이외의 일정한 곳에서 30일 이상 머물러 살며 주소 또는 주거지를 갖는 것을 관할 관청에 보고하는 일

〔子〕를 완전히 떼어 버렸다.

나미창! 딸의 모습은 단란하던 지난날의 추억과 더불어 떠올랐다.

온 집안의 재롱둥이였던 나미, 그도 이젠 성숙했다. 그마저 자기 옆에서 떠난 지금, 새로운 정에서 산다고는 하지만 이인국 박사는 가끔 물밀어 오는 허전한 감을 금할 길이 없었다.

아내는 거제도 수용소에 있을 때 죽었고, 아들의 생사는 지금껏 알 길이 없다.

서울에서 다시 만나 후처로 들어온 혜숙(蕙淑), 이십 년의 연령차에서 오는 세대의 거리감을 그는 억지로 부인해 본다. 그러나 혜숙의 피둥피둥한 탄력에 윤기가 더해 가는 살결에 비해 자기의 주름 잡힌 까칠한 피부는 육체적 위축함44마저 느끼게 하는 때가 없지 않았다.

그들 사이에서 난 돌 지난 어린것, 앞날이 아득한 이 핏덩이만이 지금의 이인국 박사의 곁을 지켜 주는 유일한 피붙이다.

이인국 박사는 기대와 호기에 가득 찬 심정으로 항공 우편의 피봉45을 뜯었다.

전번46 편지에서 가타부타47 단안48은 내리지 않고 잘 생각해서 결정

---

44 위축하다 : 어떤 힘에 눌려서 졸아들고 기를 펴지 못하다.
45 피봉 : 봉투의 겉 부분
46 전번 : 지난번. 요전의 그때
47 가타부타 : 옳다느니 그르다느니
48 단안 : 어떤 일에 대한 생각을 분명히 결정함.

하라고 한 그 후의 경과다.

'결국은 그렇게 되고야 마는 건가…….'

그는 편지를 탁자 위에 밀어 놓았다. 어쩌면 이러한 결말은 딸의 출국 이전부터 이미 싹튼 것인지도 모른다는 생각이 들었다.

대학에서 영문과를 택한 딸, 개인 지도를 하여 준 외인49 교수, 스칼라십50을 얻어 준 것도 그고, 유학 절차의 재정 보증인을 알선해51 준 것도 그가 아닌가. 우연한 일은 아니다.

그러한 시류52에 따라 미국 유학을 해야만 한다고 주장한 것은 오히려 아버지 자기가 아닌가.

동양학을 연구하고 있는 외인 교수. 이왕이면 한국 여성과 결혼했으면 좋겠다던 솔직한 고백에, 자기의 학문을 위한 탁월한 견해라고 무심코 찬의53를 표한 것도 자기가 아니던가. 그것도 지금 생각하면 하나의 암시였음이 분명하지 않은가.

이인국 박사는 상아54로 된 오존 파이프를 앞니에 힘을 주어 지그시 깨물며 눈을 감았다.

---

49 외인 : 다른 나라 사람
50 스칼라십 : scholarship. 장학금
51 알선하다 : 잘되도록 도와주거나 소개해 주다.
52 시류 : 한 시대의 흐름이나 유행
53 찬의 : 찬성의 뜻
54 상아 : 코끼리의 엄니. 위턱에 나서 입 밖으로 뿔처럼 길게 뻗어 있다. 악기, 도장, 물부리 따위의 공예품을 만드는 데 쓴다.

꼭 풀 쑤어 개 좋은 일을 한 것만 같은 몸서리가 느껴졌다.

'더러운 년 같으니, 기어코…….'

그는 큰기침을 내뱉었다.

그의 생각은 왜정 시대 내선일체(內鮮一體)55의 혼인론이 떠돌던 이야기에 꼬리를 물었다. 그때는 그것을 비방하거나 굴욕처럼 느끼지는 않았다. 오히려 당연한 것으로 해석했고 어찌 보면 우월한 것으로 생각하지 않았던가. 그런데 이 경우는…….

그는 딸의 편지 구절을 곱씹었다.

'애정에 국경이 있어요?'

이것은 벌써 진부하다. 아비도 학창 시절에 그런 풍조는 다 마스터했다. 건방지게, 이게 새삼스레 아비에게 설교조로…… 좀 더 솔직하지 못하고…….

그러니 외딸인 제가 그런 국제결혼의 시금석56이 되겠단 말인가.

'아무튼 아버지께서 쉬 한 번 오신다니 최종 결정은 아버지의 의향57에 따라 결정할 예정입니다만…….'

그래 아버지가 안 가면 그대로 정하겠단 말인가.

---

55 내선일체 : 일본과 조선은 한 몸이라는 뜻으로, 일제강점기 때 일본이 조선인의 정신을 말살하고 조선을 착취하기 위하여 만들어 낸 구호

56 시금석 : 어떤 사물의 가치나 어떤 사람의 역량을 판단하는 기준이 될 만한 것을 비유적으로 이르는 말

57 의향 : 무엇을 하고자 하는 뜻

이인국 박사는 일대잡종(一代雜種)58의 유전 법칙이 떠오르자 머리를 내저었다. '흰둥이 손자' 생각만 해도 징그럽다.

그는 내던졌던 사진을 다시 집어 들었다.

대학 캠퍼스 같은 석조전59의 거대한 건물, 그 앞의 정원 뒤쪽에 짝을 지어 걸어가는 남녀 학생, 이 배경 속에 딸과 그 외인 교수가 나란히 어깨를 짚고 서서 웃음을 짓고 있다.

'흥, 놀기는 잘들 논다…….'

응, 신음 소리를 치며 그는 자리에서 일어섰다. 아무튼 미스터 브라운을 만나 이왕 가는 길이면 좀 더 서둘러야겠다. 그 가장 대우가 좋다는 국무성60 초청 케이스의 확정 여부를 빨리 확인해야겠다는 생각이 조바심을 쳤다.

그는 아내 혜숙이 있는 살림방 쪽으로 건너갔다.

"여보, 나미가 기어코 결혼하겠다는구려."

"그래요…….."

아내의 어조에는 별다른 감동이나 의아함도 없음을 이인국 박사는 직감했다.

그는 가능한 한 혜숙이 앞에서 전실61 소생62의 애들 이야기를 하는

---

58 일대잡종 : 유전 형질이 서로 다른 부모 사이에서 생긴 일 대째의 자손
59 석조전 : 돌로 지은 궁전이나 시설
60 국무성 : 외교 정책을 담당하는 미국의 연방 행정 기관
61 전실 : 남의 전처를 높여 이르는 말
62 소생 : 자기가 낳은 아들이나 딸

것을 삼가 왔다.

어떻게 보면 나미의 미국 유학을 간접적으로 자극한 것은 가정 분위기의 소치63라는 자격지심64이 없지 않기도 했다.

나미는 물론 혜숙을 단 한 번도 어머니라고 불러 준 일이 없었다.

혜숙이 또한 나미 앞에서 어머니라고 버젓이 행세한 일도 없었다.

지난날의 간호원이고 오늘의 어머니, 그 사이에는 따져서 표현할 수 없는 미묘한 감정들이 복제되어 있었다.

"선생님의 일이라면 무엇이든지 돕겠어요."

서울에서 이인국 박사를 다시 만났을 때 마음속 그대로 털어 놓은 혜숙의 첫마디였다.

처음에는 혜숙이도 부인의 별세65를 몰랐고, 이인국 박사도 혜숙의 혼인 여부를 참견하지 않았다.

혜숙은 곧 대학 병원을 그만두고 이리로 옮겨 왔다.

나미는 옛정이 다시 살아 혜숙을 언니처럼 따랐다.

이들의 혼인이 익어 갈 때 이인국 박사는 목에 걸리는 딸의 의향을 우선 듣기로 했다.

딸도 아버지의 외로움을 동정하고 있었다. 자기 자신 아버지의 시중이

---

63 소치 : 어떤 까닭으로 생긴 일
64 자격지심 : 자기가 한 일에 대하여 스스로 미흡하게 여기는 마음
65 별세 : 윗사람이 세상을 떠남.

힘에 겨웠고, 또 그사이 실지66의 아버지 뒤치다꺼리를 혜숙이 해왔으므로 딸은 즉석에서 진심으로 찬의를 표했다.

그러나 시간이 흐를수록 혜숙과 나미의 간격은 벌어졌고, 혜숙은 남편과의 정상적인 가정생활에서 나미가 장애물이 되는 것 같은 느낌을 차츰 가지게 되었다.

혜숙 자신도 처음에는 마음 놓고 이인국 박사를 남편이랍시고 일대일로 부르진 못했다.

나미의 출발, 그 후 어린애의 해산67, 이러한 몇 고개를 넘는 사이에 이제 겨우 아내답게 늠름히 남편을 대할 수 있고, 이인국 박사 또한 제대로의 남편의 체모68로 아내에게 농을 걸 수 있게끔 되었다.

"기어코 그 외인 교수와 가까워지는 모양인데."

이인국 박사는 아내의 얼굴을 직시하지는 못하고 마치 독백하듯이 뇌까렸다69.

"할 수 있어요. 제 좋다는 대로 해야지요."

마치 남의 이야기를 하는 것처럼 이인국 박사에게는 들려왔다.

"글쎄, 하기는 그렇지만……."

그는 입맛만 다시며 더 이상 계속하지 못했다.

---

66 실지 : 실제의 처지나 경우
67 해산 : 아이를 낳음.
68 체모 : 남을 대하기에 번듯하고 떳떳한 입장이나 면모
69 뇌까리다 : 되풀이하여 중얼거리다.

잠이 깨어 울고 있는 어린것에게 젖을 물리고 있는 아내의 젊은 육체에서 자극을 느끼면서 이인국 박사는 자기 자신이 죄를 지은 것만 같은 나미에 대한 강박 관념70을 금할 길이 없었다.

저 어린것이 자라서 아들 원식(元植)이나 또 나미 정도의 말 상대가 될래도 아직 이십여 년의 세월이 흘러야 한다.

그때 자기는 칠십이 넘는 할아버지다.

현대 의학이 인간의 평균 수명을 연장하고, 암 같은 고질71이 아닌 한 불의의 죽음은 없다 하지만, 자기 자신이 의사이면서 스스로의 생명 하나를 보장할 수 없다.

'마누라는 눈앞에서 나는 새 놓치듯이 죽이지 않았던가.'

아무리 해도 조놈이 대학을 나올 때까지는 살아야 한다. 아무렴, 때가 때인 만큼 미국 유학까지는 내 생전에 시켜 주어야지.

하기야 그런 의미에서도 일찌감치 미국 혼반72을 맺어 두는 것도 그리 해로울 건 없지 않나. 아무렴 우리보다는 낫게 사는 사람들인데. 남좀 보기 체면이 안 서서 그렇지.

그는 자위인지 체념인지 모를 푸념을 곱씹었다.

"여보, 저걸 좀 꾸려요."

---

70 강박 관념 : 마음속에서 떨쳐 버리려 해도 떠나지 아니하는 억눌린 생각
71 고질 : 오랫동안 낫지 않아 고치기 어려운 병
72 혼반 : 서로 혼인을 맺을 만한 양반의 지체

이인국 박사의 말씨는 점잖게 가라앉았다.

"뭐 말이에요?"

아내는 젖꼭지를 물린 채 고개만을 돌려 되묻는다.

"저 병 말이오."

그는 화장대 위에 놓인 골동품을 가리켰다.

"어디 가져가셔요?"

"저 미 대사관 브라운 씨 말이야. 늘 신세만 졌는데……."

아내가 꼼꼼히 싸놓은 포장물을 들고 이인국 박사는 천천히 현관을 나섰다. 벌써 석간신문이 배달되었다.

아무리 생각해도 그것은 분명 기적임에 틀림없는 일이었다. 간헐적[73]으로 반복되어 공포와 감격을 함께 휘몰아치는 착잡한 추억. 늘 어제 일처럼 생생하기만 하다.

1945년 8월 하순.

아직 해방의 감격이 온 누리[74]를 뒤덮어 소용돌이칠 때였다.

말복(末伏)도 지난 날씨언만 여전히 무더웠다. 이인국 박사는 이 며칠 동안 불안과 초조에 휘둘려 잠도 제대로 자지 못했다. 무엇인가 닥쳐올 사태를 오들오들 떨면서 대기하는 상태였다.

---

73 간헐적 : 어떤 일이 어느 정도의 시간 간격을 두고 되풀이하여 일어나는 것
74 누리 : '세상'을 예스럽게 이르는 말

그렇게 붐비던 환자도 얼씬하지 않고 쉴 사이 없던 전화도 뜸하여졌다. 입원실은 최후의 복막염75 환자였던 도청의 일본인 과장이 끌려간 후 텅 비었다.

조수와 약제사76는 궁금증이 나서 고향에 다녀오겠다고 떠나갔고, 서울 태생인 간호원 혜숙만이 남아 빈집 같은 병원을 지키고 있었다.

이 층 십 조 다다미방에 혼도시77와 유카다78 바람에 뒹굴고 있던 이인국 박사는 견디다 못해 부채를 내던지고 일어났다.

그는 목욕탕으로 갔다. 찬물을 퍼서 대야째로 머리에서부터 몇 번이고 내리부었다. 등줄기가 시리고 몸이 가벼워졌다.

그러나 수건으로 몸을 닦으면서도 무엇인가 짓눌려 있는 것 같은 가슴 속의 갑갑증79을 가셔 낼 수는 없었다.

그는 창문으로 기웃이 한길가80를 내려다보았다. 우글거리는 군중들은 아직도 소음 속으로 밀려가고 있다.

굳게 닫혀 있는 은행 철문에 붙은 벽보가 한길을 건너 하얀 윤곽만이 두드러져 보인다.

---

75 복막염 : 내장기관을 싸고 있는 얇은 막인 복막에 급성 또는 만성으로 생기는 염증
76 약제사 : '약사'의 이전 말
77 혼도시 : 훈도시. 일본의 성인 남성이 입는 전통 속옷으로, 면 재질로 되어 있다.
78 유카다 : 유카타. 집 안에서 또는 여름철 산책할 때에 주로 입는 일본의 전통 의상
79 갑갑증 : 지루하고 속이 답답한 증세
80 한길가 : 사람이나 차가 많이 다니는 넓은 길의 양쪽 가장자리

아니 그곳에 씌어 있는 구절.

'친일파, 민족 반역자를 타도하자[81].'

옆에 붙은 동그라미를 두 겹으로 친 글자가 그대로 눈앞에 선명하게 보이는 것만 같다.

어제 저물녘에 그것을 처음 보았을 때의 전율이 되살아왔다.

순간 이인국 박사는 방 쪽으로 머리를 획 돌렸다.

'나야 괜찮겠지…….'

혼자 뇌까리면서 그는 다시 부채를 들었다. 그러나 벽보를 들여다보고 있을 때 자기와 눈이 마주치는 순간, 일그러지는 얼굴에 경멸인지 통쾌인지 모를 웃음을 비죽이 흘리면서 아래위로 훑어보던 그 춘석이 녀석의 모습이 자꾸만 머릿속으로 엄습하여 어두운 밤에 거미줄을 뒤집어쓴 것처럼 께름텁텁하기만[82] 했다.

그깟 놈, 하고 머리에서 씻어 버리려 해도 거머리처럼 자꾸만 감아 붙는 것만 같았다.

벌써 육 개월 전의 일이다.

형무소에서 병보석[83]으로 가출옥되었다는 중환자가 업혀서 왔다.

---

81 타도하다 : 어떤 대상이나 세력을 쳐서 거꾸러뜨리다.
82 께름텁텁하다 : 무언가 석연치 않아 언짢고 개운치 않다.
83 병보석 : 구류 중인 미결수가 병이 날 경우 그를 석방하도록 하는 일. '미결수'란 법적 판결이 나지 않은 상태로 구금되어 있는 피의자 또는 형사 피고인을 말한다.

횅뎅그렁한84 눈에 앙상하게 뼈만 남은 몸을 제대로 가누지도 못하는 환자. 그는 간호원의 부축으로 겨우 진찰을 받았다.

청진기의 상아 꼭지를 환자의 가슴에서 등으로 옮겨 두 줄기의 고무줄에서 감득되는85 숨소리를 감별하면서도, 이인국 박사의 머릿속은 최후 판정의 분기점86을 방황하고 있었다.

입원시킬 것인가, 거절할 것인가…….

환자의 몰골이나 업고 온 사람의 옷매무새로 보아 경제 정도는 뻔한 일이라 생각되었다.

그러나 그것보다도 더 마음에 켕기는 것이 있었다. 일본인 간부급들이 자기 집처럼 들락날락하는 이 병원에 이런 사상범87을 입원시킨다는 것은 관선88 시의원이라는 체면에서도 떳떳치 못할뿐더러, 자타가 공인하는 모범적인 황국신민(皇國新民)89의 공든 탑이 하루아침에 무너지는 결과를 가져오는 것이라는 생각이 들었다.

순간 그는 이런 경우의 가부90 결정에 일도양단91하는 자기 식으로

---

84 횅뎅그렁하다 : 물건이 거의 놓여 있지 않아 텅 빈 것같이 매우 허전하다.
85 감득되다 : 느끼어 깨달아 알게 되다.
86 분기점 : 길 따위가 여러 갈래로 갈라지기 시작하는 곳
87 사상범 : 기존의 사회 체제에 반대하여 혁명적이거나 진보적 믿음을 가지고 그 체제의 변화를 꾀하려다 붙잡힌 사람
88 관선 : 어떤 직책의 사람을 국가 기관에서 뽑음.
89 황국신민 : 일제강점기에, 천황이 다스리는 나라의 신하된 백성이라 하여 일본이 자국민을 이르던 말

찰나적인 단안을 내렸다.

그는 응급 치료만 하여 주고 입원실이 없다는 가장 떳떳하고도 정당한 구실로 애걸하는 환자를 돌려보냈다.

환자의 집이 병원에서 멀지 않은 건너편 골목 안에 있다는 것은 후에 간호원에게서 들었다. 그러나 그쯤은 예사로운 일이었기에 그는 그대로 아무렇지도 않게 흘려버렸다.

그런데 며칠 전 시민대회 끝에 있는 해방 경축 시가행진92을 자기도 흥분에 차 구경하느라고 혜숙이와 함께 대문 앞에 나갔다가, 자위대93 완장94을 두르고 대열에 낀 젊은이와 눈이 마주쳤다.

이쪽을 노려보는 청년의 눈에서 불똥이 튀는 것 같은 살기를 느꼈다.

무슨 영문인지 모르고 어리벙벙하던 이인국 박사는, 그것이 언젠가 입원을 거절당한 사상범 환자 춘석이라는 것을 혜숙에게서 듣고야 슬금슬금 주위의 눈치를 살피며 집으로 기어 들어왔다.

그 후 그는 될 수 있는 대로 거리로 나가는 것을 피하였지마는 공교롭게도95 어제저녁에 그 벽보 앞에서 마주쳤었다.

---

90 가부 : 찬성과 반대의 여부
91 일도양단 : 칼로 무엇을 대번에 쳐서 두 도막을 낸다는 뜻으로, 어떤 일을 머뭇거리지 않고 선뜻 결정함을 비유적으로 이르는 말
92 시가행진 : 도시의 큰 거리를 통하여 행진하는 일
93 자위대 : 스스로를 지키기 위해 조직한 단체
94 완장 : 자격이나 지위 등을 나타내기 위하여 천이나 비닐로 만들어 팔에 두르는 띠
95 공교롭다 : 우연히 일어나 매우 기이하다.

갑자기 밖이 왁자지껄 떠들어 대었다. 머리에 깍지를 끼고 비스듬히 누워서 갈피를 잡을 수 없는 생각에 골몰하던 이인국 박사는 일어나 앉아 한길 쪽에 귀를 기울였다. 들끓는 소리는 더 커갔다. 궁금증에 견디다 못해 그는 엉거주춤 꾸부린 자세로 밖을 내다보았다. 포도96에 뒤끓는 사람들은 손에 손에 태극기와 적기(赤旗)97를 들고 환성을 울리고 있었다.

'무엇일까?'

그는 고개를 갸웃하며 다시 자리에 주저앉았다.

계단을 구르며 급히 올라오는 발자국 소리가 들려왔다. 혜숙이다.

"아마 소련군이 들어오나 봐요. 모두들 야단법석이에요……."

숨을 헐떡이며 이야기하는 혜숙이의 말에 이인국 박사는 아무 대꾸도 없이 눈만 껌벅이며 도로 앉았다. 여러 날에 라디오에서 오늘 입성98 예정이라고 했으니 인제 정말 오는가 보다 싶었다.

혜숙이 내려간 뒤에도 이인국 박사는 한참 동안 아무 거동도 못 하고 바깥쪽을 내다보고만 있었다.

무엇을 생각했던지 그는 움찔 자리에서 일어났다. 그러고는 벽장문을 열었다. 안쪽에 손을 뻗쳐 액자들을 끄집어내었다.

---

96 포도 : 포장도로, 돌, 시멘트, 아스팔트 따위를 깔아 단단하게 다져 꾸민 도로
97 적기 : 공산주의를 상징하는 기
98 입성 : 성안으로 들어감.

'국어(國語) 상용(常用)99의 가(家)'

해방되던 날 떼어서 집어넣어 둔 것을 그동안 깜박 잊고 있었다.

그는 액자의 뒤를 열어 음식점 면허장100 같은 두터운 모조지101를 빼내어 글자 한 자도 제대로 남지 않게 손끝에 힘을 주어 꼼꼼히 찢었다.

이 종잇장 하나만 해도 일본인과의 교제에 있어서 얼마나 떳떳한 구실을 할 수 있었던 것인가. 야릇한 미련 같은 것이 섬광처럼 머릿속을 스쳐 갔다.

환자도 일본말 모르는 축은 거의 오는 일이 없었지만 대외 관계는 물론 집안에서도 일체 일본말만을 써왔다. 해방 뒤 부득이 써 오는 제 나라 말이 오히려 의사 표현에 어색함을 느낄 만큼 그에게는 거리가 먼 것이었다.

마누라의 솔선수범하는 내조지공102도 컸지만 애들까지도 곧잘 지켜 주었기에 이 종잇장을 탄 것이 아니던가. 그것을 탄 날은 온 집안이 무슨 경사나 난 것처럼 기뻐들 했다.

"잠꼬대까지 국어로 할 정도가 아니면 이 영예로운 기회야 얻을 수 있

---

99 상용 : 일상적으로 늘 씀.
100 면허장 : 국가 기관에서 어떤 영업을 할 수 있도록 허가한 내용이나 사실을 적어서 내주는 문서
101 모조지 : 강하고 질기며 윤택이 나는 서양식 종이의 하나
102 내조지공 : 아내가 남편을 도우는 노력과 수고

겠소." 하던 국민 총력 연맹 지부장의 웃음 띤 치하 소리가 떠올랐다.

그 순간, 자기 자신은 아이들을 소학교로부터 일본 학교에 보낸 것을 얼마나 다행으로 여겼던 것인가.

그는 후 한숨을 내뿜었다. 그러고는 지금 통장의 잔액을 깡그리 내주던 은행 지점장의 호의에 새삼 고마움을 느끼는 것이었다.

그것마저 없었더라면…… 등골에 오싹하는 한기가 느껴 왔다.

무슨 정치가 오든 그것만 있으면 시내 사람의 절반 이상이 굶어 죽기 전에야 우리 집 차례는 아니겠지. 그는 손금고103가 들어 있는 안방 단스104를 생각하면서 혼자 중얼거렸다.

이인국 박사는 무슨 일이 일어나도 꼭 자기만은 살아남을 것 같은 막연한 기대를 곱씹고 있다.

주위가 어두워 왔다.

지축이 흔들리는 것 같은 동요와 소름이 가까워졌다. 군중들의 환호성이 터져 나왔다. 만세 소리가 연방 계속되었다.

세상 형편을 알아보려고 거리에 나갔던 아내가 돌아왔다.

"여보, 당꾸105 부대가 들어왔어요. 거리는 온통 사람들 사태가 났는데 집 안에 처박혀 뭘 하구 있어요……."

---

103 손금고 : 휴대할 수 있게 만든 작은 금고
104 단스 : 장롱, 옷장을 가리키는 일본어
105 당꾸 : '탱크(tank)'의 일본식 발음

어둠 속에서 아내의 음성은 격했으나 감격인지 당황인지 알 길이 없었다.

'계집이란 저렇게 우둔하구두 대담한 것일까…….'

이인국 박사는 엷은 어둠 속에서 마누라 쪽을 주시하면서 입맛을 다셨다.

"불두 엽때 안 켜구."

마누라가 전등 스위치를 틀었다. 이인국 박사는 백 촉 전등이 너무 환한 것이 못마땅했다.

"불은 왜 켜는 거요?"

"그럼 켜지 않구 캄캄한데…… 자, 어서 나가 봅시다."

마누라가 이끄는 데 따라 이인국 박사는 마지못하면서 시침을 떼고 따라나섰다.

헤드라이트의 눈부신 광선. 탱크 부대의 진주106는 끝을 알 수 없이 계속되고 있다.

이인국 박사는 부신 불빛을 피하면서 가로수에 기대어 섰다. 박수와 환호성, 만세 소리가 그칠 줄 모르는 양안(兩岸)107을 끼고 탱크는 물밀 듯 서서히 흘러간다. 위 뚜껑을 열고 반신을 내민 중대가리108의 병정은

---

106 진주 : 군대가 진군하여 주둔함.
107 양안 : 강이나 하천 따위의 양쪽 기슭
108 중대가리 : 중처럼 빡빡 깎은 머리

간간이 '우라아'109 하면서 손을 내흔들고 있다.

이인국 박사는 자기와는 아무 관련도 없는 이방 부대라는 환각을 느끼면서 박수도 환성도 안 나가는 멋쩍은 속에서 멍하니 쳐다보고만 있다. 그는 자기의 거동을 주시하지나 않나 해서 주위를 두리번거렸다.

그러나 아무도 그에게는 관심을 두는 일 없이 탱크를 향하여 목청이 터지도록 거듭 만세만 부르고 있지 않은가.

'어떻게 되겠지…….'

그는 밑도 끝도 없는 한마디를 뇌이면서110 유유히 집으로 들어왔다.

민요 뒤에 계속되던 행진곡이 그치고 주둔군111 사령관의 포고문112이 방송되고 있다.

이인국 박사는 라디오 앞에 다가앉아 귀를 기울였다.

시민의 생명 재산은 절대 보장한다. 각자는 안심하고 자기의 직장을 수호하라. 총기, 일본도 등 일체의 무기 소지는 금하니 즉시 반납하라는 등의 요지였다.

그는 문득 단스 속에 넣어 둔 엽총에 생각이 미치었다. 그러면 저거도 바쳐야 하는 것일까. 영국제 쌍발, 손때 묻은 애완물같이 느껴져 누구에게 단 한 번 빌려 주지 않았던 최신형 특제품이었다.

---

109 우라아 : '만세'의 러시아어
110 뇌다 : 조그만 소리로 거듭해서 말하다.
111 주둔군 : 임무 수행을 위해 한 지역에 일시적으로 머물러 있는 군대
112 포고문 : 공식적인 명령이나 지시 따위를 일반에게 널리 알리는 글이나 문서

이인국 박사는 다이얼을 돌렸다. 대체 서울에서는 어떻게들 하고 있는 것일까.

거기도 마찬가지다. 민요가 아니면 행진곡이 나오고 그러다가는 건국 준비 위원회의 누구인가의 연설이 계속된다.

대체 앞으로 어떻게 될 것인가 궁금증을 해결할 방법이 없다.

해방 직후 이삼 일 동안은 자기도 태연하였지만 뻔질나게 드나들던 몇몇 친구들도 소련군 입성이 보도된 이후부터는 거의 나타나질 않는다. 그렇다고 자기 자신이 뛰어다니며 물을 경황은 더욱 없다.

밤이 이슥해서야 중학교와 국민학교를 다니는 아들, 딸이 굉장한 구경이나 한 것처럼 탱크와 로스케113의 이야기를 늘어놓으며 돌아왔다.

그들은 아버지의 심중은 아랑곳없다는 듯이 어머니, 혜숙이와 함께 저희들 이야기에만 꽃을 피우고 있었다.

앞일은 대체 어떻게 전개될 것인지 뛰어넘을 수가 없는 큰 바다가 가로놓인 것만 같았다. 풀어 낼 수 있는 실마리가 전연 다듬어지지 않는 뒤헝클어진 상념114 속에서 그래도 이인국 박사는 꺼지려는 짚불115을 불어 일으키는 심정으로 막연한 한 가닥의 기대만을 끝내 포기하지 않은 채 천장을 멍청히 쳐다보고만 있었다.

---

113 로스케 : 러시아 사람을 얕잡아 이르는 말
114 상념 : 마음속에 떠오르는 여러 가지 생각
115 짚불 : 짚을 태운 불

지난 일에 대한 뉘우침이나 가책 같은 건 아예 있을 수 없었다.

자동차 속에서 이인국 박사는 들고 나온 석간을 펼쳤다.

일면의 제목을 대강 훑고 난 그는 신문을 뒤집어 꺾어 삼면으로 눈을 옮겼다.

'북한 소련 유학생 서독으로 탈출'

바둑돌 같은 굵은 활자의 제목. 왼편 전단116을 차지한 외신 기사. 손바닥만 한 사진까지 곁들여 있다.

그는 코허리117에 내려온 안경을 올리면서 눈을 부릅떴다.

그의 시각은 활자 속을 헤치고 머릿속에는 아들의 환상이 뒤엉켜 들이차 왔다. 아들을 모스크바로 유학시킨 것은 자기의 억지에서였던 것만 같았다.

출신 계급, 성분, 어디 하나나 부합될 조건이 있었단 말인가. 고급 중학을 졸업하고 의과 대학에 입학된 바로 그해다.

이인국 박사는 그때나 지금이나 자기의 처세 방법에 대하여 절대적인 자신을 가지고 있다.

"얘, 너 그 노어118 공부를 열심히 해라."

---

116 전단 : 책이나 신문 등의 지면을 구분하는 단의 전체
117 코허리 : 두 눈 사이, 콧등의 잘록한 부분
118 노어 : 러시아어

"왜요?"

아들은 갑자기 튀어나오는 아버지의 말에 의아를 느끼면서 반문했다.

"야 원식아, 별수 없다. 왜정 때는 그래도 일본말이 출세를 하게 했고 이제는 노어가 또 판을 치지 않니. 고기가 물을 떠나서 살 수 없는 바에야 그 물속에서 살 방도를 궁리해야지. 아무튼 그 노서아[119] 말 꾸준히 해라."

아들은 아버지 말에 새삼스러이 자극을 받는 것 같진 않았다.

"내 나이로도 인제 이만큼 뜨내기 회화쯤은 할 수 있는데, 새파란 너희 낫세[120]로야 그걸 못 하겠니?"

"염려 마세요, 아버지……."

아들의 대답이 그에게는 믿음직스럽게 여겨졌다.

이인국 박사는 심각한 표정으로 말을 이었다.

"어디 코 큰 놈이라구 별것이겠니. 말 잘해서 진정이 통하기만 하면 그것들두 다 그렇지……."

이인국 박사는 끝내 스텐코프 소좌[121]의 배경으로 요직에 있는 당 간부의 추천을 받아 아들의 소련 유학을 결정짓고야 말았다.

"여보, 보통으로 삽시다. 거저 표 나지 않게 사는 것이 이런 세상에선

---

119 노서아 : '러시아'의 음역어
120 낫세 : 나쎄. 그런 정도의 나이 또는 얼마쯤 먹은 나이를 속되게 이르는 말
121 소좌 : 북한군과 소련군 계급의 하나. 우리나라의 소령(少領) 계급에 해당한다.

가장 편안할 것 같아요. 이제 겨우 죽을 고비를 면했는데 또 재까지 그 '높이 드는' 복판에 휘몰아 넣으면 어쩔라구⋯⋯."

"가만있어요, 호랑이두 굴에 가야 잡는 법이오. 무슨 세상이 되든 하는 대로 해봅시다."

"그래도 저 어린것을 어떻게 노서아까지 보낸단 말이오."

"아니, 중학교 애들도 가지 못해 골들을 싸매는데, 대학생이 못 가 견딜라구."

"그래도 어디 앞일을 알겠소⋯⋯."

"괜한 소리, 쟤가 소련 바람을 쏘이구 와야 내게 허튼소리 하는 놈들도 찍소리를 못 할 거요. 어디 보란 듯이 다시 한번 살아 봅시다."

아들의 출발을 앞두고, 걱정하는 마누라를 우격다짐[122]으로 무마시키며 그는 아들의 유학을 관철하였다.

'흥, 혁명 유가족두 가기 힘든 구멍을 이인국의 아들이 뚫었으니 어디 두구 보자⋯⋯.'

그는 만장[123]의 기염[124]을 토하며 혼자 중얼거리고는 희망에 찬 미소를 풍겼다.

그다음 해에 사변[125]이 터졌다.

---

122 우격다짐 : 억지로 우겨 내몰거나 강요함.
123 만장 : 높이가 만 길이나 된다는 뜻으로, 아주 높거나 대단함을 이르는 말
124 기염 : 타오르는 불꽃이라는 뜻으로, 기세 따위가 높고 열렬한 것을 비유적으로 이르는 말. '만장기염'은 '아주 굉장한 기세'를 나타내는 말이다.

잘 있노라는 서신이 계속하여 왔지만 동란126 후 후퇴할 때까지 소식은 두절된 대로였다.

마누라의 죽음은 외아들을 사지로 보낸 것 같은 수심에도 그 원인이 있었다고 그는 생각하고 있다.

이인국 박사는 신문 다치키리127 속에 채워진 글자를 하나도 빼지 않고 다 훑어 내려갔다.

그러나 아들의 이름에 연관되는 사연은 한마디도 없었다.

'이 자식은 무얼 꾸물꾸물하느라고 이런 축에도 끼지 못한담…… 사태를 판별하고 임기응변의 선수를 쓸 줄 알아야지, 멍추같이…….'

그는 신문을 포개어 되는 대로 말아 쥐었다.

'개천에서 용마128가 난다는데 이건 제 애비만도 못한 자식이야.'

그는 혀를 찍찍 갈겼다.

'어쩌면 가족이 월남한 것조차 모르고 주저하고 있는 것이나 아닐까. 아니 이제는 그쪽에도 소식이 가서 제게도 무언중의 압력이 퍼져 갈 터인데…… 역시 고지식한 놈이 아무래도 모자라…….'

---

125 사변 : 선전 포고도 없이 국가 간에 이루어지는 무력 충돌

126 동란 : 폭동, 반란, 전쟁 따위가 일어나 세상이 몹시 어지러워짐. 여기서는 '육이오 동란', 곧 한국전쟁을 가리킨다.

127 다치키리 : 내리닫이. 원래는 두 짝을 위아래로 오르내려서 여닫게 된 창을 뜻하는데, 신문 지면과 관련해서는 세로로 길쭉한 모양의 기사나 광고란을 일컫는다.

128 용마 : 용같이 생겼다는 상상의 말

그는 자동차에서 내리자 건 가래침을 내뱉었다.

'독또오루[129] 리, 내가 책임지고 보장하겠소. 아들을 우리 조국 소련에 유학시키시오.'

스텐코프의 목소리가 고막에 와 부딪는 것만 같았다.

자위대가 치안대로 바뀐 다음 날이다. 이인국 박사는 치안대에 연행되었다.

시멘트 바닥에 무릎을 꿇고 앉은 그는 입술이 파랗게 질려 있었다. 하반신이 저려 오고 옆구리가 쑤신다. 이것만으로도 자기의 생애를 통한 가장 큰 고역이라고 그는 생각하고 있다. 그러나 그것보다는 앞으로 닥쳐올 예기할 수 없는 사태가 공포 속에 그를 휘몰았다.

지나가고 지나오는 구둣발 소리와 목덜미에 퍼부어지는 욕설을 들으면서 꺾이듯이 축 늘어진 그의 머리는 들릴 줄을 몰랐다.

시간만이 흘러가고 있었다.

그의 머릿속에는 짓눌렸던 생각들이 하나씩 꼬리를 치켜들기 시작했다.

'이럴 줄 알았더라면 어디든지 가 숨거나, 진작으로 남으로라도 도피했을 걸…… 그러나 이 판국에 나를 감싸 줄 사람이 어디 있담. 의지할 곳은 다 나와 같은 코스를 밟았거나 조만간에 밟을 사람들이 아닌가. 일본인! 가장 믿었던 성벽이 다 무너지고 난 지금 누구를……'

'그래도 어떻게 되겠지…….'

---

129 독또오루 : 의사. 영어 'doctor'에 해당하는 러시아어

이 막연한 기대는 절박한 이 순간에도 그에게서 완전히 떠나 버리지는 않았다.

'다행이다. 인민재판의 첫코에 걸리지 않은 것만 해도……. 끌려간 사람들의 행방은 전혀 알 길이 없다. 즉결 처형을 당했다는 소문도 떠돈다. 사흘의 여유만 더 있었더라면 나는 이미 이곳을 떴을지도 모른다. 다 운명이다. 아니 그래도 무슨 수가 있겠지…….'

"쪽발이 끄나풀, 야 이 새끼야."

고함 소리에 놀라 이인국 박사는 흠칫 머리를 들었다.

때도 묻지 않은 일본 병사 군복에 완장을 찬 젊은이가 쏘아보고 있다. 춘석이다.

이인국 박사는 다시 쳐다볼 힘도 없었다. 모든 사태는 짐작되었다.

이제는 죽는구나, 그는 입속으로 뇌까렸다.

"왜놈의 밑바시130, 이 개새끼야."

일본 군용화가 그의 옆구리를 들이찬다.

"이 새끼, 어디 죽어 봐라."

구둣발은 앞뒤를 가리지 않고 전신을 내지른다.

등골 척수에 다급한 충격을 받자 이인국 박사는 비명을 지르고 꼬꾸라졌다.

---

130 밑바시 : '밑받이'의 사투리로서, 남의 밑을 닦아주는 존재라는 뜻으로 이해된다.

그는 현기증을 일으켰다. 어깻죽지를 끌어 바로 앉혀도 몸을 가누지 못하고 한쪽으로 쓰러졌다.

"민족과 조국을 팔아먹은 이 개돼지 같은 놈아, 너는 총살이야, 총살……."

어렴풋이 꿈속에서처럼 들려왔다. 그러나 그에게는 그 말도 아무런 반항을 일으키지 못했다.

시간이 얼마나 흘렀을까. 자기 앞자락에서 부스럭거리는 감촉과 금속성의 부스럭거리는 소리를 듣고 어렴풋이 정신을 차렸다.

노란 털이 엉성한 손목이 시곗줄을 끄르고 있다. 그는 반사적으로 앞자락의 시계 주머니를 부둥켜 쥐면서 손의 임자를 힐끔 쳐다보았다. 눈동자가 파란 중대가리 소련 병사가 시곗줄을 거머쥔 채 이빨을 드러내고 히죽이 웃고 있다.

그는 두 손으로 있는 힘을 다해 양복 안주머니를 감싸 쥐었다.

"흥…… 야뽄스키131……."

병사의 눈동자는 점점 노기를 띠어 갔다.

"아니, 이것만은!"

그들의 대화는 서로 통하지 않는 대로 손아귀와 눈동자의 대결은 그대로 지속되고 있었다.

병사는 됫박132만 한 손으로 이인국 박사의 손가락 끝에서 시계를 채

---

131 야뽄스키 : '일본인'을 낮추어 부르는 러시아식 표현

어 냈다. 시곗줄은 끊어져 고리가 달린 끝머리가 이인국 박사의 손가락 끝에서 달랑거렸다.

병사는 밖으로 나가 버렸다.

"죽음과 시계……."

이인국 박사는 토막 난 푸념을 되풀이하고 있다.

양쪽 팔목에 팔뚝시계를 둘씩이나 차고도 만족이 안 가 자기의 회중시계까지 앗아 가는 그 병정의 모습을 머릿속에 똑똑히 되새겨 갈 뿐이다.

감방 속은 빼곡히 찼다.

그러나 고참자와 신입자의 서열은 분명했다. 달포133가 지나는 사이에 맨 안쪽 통통 위에 자리 잡았던 이인국 박사는 삼분지 이의 지점으로 점차 승격되었다.

그는 하루 종일 말이 없었다. 범인 속에 섞여 있던 감방 밀정134이 출감135된 다음 날부터 불평만을 늘어놓던 축들이 불려 나가 반송장이 되어 들어왔지만, 또 하루 이틀이 지나자 감방 속의 분위기는 여전히 불평과 음식 이야기로 소일되었다.

이인국 박사는 자기의 죄상이라는 것을 폭로하기도 싫었지만 예전에

---

132 됫박 : 되. 곡식이나 가루 따위를 담아 분량을 헤아리는 데 쓰는 그릇으로, 주로 사각형 모양의 나무로 되어 있다.

133 달포 : 한 달 조금 넘는 동안

134 밀정 : 어떤 사실을 알아내기 위하여 남몰래 엿보거나 살피는 사람

135 출감 : 무죄가 선고되거나 형기가 끝나, 구치소나 교도소에서 놓여나옴.

고등계 형사들에게서 실컷 얻어들은 지식이 약이 되어 함구령136이 지상명령137이라는 신념을 일관하고 있었다.

그는 간밤에 출감한 학생이 내던지고 간 노어 회화 책을 첫 장부터 꼼꼼히 뒤지고 있을 뿐이다.

등골이 쑤시고 옆구리가 결려 온다. 이것으로 고질이 되는가 하는 생각이 없지 않다. 아침저녁으로 기온이 사뭇 내려가고 있다. 아무리 체념한다면서도 초조감을 막을 길 없다.

노어 책을 읽으면서도 그의 청각은 늘 감방 속의 이야기를 놓치지 않고 있다.

그들이 예측하는 식대로의 중형으로 치른다면 자기의 죄상은 너무도 어마어마하다. 양곡138 조합의 쌀을 몰래 팔아먹은 것이 칠 년, 양민을 강제로 보국대139에 동원했다는 것이 십 년, 감정적인 즉결이 아니라 법에 의한 처단이라고 내대지만 이 난리 판국에 법이고 뭣이고 있을까. 마음에만 거슬리면 총살일 판인데…….

'친일파, 민족 반역자, 반일 투사 치료 거부, 일제의 간첩 행위…….'

이건 너무도 어마어마한 죄상이다. 취조할 때 나열하던 그대로 한다면 고작해야 무기 징역, 사형감인지도 모른다.

---

136 함구령 : 특정한 사실에 대해 말하는 것을 금지하는 명령
137 지상명령 : 반드시 따라야 하는 명령
138 양곡 : 양식으로 쓰이는 곡식
139 보국대 : 일제 강점기, 우리나라 사람들을 강제로 노역에 동원하고자 만든 조직

그는 방 안을 둘러보며 후 큰숨을 내쉬었다.

처마 밑에 바싹 달라붙은 환기창에서 들이비치던 손수건만 한 햇살이 참대140자처럼 길어졌다가 실오리만큼 가늘게 떨리며 사라졌다. 그 창살을 거쳐 아득히 보이는 가을 하늘이 잊었던 지난 일을 한 덩어리로 얽어 휘몰아 오곤 했다. 가슴이 짜릿했다.

밖의 세계와는 영원한 단절이다.

그는 눈을 감았다. 마누라, 아들, 딸, 혜숙이, 누구누구…… 그러다가 외과계의 원로 이인국 박사에 이르자, 목구멍이 타는 것같이 꽉 막혔다.

그는 헛기침을 하고 침을 삼켰다.

'그럼, 어쩐단 말이야, 식민지 백성이 별수 있었어. 날구 뛴들 소용이 있었느냐 말이야, 어느 놈은 일본 놈한테 아첨을 안 했어. 주는 떡을 안 먹은 놈이 바보지. 흥, 다 그놈이 그놈이었지.'

이인국 박사는 자기변명을 합리화시키고 나면 가슴이 좀 후련해 왔다.

거기다 어저께의 최종 취조 장면에서 얻은 소련 고문관의 표정은 그에게 일루141의 희망을 던져 주는 것이 있었다. 물론 그것이 억지의 자위일지도 모른다고 생각되었지만.

아마 스텐코프 소좌라고 했지. 그 혹부리 장교, 직업이 의사라고 했을 때, 독또오루 독또오루 하고 고개를 기웃거리던 순간의 표정, 그것이 무

---

140 참대 : 왕대. 볏과에 속한 대의 하나
141 일루 : 한 올의 실이라는 뜻으로, 몹시 약하여 간신히 유지되는 상태를 이르는 말

슨 기적의 예감 같기만 했다.

이인국 박사는 신음 소리에 놀라 눈을 떴다.

복도에 켜져 있는 엷은 전등 불빛이 쇠창살을 거쳐 방 안에 줄무늬를 놓으며 비쳐 들어왔다. 그는 환기창 쪽을 올려다보았다. 아직 동도 트지 않은 깜깜한 밤이다.

생똥 냄새가 코를 찌른다. 바짓가랑이 한쪽이 축축하다. 만져 본 손을 코에 갔다 댔다. 구역질이 난다. 역시 똥 냄새다.

옆에 누운 청년의 앓는 소리는 계속되고 있다. 찬찬히 눈여겨보았다. 청년 궁둥이도 젖어 있다.

'설산가 보다.'

그는 살창문을 흔들며 교화소원[142]을 고함쳐 불렀다.

"뭐야!"

자다가 깬 듯한 흐린소리가 들려왔다.

"환자가…… 이거, 봐요."

창살 사이로 들여다보는 소원의 얼굴은 역광 속에서 챙 붙은 모자 밑의 둥그스름한 윤곽밖에 알려지지 않는다.

이인국 박사는 청년의 궁둥이께를 손가락으로 가리키며 들여다보고 있다.

"이거, 피로군, 피야."

---

142 교화소원 : 교화소에 근무하는 사람. 교화소는 '교도소'의 이전 말이다.

그는 그제야 붉은빛을 발견하곤 놀란 소리를 쳤다.

"적리143야, 이질144……."

그는 직업의식에서 떠오르는 대로 큰 소리를 질렀다.

"뭐, 적리?"

바깥 소리는 확실히 납득이 안 간 음성이다.

"피똥 쌌소, 피똥을…… 이것 봐요."

그는 언성을 더욱 높였다.

"응, 피똥……."

아우성 소리에 감방 안의 사람들은 하나둘 눈을 뜨며 저마다 놀란 소리를 쳤다.

"적리, 이건 전염병이오, 전염병."

"뭐, 전염병……."

그제야 교화소원이 문을 열고 들어왔다.

얼마 후 환자는 격리되었고, 남은 사람들은 똥을 닦느라고 한참 법석을 치고 다시 잠을 불러일으키질 못했다.

이튿날 미결감145 다른 감방에서 또 같은 증세의 환자가 두셋 발생했다. 날이 갈수록 환자는 늘기만 했다.

---

143 적리 : 급성 전염병인 이질의 하나. 여름철에 많이 발생하며, 입을 통해 전염하여 2~3일간의 잠복기가 지난 후, 발열과 복통이 따르고 피와 곱이 섞인 대변을 누게 된다.

144 이질 : 변에 곱이 섞여 나오며 뒤가 잦은 증상을 보이는 법정 전염병

145 미결감 : 법적 판결이 나지 않은 피고인 또는 피의자를 가두어 두는 감방

이 판국에 병만 나면 열의 아홉은 죽는 길밖에 없다고 생각한 이인국 박사는 새로운 위험에 사로잡히기 시작했다.

저녁 후 이인국 박사는 고문관146실로 불려 나갔다.

"동무는 당분간 환자의 응급 치료실에서 일하시오."

이게 무슨 청천벽력 같은 기적일까, 그는 통역의 말을 의심했다.

소련 장교와 통역관을 번갈아 쳐다보고 있는 그의 눈동자는 생기를 띠어 갔다.

"알겠소, 엥……."

"네."

다짐에 따라 이인국 박사는 기쁨을 억지로 감추며 평범한 어조로 대답했다.

'글쎄 하늘이 무너져도 솟아날 구멍은 있다니까.'

그는 아무 표정도 나타내지 않으려고 이를 악물었다.

죽어 넘어진 송장이 개 치우듯 꾸려져 나가는 것을 보고 이인국 박사는 꼭 자기 일같이만 느껴졌다.

'의사, 이것은 나의 천직이다.'

그는 몇 번이고 감격에 차 중얼거렸다. 그는 있는 힘을 다해 자기 담

---

146 고문관 : 어떤 일을 좀 더 효율적이고 바르게 처리할 수 있도록 의견이나 조언을 하는 직책을 맡은 관리

당의 환자를 치료했다. 이러한 일은 그의 실력이 혹부리 고문관의 유다른 관심을 끌게 한 계기를 만들어 주었다.

사상범을 옥사시키는 경우는 책임자에게 큰 문책147이 온다는 것은 훨씬 후에야 그가 안 일이다.

소련 군의관에게 기술이 인정된 이인국 박사는 계속 병원에서 근무하게 되었다. 그러나 죄상 처벌의 결말에 대해서는 알 길이 없었다.

그는 이 절호의 기회를 최대한으로 활용하고 싶었다. 이제는 죽어도 여한이 없을 것만 같았다.

이렇게 하여 이 보이지 않는 구속에서까지 완전히 벗어날 수는 없을까.

그는 환자의 치료를 하면서도 늘 스텐코프의 왼쪽 뺨에 붙은 오리알만한 혹을 생각하고 있었다.

불구라면 불구로 볼 수 있는 그 혹을 가지고 고급 장교에까지 승진했다는 것은, 소위 말하는 당성(黨性)148이 강하거나 그렇지 않으면 전공(戰功)149이 특별했음에 틀림없다는 생각이 들었다.

그것 하나만 물고 늘어지면 무엇인가 완전히 살아날 틈새기가 생길 것만 같았다.

이인국 박사의 뜨내기 노어도 가끔 순시하는150 스텐코프와 인사말을

---

147 문책 : 잘못을 캐묻고 꾸짖음.
148 당성 : 당원이 소속한 정당의 이익을 위하여 가지는 충실한 마음과 행동
149 전공 : 전투에서 세운 공로
150 순시하다 : 돌아다니며 일의 형편이나 사정 따위를 살펴보다.

주고받을 수 있을 정도로 진전되었다.

이 안에서의 모든 독서는 금지되었지만 노어 교본과 당사(黨史)151만은 허용되었다.

이인국 박사는 마치 생명의 열쇠나 되는 듯이 초보 노어 책을 거의 암송하다시피 했다.

크리스마스를 전후하여 장교들의 주연152이 베풀어지는 기회가 거듭되었다.

얼근히 주기153를 띤 스텐코프가 순시를 돌았다.

이인국 박사는 오늘의 이 기회를 놓치지 않겠다고 마음먹었다.

수일 전 소군 장교 한 사람이 급성 맹장염이 터져 복막염으로 번졌다.

그 환자의 실을 뽑는 옆에 온 스텐코프에게 이인국 박사는 말 절반 손짓 절반으로 혹을 수술하겠다는 의사를 표명했다.

스텐코프는 '하라쇼154'를 연발했다.

그 후 몇 번 통역을 사이에 두고 수술 계획에 대한 자세한 의사를 진술할 기회가 생겼다.

이인국 박사는 일본인 시장의 혹을 수술하던 일을 회상하면서 자신 있는 설복155을 했다.

---

151 당사 : 당의 설립과 그것이 변화한 과정에 대한 기록
152 주연 : 술을 마시고 노는 자리
153 주기 : 술을 마신 후의 취한 기운
154 하라쇼 : '좋아요', '알았어요'의 러시아어

'동경 경응대학병원에서도 못하겠다는 것을 내가 거뜬히 해치우지 않았던가.'

그는 혼자 머릿속에서 자문자답하면서 이번 일에 도박 같은 심정으로 생명을 걸었다.

소련 군의관을 입회시키고 몇 차례의 예비 진단이 치러졌다.

수술일은 왔다.

이인국 박사는 손에 익은 자기 병원의 의료 기재를 전부 운반하여 오게 했다.

군의관 세 사람이 보조하기로 했지만 집도는 이인국 박사 자신이 했다. 야전 병원의 젊은 군의관들이란 그에게 있어선 한갓 풋내기로밖에 보이지 않았다.

그는 수술을 진행하는 동안 그들 군의관들을 자기 집 조수 부리듯 했다. 집도 이후의 수술대는 완전히 자기 진단하의 왕국이라고 생각되었다.

그러나 아까 수술 직전에 사인한, 실패되는 경우에는 총살에 처한다는 서약서가 통일된 정신을 순간순간 흐려 놓곤 했다.

수술대에 누운 스텐코프의 침착하면서도 긴장에 찼던 얼굴, 그것도 전신 마취가 끝난 후 삼 분이 못 갔다.

간호부는 가제156로 이인국 박사의 이마에 내맺힌 땀방울을 연방 찍

---

155 설복 : 다른 사람으로 하여금 알아듣도록 말하거나 타일러서 수긍하게 함.
156 가제 : 상처를 치료하는 데 쓰기 위해 멸균 처리를 한 무명 베

어 내고 있다.

기구가 부딪는 금속성과 서로의 숨소리만이 고촉157의 반사등이 내리
비치는 방 안의 질식할 것 같은 침묵을 해살158 짓고 있다.

수술은 예상 이상의 단시간으로 끝났다.

위생복을 벗은 이인국 박사의 전신은 땀으로 흠뻑 젖었다.

완치되어 퇴원하는 날, 스텐코프는 이인국 박사의 손을 부서져라 쥐면
서 외쳤다.

"꺼비딴 리, 스바씨보159."

이인국 박사는 입을 헤벌리고 웃기만 했다. 마음의 감옥에서 해방된
것만 같았다.

"아진160, 아진…… 오첸161 하라쇼."

스텐코프는 엄지손가락을 높이 들면서 네가 첫째라는 듯이 이인국 박
사의 어깨를 치며 칭찬했다.

다음 날 스텐코프는 이인국 박사를 자기 방으로 불렀다.

그가 이인국 박사에게 스스로 손을 내밀어 예절적인 악수를 청한 것은

---

157 고촉 : 밝기의 도수가 높은 불빛
158 해살 : 물이나 공기 따위를 흩트림.
159 스바씨보 : '고맙습니다'의 러시아어
160 아진 : '하나', '한 사람'의 러시아어
161 오첸 : '매우'의 러시아어

이것이 처음이었다.

'적과 적이 맞부딪치면서 이렇게 백팔십도로 전환될 수가 있을까. 노 랑대가리도 역시 본심에서는 하나의 인간임에는 틀림없는 것이 아닌가.'

"내일부터는 집에서 통근해도 좋소."

이인국 박사는 막혔던 둑이 터지는 것 같은 큰숨을 삼켜 가면서 내쉬 었다.

이번에는 이인국 박사가 스텐코프의 손을 잡았다.

"스바씨보, 스바씨보."

"혹 나한테 무슨 부탁이 없소?"

이인국 박사는 문득 시계가 머리에 떠올랐다.

그러면서도 곧이어 이 마당에 그런 이야기를 꺼낸다는 것은 오히려 꾀 죄죄하게 보이지 않을까 하는 생각이 뒤따랐다. 그러나 아무래도 그 미 련이 가셔지지 않았다.

이인국 박사는 비록 찾지 못하는 경우가 있더라고 솔직히 심중을 털어 놓으리라고 마음먹었다.

그는 통역의 보조를 받아 가며 시간과 장소를 정확히 회상하면서 시계 를 약탈당한 경위를 상세히 설명했다.

스텐코프는 혹이 붙었던 뺨을 쓰다듬으면서 긴장된 모습으로 듣고 있었다.

"염려 없소, 독또우루 리. 위대한 붉은 군대가 그럴 리가 없소. 만약 있었다 하더라도 그것은 무슨 착각이었을 것이오. 내가 책임지고 찾도록 하겠소."

스텐코프의 얼굴에 결의를 띤 심각한 표정이 스쳐 가는 것을 이인국 박사는 똑바로 쳐다보았다.

'공연한 말을 끄집어내어 일껏 잘되어 가는 일이 부스럼을 만드는 것은 아닐까.'

그는 솟구치는 불안과 후회를 짓눌렀다.

"안심하시오, 독또우리 리, 하하하."

스텐코프는 큰 웃음으로 넌지시 말끝을 막았다.

이인국 박사는 죽음의 직전에서 풀려나 집으로 향했다.

어느 사이 저렇게 노어로 의사 표시를 할 수 있게 되었느냐고 스텐코프가 감탄하더라는 통역의 말을 되뇌면서…….

차가 브라운 씨의 관사 앞에 닿았다.

성조기를 보면서 이인국 박사는 그날의 적기(赤旗)와 돌려온 시계를 생각하고 있었다.

응접실에 안내된 이인국 박사는 주인이 나오기를 기다리면서 방 안을 둘러보았다. 대사관으로는 여러 번 찾아갔지만 집으로 찾아온 것은 이번이 처음이다.

삼 년 전 딸이 미국으로 갈 때부터 신세진 사람이다.

벽 쪽 책꽂이에는 『조선왕조실록(朝鮮王朝實錄)』, 『대동야승(大東野乘)』 등 한적(漢籍)이 빼곡히 차 있고 한쪽에는 고서의 질책(帙冊)162이 가지런

162 질책 : 여러 권으로 한 벌이 된 책

히 쌓여져 있다.

맞은편 책상 위에는 작은 금동 불상 곁에 몇 개의 골동품이 진열되어 있다. 십이 폭 예서(隸書)163 병풍 앞 탁자 위에 놓인 재떨이도 세월의 때 묻은 백자기다.

저것들도 다 누군가가 가져다준 것이 아닐까 하는 데 생각이 미치자 이인국 박사는 얼굴이 화끈해졌다.

그는 자기가 들고 온 상감진사(象嵌辰砂) 고려청자 화병에 눈길을 돌렸다. 사실 그것을 내놓는 데는 얼마간의 아쉬움이 없지 않았다. 국외로 내어 보낸다는 자책감 같은 것은 아예 생각해 본 일이 없는 그였다.

차라리 이인국 박사에게는 저렇게 많으니 무엇이 그리 소중하고 달갑게 여겨지겠느냐는 망설임이 더 앞섰다.

브라운 씨가 나오자 이인국 박사는 웃으며 선물을 내어 놓았다. 포장을 풀고 난 브라운 씨는 만면에 미소를 띠며 기쁨을 참지 못하는 듯 탱큐를 거듭 부르짖었다.

"참 이거 귀중한 것입니다."

"뭐 대단한 것이 아닙니다만 그저 제 성의입니다."

이인국 박사는 안도감에 잇닿은 만족을 느끼면서 브라운 씨의 기쁨에 맞장구를 쳤다.

---

163 예서 : 한자 글씨체의 하나

브라운 씨가 영어 반 한국말 반으로 섞어 하는 이야기를 들으면서 이인국 박사는 흐뭇한 기분에 젖었다.

"닥터 리는 영어를 어디서 배웠습니까?"

"일제 시대에 일본말 식으로 배웠지요. 예를 들면 '잣도 이즈 아 갓도' 식으루요."

"그런데 지금 발음은 좋은데요. 문법이 아주 정확한 스탠더드 잉글리시입니다."

그는 이 말을 들을 때 문득 스텐코프의 말이 연상됐다. 그러고 보면 영국에 조상을 가진다는 브라운 씨는 알(R) 발음을 그렇게 나타내지 않는 것 같게 여겨졌다.

"얼마 전부터 개인 교수를 받고 있습니다."

"아, 그렇습니까?"

이인국 박사는 자기의 어학적 재질에 은근히 자긍을 느꼈다.

브라운 씨가 부엌 쪽으로 갔다 오더니 양주 몇 병이 놓인 쟁반이 따라 나왔다.

"아무거나 마음에 드는 것으로 하십시오."

이인국 박사는 워드카164 한 잔을 신통한 안주도 없이 억지로라도 단숨에 들이켜야 속이 시원해하던 스텐코프를 브라운 씨 얼굴에 겹쳐 보고 있다.

---

164 워드카 : 러시아의 대표적인 증류주. 현재는 영어식 발음인 '보드카'로 불린다.

그는 혈압 때문에 술을 조절해야 하는 자기 체질에 알맞게 스카치 한 잔을 핥듯이 조금씩 목을 축이면서 브라운 씨의 이야기를 들었다.

"그거, 국무실에서 통지 왔습니다."

이인국 박사는 뛸 듯이 기뻤으나 솟구치는 흥분을 억제하면서 천천히 손을 내밀어 악수를 청했다.

"탱큐, 탱큐."

어쩌면 이것은 수술 후의 스텐코프가 자기에게 하던 방식 그대로인지도 모른다는 생각이 들었다.

이인국 박사는 지성이면 감천이라고, 나의 처세법은 유에스에이에도 통하는구나 하는 기고만장한 기분이었다.

청자병을 몇 번이고 쓰다듬으면서 술잔을 거듭하는 브라운 씨도 몹시 즐거운 표정이었다.

"미국에 가서의 모든 일도 잘 부탁합니다."

"네, 염려 마십시오. 떠나실 때 소개장을 써드리지요."

"감사합니다."

"역사는 짧지만, 미국은 지상의 낙토입니다. 양국의 우호와 친선에 도움이 되기를 바랍니다……."

"탱큐……."

다음 날 휴전선 지대로 같이 수렵하러 가기로 약속하고 이인국 박사는 브라운 씨 대문을 나섰다.

이번 새로 장만한 영국제 쌍발 엽총의 총신을 머리에 그리면서 그의 몸은 날기라도 할 듯이 두둥실 가벼웠다. 이인국 박사는 아까 수술한 환자의 경과가 궁금했으나 그것은 곧 씻겨져 갔다.

그의 마음속에는 새로운 포부165와 희망이 부풀어 올랐다.

신체검사는 이미 끝난 것이고 외무부 출국 수속도 국무성 통지만 오면 즉일166 될 수 있게 담당 책임자에게 교섭이 되어 있지 않은가? 빠르면 일주일 내에 떠나게 될지도 모른다는 브라운 씨의 말이 떠올랐다.

대학을 갓 나와 임상167 경험도 신통치 않은 것들이 미국에만 갔다 오면 별이라도 딴 듯이 날치는 꼴이 사나왔다.

'어디 나두 댕겨오구 나면 보자!'

문득 딸내미와 아들 원식의 얼굴이 한꺼번에 망막으로 휘몰아 왔다. 그는 두 주먹을 불끈 쥐며 얼굴에 경련을 일으키듯 긴장을 띠다가 어색한 미소를 흘려보냈다.

'흥, 그 사마귀 같은 일본 놈들 틈에서도 살았고, 닥싸귀 같은 로스케 속에서 살아났는데, 양키라고 다를까…… 혁명이 일겠으면 일구, 나라가 바뀌겠으면 바뀌구, 아직 이 이인국의 살 구멍은 막히지 않았다. 나보다 얼마든지 날뛰던 놈들도 있는데, 나쯤이야…….'

그는 허공을 향하여 마음껏 소리치고 싶었다.

'그러면 우선 비행기 회사에 들러 형편이나 알아볼까…….'

---

165 포부 : 마음속에 지니고 있는, 미래에 대한 계획이나 희망
166 즉일 : 일이 일어난 그날
167 임상 : 환자의 질병 치료와 의학적 연구를 위하여 직접 병상에 임함.

이인국 박사는 캘리포니아 특산 시가를 비스듬히 문 채 지나가는 택시를 불러 세웠다.

그는 스프링이 튈 듯이 부스에 털썩 주저앉았다.

"반도 호텔로……."

차창을 거쳐 보이는 맑은 가을 하늘이 이인국 박사에게는 더욱 푸르고 드높게만 느껴졌다.

선생님이 들려주는 그 시절 이야기

서연 : 안녕하세요, 선생님. 이번에는 전광용의 「꺼삐딴 리」라는 작품
을 읽었어요. 이 소설에 관한 얘기를 해주세요.

선생님 : 그래, 함께 이야기해 보자. 우선, 작품을 읽고 어떤 생각이 들
었니?

서연 : 주인공 이인국 박사가 정말 변신의 귀재라는 생각이 들었어요.
일제강점기에 친일파였다가 나중에는 친소파, 친미파로 변해가
는 모습이 마치 카멜레온 같았죠. 상황이 바뀌면 누구에게라도
빌붙는 모습이 뻔뻔하게 느껴졌어요.

선생님 : 그래. 이 작품은 외세에 침탈당하는 역사적 격변기에 기회주의적
으로 살아가는 인물을 고발하고 풍자하는 소설이지. 그렇게 느
꼈다면, 작품을 제대로 읽은 것이란다.

서연 : 또, 지난번에 읽었던 채만식의 「미스터 방」이란 작품이 떠올랐
어요. 그 작품도 미군의 통역관이 되어 부정하게 재산을 불려가
는 방삼복이란 인물을 풍자한 거잖아요?

태환 : 네, 저도 그랬어요. 주인공이 민족의식 같은 것은 전혀 없이 외
세를 등에 업고 개인적 이익만을 추구하는 모습이 비슷하다고
느껴졌어요. 시대 배경도 유사하고요.

선생님 : 그래 맞아. 주제적 측면과 시대 배경, 풍자소설이라는 점에서 공

통점이 있지. 그렇지만 비슷하면서 다른 점들도 있단다.

서연 : 어떤 점들이 그런가요? 비교해서 말씀해 주세요.

선생님 : 그것도 좋겠구나. 서로 비교해 보면, 작품의 특징을 더 잘 이해할 수 있을 테니 말이다. 같이 생각해 보자. 너희들은 어떤 점들이 비슷하거나 다르다고 느꼈니?

태환 : 네, 저는 두 작품의 시간적, 공간적 배경이 겹치기는 하는데, 「꺼삐딴 리」의 범위가 조금 더 넓은 거 같아요.

선생님 : 한번 정리해서 말해 볼래?

태환 : 「미스터 방」은 해방 직후의 서울을 배경으로 하고 있어요. 일제강점기 시절의 과거 이야기도 조금 나오지만요.

이에 비해 「꺼삐딴 리」에서는 일제강점기부터 해방기를 거쳐 한국전쟁 후까지 이어지는 이야기가 펼쳐지고 있어요. 또 장소도 평양에서 서울로 변하고 있고요.

선생님 : 잘 알고 있구나. 네 말대로 「꺼삐딴 리」가 시공간적으로 조금 더 넓은 범위를 보여주지. 그렇긴 한데, 두 작품의 배경은 본질적으로 어떤 공통된 속성을 나타낸다고 볼 수 있지 않을까?

태환 : 음……, 선생님 말씀을 듣고 보니, 외세의 침탈로 인해 우리 민족이 수난을 겪는 시대라는 점에서는 별반 다르지 않은 거 같네요.

지난번에 「미스터 방」에 대해 설명하시면서, 광복을 맞이하고도 주체적인 힘이 모자라 또다시 외세의 의해 분단되었다는 말씀을 해 주신 게 기억나요. 국제적으로 냉전 체제가 성립되면서

우리 민족이 미소군정기를 거쳐 동족상잔의 전쟁까지 치르게
된 이야기요.

선생님 : 그래, 맞다. 작품의 배경과 관련해서는 그 정도로 이해하면 될
듯하구나. 그럼, 또 어떤 점을 비교해볼 수 있을까?

서연 : 저는 두 작품의 제목이 비슷한 데가 있다고 생각했어요. '미스
터 방'과 '꺼삐딴 리'는 둘 다 외래어와 성씨를 결합한 형태고,
왠지 풍자적인 느낌을 줘요.

선생님 : 그래, 우선 '미스터'는 알 테고, '꺼삐딴'이 무슨 말이지?

서연 : 영어 '캡틴(captain)'에 해당하는 러시아어라는 건 들었는데, 자
세한 유래는 모르겠어요. 설명해 주세요.

선생님 : 네 말대로 '꺼삐딴'은 '캡틴'과 같은 뜻의 러시아 단어란다. 원래
발음은 '카삐딴'인데 와전되어 '꺼삐딴'으로 통용됐다고 해. 소
련군이 주둔하면서 당시 북한 지역에서 '우두머리, 지도자, 최
고' 등의 뜻으로 쓰였다고 한다.

서연 : 네, 그렇군요. '꺼삐딴'의 유래와 뜻을 정확히 알고 나니, 제목
이 풍자적인 느낌을 주는 이유를 알거 같아요.

선생님 : 자세히 이야기해 볼래?

서연 : 우리말을 놔두고 외래어를 사용한 거 자체가 외세를 추종하는
경향을 암시한 거 같아요. 또 그 단어들은 상대를 존중하는 호
칭어들인데, 이 인물들에게는 어울리지 않아요.
다시 말해 벼락출세한 머슴 출신의 통역관에게 '미스터'를 붙인
것이나, 비굴한 기회주의적 지식인에게 '우두머리'나 '최고'라는

호칭을 붙인 것은 비꼬기 위한 거 같아요.

선생님 : 제목의 풍자적 의미를 잘 파악했구나. 날카로운 분석이었어! 자, 그럼 제목은 그렇게 이해하고, 작품 전체 내용에서는 어땠니? 두 작품에서 부정적인 인물을 풍자하는 수법이 비슷한 거 같니?

태환 : 아니요. 다른 거 같아요. 「미스터 방」에서는 주로 주인공의 행동과 말을 우스꽝스럽게 묘사해서 비웃음을 불러일으키는 방식으로 대상을 비판하는 거 같아요.

이에 비해 「꺼삐딴 리」에서는 인물의 생각이나 행동을 사실적으로 그려내며 객관적인 태도로 대상을 풍자하는 걸로 보여요.

선생님 : 그래 아주 정확하게 이해했구나. 네 말대로 두 작품의 풍자 기법은 다르다고 할 수 있지. 「미스터 방」에서는 대상을 희화화하면서 직접적으로 조소하는 방식이 주로 쓰였다면, 「꺼삐딴 리」에서는 일정한 거리를 두고 대상을 사실적으로 묘사하면서 치밀한 구성을 통해 전형적 인물을 창조해 냈지.

서연 : 그래서 「미스터 방」을 읽을 때는 뭔가 신랄하면서도 웃음이 넘쳤지만, 「꺼삐딴 리」에서는 차분하고 진지했던 거군요.

선생님 : 그래, 맞다. 어쨌든 「꺼삐딴 리」의 이런 특성은 독자들로 하여금 냉철한 태도로 작품을 읽게 만든다고 할 수 있어. 그래서 독자들은 단순히 부정적 인물을 비웃는 데 그치지 않고, 그가 그렇게 행동하게 된 근본 배경에 대해서도 비판적으로 인식하게 되지.

외세에 아부해야만 출세하고 살아남을 수 있는 비극적인 시대 말이다. 물론 「미스터 방」과 같은 작품에서도 독자들의 생각이 부조리한 시대상에 미치지 않는 것은 아니야. 하지만 사실적인 수법의 작품에서 조금 더 객관적으로 인식된다고 말할 수 있단다.

태환 : 네, 잘 알겠습니다. 비슷한 주제를 담은 풍자소설을 서로 비교하며 이야기해 보니, 좀 더 이해가 잘돼요. 감사합니다.

서연 : 네, 저도 감사합니다.

치숙

채만식(1902~1950)

작가 소개

채만식은 전라북도 군산에 이웃한 옥구군 임피면에서 출생하였다. 일제강점기 군산항은 인근의 호남평야에서 수탈한 쌀을 실어 내가던 항구로 유명했는데, 그의 대표적 장편소설인 『탁류』의 무대가 된다.

어려서는 서당에서 한문을 배웠고, 임피보통학교를 졸업한 후 서울로 올라가 중앙고등보통학교를 졸업하였다. 1922년 일본으로 건너가 와세다 대학 부속 제일와세다고등학원에 입학했으나 이듬해 중퇴하였다.

귀국한 뒤로는 동아일보사와 조선일보사, 개벽사 등에서 기자로 근무하며 작품 활동을 했으나, 1936년부터는 직장을 그만두고 창작에만 전념하였다. 1945년에 고향인 임피로 내려갔다가 다음 해 이리로 옮겼고, 그곳에서 1950년 지병인 폐결핵으로 사망하였다.

그는 1924년 단편 「세 길로」가 『조선문단』에 추천되면서 등단하였다. 초기작으로는 단편 「불효자식」과 「과도기」, 장편 『인형의 집을 찾아서』와 희곡 「사라지는 그림자」 등이 있는데, 카프에 참여하지는 않았지만 프롤레타리아문학에 동조하는 작품 경향을 보여 동반자적 작가로 평가되었다.

그의 작품 세계가 변화를 보인 것은 1934년 단편 「레디메이드 인생」을 발표한 때부터였다. 이 작품에서 작가는 실직한 지식인의 좌절감을 반어적이고 자조적인 자기 풍자의 방법으로 그려내 주목받았다. 이어

1930년대 후반 「치숙」과 『탁류』, 『태평천하』 등의 대표작을 잇달아 발표하며, 부조리한 식민지 현실과 세태를 날카롭게 드러내는 독특한 풍자 문학의 세계를 펼쳐보였다.

그는 일제 말기 친일 활동에 가담하는 오점을 남겼는데, 해방 후 그에 대한 반성을 담아 『민족의 죄인』이라는 자전적 소설을 발표하기도 하였다. 또 이 시기 「맹순사」, 「미스터 방」, 「논 이야기」 등을 통해서 해방 직후의 혼란한 사회와 이기적이고 기회주의적인 인간들을 풍자하였다.

이처럼 그의 작품 활동은 1920년대부터 일제 말기와 해방을 거쳐 한국전쟁 직전까지 이어지는데, 일관되게 현실 인식과 비판에 집중하는 특징을 보인다. 격동하는 시대의 흐름 속에서 무력한 지식인, 농민, 도시 하층민, 타락한 친일 지주, 기구한 운명의 여인 등 다양한 작중 인물을 통해 왜곡된 사회상과 세태를 통렬하게 희화화하고 비판하였다.

이런 점으로 인해 그는 투철한 사회의식과 비판 정신을 지닌 작가로 인식되며, 특히 그가 시대 현실에 밀착하여 펼쳐 보인 아이러니와 풍자의 세계는 풍자적 리얼리즘의 극치를 보여 준 것으로 평가되고 있다.

작품 해설

이 작품은 무지한 조카의 시선으로 몰락한 사회주의자 삼촌을 비판하는 형식을 통해, 오히려 일제의 지배에 순응해 기회주의적으로 살아가는 화자를 비판하고 있는 풍자소설이다.

'나'에게 오촌 고모부인 '아저씨'는 한심하기 짝이 없는 인물로 생각된다. 일본에 유학 가서 대학까지 나온 사람이 쓸데없이 사회주의 운동을 하다가 옥살이를 하고 나와 몹쓸 병까지 걸려 아주머니만 고생시키고 있기 때문이다.

일본인 상점의 점원으로 주인의 총애를 받고 있는 '나'는 장차 주인이 상점을 내주면 돈을 많이 벌어 떵떵거리고 살아갈 생각이다. 일본인 여자와 결혼하고 모든 생활 방식을 일본식으로 하며, 아이들도 일본인 학교에 보낼 꿈을 지니고 있다.

'나'는 이렇게 열심히 살아가는데, '아저씨'는 왜 세상을 망쳐놓을 불한당 짓인 사회주의 운동을 하다가 신세를 망치고 있단 말인가. 참다못한 '내'가 세상 물정을 너무 모른다고 대놓고 일러주었지만, '아저씨'는 도리어 나더러 세상 물정을 모른다는 소리를 한다. 이렇게 속 차릴 가망이 없는 사람은 차라리 하루바삐 죽는 것이 마땅한데, 그렇지도 않고 다시 살아나니 성화가 아닐 수 없다.

지금까지 간추려 본 줄거리는 대부분 화자가 혼자 이야기하는 방식으로 전개되고 있다. 즉, 어린 조카인 '나'가 현실적으로 무능력한 지식인인 삼촌을 신랄하게 조롱하고 비판하는 발언들로 작품을 구성하고 있는 것이다.

그러나 작품을 읽다 보면, 독자들은 정작 풍자되는 대상이 '아저씨'가 아니라 화자인 '나'라는 사실을 깨닫게 된다. '나'가 늘어놓는 이야기들이 무지와 편견에 기초하고 있을 뿐 아니라, 우리 민족을 지배하는 일제에 철저히 동화되어 개인적 이익을 추구하면서 살아가려는 속물적인 세계관을 보여주기 때문이다.

결국 이 작품은 부정적인 인물을 화자로 전면에 내세워 긍정적인 인물을 조롱하고 공격하지만, 실제로는 그런 화자를 풍자하는 효과를 낳고 있다. 이런 양상은 비난하는 주체가 도리어 비난의 대상이 된다는 점에서 반어적이라 할 수 있다.

이처럼 일반적인 통념을 뒤집고 칭찬과 비난의 대상을 역전시키는 반어적 기법은 매우 독창적인 것이다. 작가는 이런 수법을 통해 검열을 피하면서도 일제의 지배 체제에 순응해 노예적인 삶을 살아가는 인물을 우회적으로 풍자하고 있다. 이 작품이 일제강점기 대표적인 풍자소설의 하나로 평가되는 이유가 여기에 있다.

치숙1

　우리 아저씨 말이지요, 아따 저 거시키, 한참 당년2에 무엇이냐 그놈의 것, 사회주의라더냐, 막걸리라더냐 그걸 하다, 징역 살고 나와서 폐병으로 시방 앓고 누웠는 우리 오촌 고모부 그 양반……

　머, 말두 마시오. 대체 사람이 어쩌면 글쎄…… 내 원!

　신세 간데없지요3.

　자, 십 년 적공4, 대학교까지 공부한 것 풀어먹지도 못했지요, 좋은 청춘 어영부영 다 보냈지요, 신분에는 전과자라는 붉은 도장 찍혔지요, 몸에는 몹쓸 병까지 들었지요, 이 신세를 해가지굴랑은 굴속 같은 오두막집 단간셋방 구석에서 사시장철5 밤이나 낮이나 눈 따악 감고 드러누웠군요.

　재산이 어디 집 터전인들 있을 턱이 있나요. 서발6 막대 내저어야 짚검불7 하나 걸리는 것 없는 철빈(鐵貧)8인데.

---

1 치숙 : '어리석은 삼촌'라는 뜻의 한자어
2 당년 : 일이 있는 바로 그해. '그해'로 순화
3 간데없다 : 갑자기 자취를 감추어 사라지거나 어디로 갔는지 알 수가 없다.
4 적공 : 어떤 일에 많은 힘을 들이며 애를 씀.
5 사시장철 : 봄, 여름, 가을 겨울 네 철의 어느 때나 늘
6 서발 : 매우 긴 막대를 강조하여 이르는 말
7 검불 : 마른 나뭇가지, 마른풀, 마른 낙엽 따위를 통틀어 이르는 말

우리 아주머니가, 그래도 그 아주머니가, 어질고 얌전해서 그 알뜰한 남편 양반 받드느라 삯바느질이야, 남의 집 품 빨래야, 화장품 장사야, 그 칙살스런9 벌이를 해다가 겨우겨우 목구멍에 풀칠을 하지요.

어디루 대나 그 양반은 죽는 게 두루 좋은 일인데 죽지도 아니해요.

우리 아주머니가 불쌍해요. 아, 진작 한 나이라도 젊어서 팔자를 고치는 게 아니라, 무슨 놈의 수난 후분10을 바라고 있다가 고생을 하는지.

근 이십 년 소박을 당했지요.

이십 년을 섧은 청춘 한숨으로 보내고서 다아 늦게야 송장 여대치게11 생긴 그 양반을 그래도 남편이라고 모셔다가는 병 수종12 들랴, 먹고 살랴, 애가 진하고 다니는 걸 보면 참말 가엾어요.

그게 무슨 죄다짐13이람? 팔자, 팔자 하지만 왜 팔자를 고치지를 못하고서 그래요. 죄선[朝鮮]14 구식 부인네들은 다아 문명을 못하고 깨지를 못해서 그러지.

그 양반이 한시바삐 죽기나 했으면 우리 아주머니는 차라리 신세 편하리다.

---

8 철빈 : 더할 수 없이 가난함.

9 칙살스럽다 : 하는 짓이나 말이 좀스럽고 더러운 데가 있다.

10 후분 : 사람의 일생을 초분, 중분, 후분의 셋으로 나눈 것의 마지막 부분

11 여대치다 : 능력이나 수준 등에서 훨씬 넘어서다.

12 수종 : 따라다니며 곁에서 심부름을 함.

13 죄다짐 : 죄에 대한 갚음.

14 죄선 : '조선'의 잘못된 발음

심덕15 좋겠다, 솜씨 얌전하겠다 하니 어디 가선들 제가 일신16 몸 가누고 편안히 못 지내요?

가만있자, 열여섯 살에 아저씨네 집으로 시집을 갔다니깐 그게 내가 세 살 적이니 꼬박 열여덟 해로군. 열여덟 해면 이십 년 아니요.

그때 우리 아저씨 양반은 나이 어리기도 했지만 공부를 한답시고 서울로, 동경17으로 십여 년이나 돌아다녔고 조끔 자라서 색시 재미를 알 만하니까는 누가 예쁘달까 봐 이혼하자고 아주머니를 친정으로 쫓고는 통히18 불고19를 하고…….

공부를 다 마치고 오더니만 그담에는 그놈의 짓에 디립다20 발광해21 다니면서 명색 학생 출신이라는 딴 여편네를 얻어 살았지요. 그 여편네는 나도 몇 번 보았지만 상판대기라고 별반 출 수도 없이 생겼습디다. 그 인물로 남의 첩이야? 일색22 소박23은 있어도 박색24 소박은 없다더니, 사실 소박맞은 우리 아주머니가 그 여편네께다 대면 월등 예뻤다우.

---

15 심덕 : 마음이 너그럽고 착한 품성
16 일신 : 자기 한 몸
17 동경 : '도쿄'를 우리 한자음으로 읽은 이름. 일본의 수도
18 통히 : '도무지'의 비표준어
19 불고 : 돌아보지 않음.
20 디립다 : '들입다'의 방언. 무지막지할 정도로 아주 세차게
21 발광하다 : 미친 듯이 날뛰다.
22 일색 : 뛰어난 미인
23 소박 : 아내나 첩을 박대함.
24 박색 : 아주 못생긴 얼굴. 또는 그런 사람

그래 그 뒤에, 그 양반은 필경25 붙들려 가서 오 년이나 전중이26를 살았지요. 그동안에 아주머니는 시집이고 친정이고 모두 폭 망해서 의지가지27없이 됐지요.

그러니 어떻게 해요? 자칫하면 굶어 죽을 판인데.

할 수 없이 얻어먹고 살기도 해야 하려니와 또 아저씨 나오는 것도 기다려야 한다고 나를 발련28 삼아 서울로 올라왔더군요. 그게 그러니까 아저씨가 나오던 전해로군.

그때 내가 나이는 어려도 두루 날뛴 보람이 있어서 이내 구라다상네 식모29로 들어갔지요.

그 무렵에 참 내가 아주머니더러 여러 번 권면30을 했지요. 그러지 말고 개가(改嫁)31를 가고. 글쎄 어린 소견32에도 보기에 퍽 딱하고 민망합디다.

계제33에 마침 또 좋은 자리가 있었고요. 미네상이라고 미쓰꼬시 앞

25 필경 : 끝장에 가서는
26 전중이 : 징역을 사는 일이나 그 사람을 속되게 이르는 말
27 의지가지 : 의지할 만한 곳이나 사람
28 발련 : '반연'의 잘못된 말로 보임. 무엇에 이르기 위한 연줄
29 식모 : 남의 집에 고용되어 그 집에서 먹고 자면서 주로 부엌일이나 청소 따위를 맡아 하는 여자
30 권면 : 남을 알아듣도록 타일러서 어떤 일에 힘쓰게 함.
31 개가 : 남편과 사별하거나 이혼한 여자가 다시 결혼함.
32 소견 : 일이나 물건을 보고 느끼는 생각이나 의견
33 계제 : 어떤 일을 할 수 있는 적당한 형편이나 기회

에서 바나나 다다끼우리〔投賣〕34를 하는 인데 사람이 퍽 좋아요.

우리 집 다이쇼〔主人〕35도 잘 알고 허는데, 그이가 늘 날더러 좌선 오깜상하구 살았으면 좋겠다고, 중매 서 달라고 그래 쌌어요.

돈은 모아 둔 게 없어도 다아 벌어먹고 살 만하니까 그런 사람 만나서 살면 아주머니도 신세 편할 게 아니냐구요.

그런 걸 글쎄 몇 번 말해도 숭헌36 소리 말라고 듣덜 않는 걸 어떡허나요.

아무튼 그런 것 말고라도 참, 흰말37이 아니라 이날 이때까지 내가 그 아주머니 뒤도 많이 보아주었다우. 또 나도 그럴 만한 은공38이 없잖아 있구요.

내가 일곱 살에 부모를 잃었지요. 그러고 나서 의탁39할 곳이 없이 됐는데 그때 마침 소박을 맞고 친정살이를 하는 그 아주머니가 나를 데려다가 길러 주었지요.

그때만 해도 그 집이 그다지 군색하게40 지내든 안 했으니깐요. 아주

34 다다끼우리 : '투매'의 일본말. 거리의 상인 등이 싼값에 상품을 파는 일
35 다이쇼 : '주인'의 일본말
36 숭허다 : '흉하다'의 방언. 일이 나쁘거나 궂다.
37 흰말 : '흰소리'의 방언. 터무니없는 자랑을 하며 떠벌리거나 거들먹거리며 허풍을 떠는 말
38 은공 : 은혜와 공로를 아울러 이르는 말
39 의탁 : 몸이나 마음 따위를 어떤 것에 의지하여 맡김.
40 군색하다 : 필요한 것이 없거나 모자랄 정도로 가난하다.

82

머니도 아주머니지만 종조할머니며 할아버지도 슬하41에 딴 자손이 없
어서 나를 퍽 귀여워하셨지요.

열두 살까지 그 집에서 자랐군요.

사 년이나마 보통학교도 다녔고.

아마 모르면 몰라도 그 집안이 그렇게 치패(致敗)42하지만 안 했으면 나
도 그냥 붙어 있어서 시방43쯤은 전문학교까지는 다녔으리다.

이런 은공이 있으니까 나도 그걸 저버리지 않고 그래서 내 깜냥44에는
갚을 만치 갚느라고 갚은 셈이지요.

허기야 요새도 간혹 아주머니가 찾아와서 양식 없다는 사정을 더러 하
군 하는데 실로 정말이지 좀 성가시기는 해요.

그러는 족족 그 수응45을 하자면 내 일을 못 하겠는걸. 그래 대개 잘
라 떼기는 하지요.

그렇지만 그 밖에 가령 양 명절 때면 고깃근이라도 사보낸다든지, 또
오면가면 이얘기낱이라도 한다든지 그런 걸 결단코 범연히46 하든 않으
니까요.

---

41 슬하 : 무릎 아래라는 뜻으로, 어버이의 곁을 이르는 말. 주로 부모의 보호 영역을 이른
　다.
42 치패 : 집안이 아주 망함.
43 시방 : 말하고 있는 바로 이때에
44 깜냥 : 스스로 일을 헤아림.
45 수응 : 남의 요구에 응함.
46 범연하다 : 특별한 관심이 없어 데면데면하다.

아무튼 그래서, 아주머니는 꼬박 일 년 동안 구라다 상네 집 오마니로 있으면서 월급 오 원씩 받는 걸 그래도 고스란히 저금을 하고, 또 틈틈이 삯바느질을 맡아다가 조끔씩 벌어 보태고 또 나올 무렵에 구라다 상네 양주47가 퍽 기특하다고 돈 칠 원을 상급(賞給)48으로 주고 그런 게 이럭저럭 돈 백 원이나 존존히 됐지요.

그 돈으로 방 한 간 얻고 살림 나부랭이도 조금 장만하고, 그래 놓고서 마침 그 알량꼴량한49 서방님이 뇌여50 나오니까 그리루 모셔 들였지요.

뇌여 나는 날 나도 가서 보았지만 가막소51 문 앞에 막 나서자 아주머니가 기다리고 있으니까 그래도 눈물이 핑! 돌던데요.

전에 그렇게도 죽을 둥 살 둥 모르고 좋아하던 첩년은 꼴도 안 뵈구요. 남의 첩년이라껀 다아 그런 거지요, 뭐.

우리 아저씨 양반은 혹시 그 여편네가 오지 않았나 하고 사방을 휘휘 둘러보던데요. 속이 그렇게 없다니까. 여편네는커녕 아주머니하구 나하구 그 외는 어리친52 개 새끼 한 마리 없드라.

그래 마악 자동차에 올라타려다가 피를 토했지요. 나중에 들었지만 가

---

47 양주 : 바깥주인과 안주인이라는 뜻으로, 부부를 이르는 말
48 상급 : 잘한 일에 대한 대가나 상으로 줌.
49 알량꼴량하다 : 몰골이 사납고 몹시 시시하며 보잘것없다.
50 뇌여 : '놓여'의 방언. '풀려'의 뜻
51 가막소 : '감옥'의 방언
52 어리치다 : 독한 냄새나 심한 자극으로 정신이 흐릿해지다. '어리친 개 새끼 한 마리 없다'는 말은 속담으로, 아무도 얼씬거리지 않음을 뜻한다.

막소 안에서 달포53 전부터 토혈54을 했다나 봐요.

그래 다아 죽어 가는 반송장을 업어 오다시피 해다가 뉘어 놓고, 그날부터 아주머니는 불철주야55로 할 짓 못할 짓 다해 가면서 부시대고56 날뛴 덕에 병도 차차로 차도57가 있고 그러더니 인제는 완구히58 살아는 났지요. 뭐 참 시방은 용 꼴인 걸요, 용 꼴.

부인네 정성이 무서운 겝다.

꼬박 삼 년이군. 나 같으면 돌아가신 부모가 살아오신대도 그 짓 못해요.

자, 그러니 말이지요. 우리 아저씨라는 양반이 작히나59 양심이 있고 다아 그럴 양이면, 어—허 내가 어서 바삐 몸이 충실해져서 어서 바삐 돈을 벌어다가 저 아내를 편안히 거느리고 이 은공과 전날의 죄를 갚아야 하겠구나…… 이런 맘을 먹어야 할 게 아니나요?

아주머니의 은공을 갚자면 발에 흙이 묻을세라 업고 다녀도 참 못다 갚지요.

그러고저러고 간에 자기도 인제는 속 차려야지요. 허기야 속을 차려서

---

53 달포 : 한 달 조금 넘는 동안
54 토혈 : 기관지나 폐, 위 등의 질환으로 인하여 피를 토함.
55 불철주야 : 어떤 일을 함에 있어 밤낮을 가리지 않음.
56 부시대다 : '부스대다'의 방언. 가만히 있지 못하고 몸을 자꾸 부산스럽게 움직이다.
57 차도 : 병이 조금씩 나아가는 정도
58 완구히 : 어떠한 상태가 완전하여 오래 견딜 수 있게
59 작히나 : 주로 감탄문이나 수사 의문문에 쓰여, 그 정도가 대단하다는 뜻을 나타내는 말

무얼 하재도 전과자니까 관리나 또 회사 같은 데는 들어가지 못하겠지만 그야 자기가 저지른 일인 걸 누구를 원망할 일도 아니고, 그러니 막 벗어부치고 노동이라도 해야지요.

대학교 출신이 막벌이 노동이라께 꼴 가관이지만 그래도 할 수 없지, 뭐.

그런 걸 보고 가만히 나를 생각하면, 만약 우리 종조할아버지네 집안이 그렇게 치패60를 안 해서 나도 전문학교나 대학교를 졸업했으면 혹시 우리 아저씨 모양이 됐을지도 모를 테니 차라리 공부 많이 않고서 이 길로 들어선 게 다행이다…… 이런 생각이 들어요.

사실 우리 아저씨 양반은 대학교까지 졸업하고도 인제는 기껏 해먹을 게란 막벌이 노동밖에 없는데, 요 보통학교 사 년 겨우 다니고서도 시방 앞길이 환히 트인 내게다 대면 고쓰까이[小使]61만도 못하지요.

아, 그런데 글쎄 막벌이 노동을 하고 어쩌고 하기는커녕 조금 바시시 살아날 만하니까 이 주책꾸러기 양반이 무슨 맘보를 먹는고 하니, 내 참 기가 막혀!

아―니, 그놈의 것하구는 무슨 대천지원수가 졌단 말인지, 어쨌다고 그걸 끝끝내 하지 못해서 그 발광인고?

그러나마 그게 밥이 생기는 노릇이란 말이지? 명예를 얻는 노릇이란 말이지, 필경은 붙잡혀 가서 징역 사는 놀음?

---

60 치패 : 살림이 아주 결판남.
61 고쓰까이 : '소사'의 일본말. 학교나 관공서 따위에서 잔심부름을 하는 남자 하인

아마 그놈의 것이 아편62하구 꼭 같은가 봐요. 그렇길래 한번 맛을 들이면 끊지를 못하지요.

그렇지만 실상 알고 보면 그게 그다지 재미가 난다거나 맛이 있다거나 그런 것도 아니드군 그래요. 부랑당패63든데요. 하릴없이 부랑당팹니다.

저어 서양 어디선가, 일하기 싫어하는 게름뱅이 몇 놈이 양지짝64에 모여 앉아서 놀고먹을 궁리를 했더라나요. 우리 집 다이쇼가 다아 자상하게 이야기를 해줍디다.

게— 그 녀석들이 서루 구논을 하기를, 자, 이 세상에는 부자가 있고 가난한 사람이 있고 하니 그건 도무지 공평한 일이 아니다. 사람이란 건 이목구비하며 사지 육신을 꼭 같이 타고났는데 누구는 부자로 잘살고 누구는 가난하다니 그게 될 말이냐. 그러니 부자가 가진 것을 우리 가난한 사람들하구 다 같이 고르게 나눠 먹어야 경우가 옳다.

야— 그거 옳은 말이다. 야! 그 말 좋다. 자 나눠 먹자.

아, 이렇게 설도65를 해가지고 우— 하니 들고일어났다는군요.

아—니, 그러니 그게 생날부랑당놈의 짓이 아니고 무어요?

---

62 아편 : 양귀비의 덜 익은 열매에 상처를 내어서 뽑아낸 진을 말려서 굳힌 고무 모양의 갈색 물질로 모르핀을 주성분으로 한다. 진통제·마취제·지사제 따위로 쓰이는데, 습관성이 강한 중독을 일으키므로 약용 이외의 사용을 법으로 금하고 있다.

63 부랑당패 : '불한당패'의 비표준어. '불한당'란 떼를 지어 돌아다니며 재물을 마구 빼앗는 사람들의 패거리를 가리킨다.

64 양지짝 : '양지쪽'의 잘못된 말. 볕이 잘 드는 쪽

65 설도 : 도리를 설명함.

사람이란 것은 제가끔 분지복(分之福)66이 있어서 기수(氣數)67를 잘 타고나든지 부지런하면 부자가 되는 법이요, 복록68을 못 타고나든지 게으른 놈은 가난하게 사는 법이요. 다아 이렇게 마련인데 그거야말루 공평한 천리69인 것을, 됩다70 불공평하단께 될 말이요? 그리구서 억지로 남의 것을 뺏아먹자고 들다니 그놈들이 부랑당이지 무어요.

짓이 부랑당 짓일 뿐만 아니라, 또 만약에 그러기로 들면 게으른 놈은 점점 더 게으름만 부리고 쫓아다니면서 부자 사람네가 가진 것만 뺏아먹을 테니 이 세상은 통으로 도적놈의 판이 될 게 아니요? 그나마, 부자 사람네가 모아 둔 걸 다아 뺏기고 더는 못 먹어 내는 날이면 그때는 이 세상 망하는 날이 아니요?

제마다 남이 농사 지어 놓으면 그걸 뺏아먹으려고 일 않고 번둥번둥 놀 것이고 남이 옷감 짜놓으면 그걸 뺏아다가 입으려고 번둥번둥 놀 것이고 그럴 테니 대체 곡식이며 옷감이며 그런 것이 다아 어디서 나올 데가 있어야지요. 세상 망할밖에!

글쎄 그놈의 짓이 그렇게 세상 망쳐놀 장본인 줄은 모르고서 가난한 놈들— 그 중에도 일하기 싫은 게으름뱅이들이 위선71 당장 부잣집 사

---

66 분지복 : '분복'. 각자 타고난 복
67 기수 : 저절로 오고 가고 한다는 길흉화복의 운수
68 복록 : 타고난 복과 벼슬아치의 녹봉이라는 뜻으로, 복되고 영화로운 삶을 이르는 말
69 천리 : 천지자연의 이치
70 됩다 : '도리어'의 북한어

람네 것을 뺏아먹는다니까 거기 혹해가지굴랑 너두 나두 와— 하니 참섭72을 했다는구료.

바루 저 '아라사73'가 그랬대요.

그래서 아니나 다를까 농군들이 곡식을 안 만들기 때문에 사람이 수만 명씩 굶어 죽는다는구료. 빠안한 이치지, 뭐.

위선 먹기는 곶감이 달다고 그 지랄들을 했다가 잘코사니74야!

아 그런데 그 못된 놈의 풍습이 삽시간에 동서양 각국 안 간 데 없이 퍼져가지굴랑 한동안 내지75에도 마구 굉장히 드세게 돌아다녔고 내지가 그러니까 멋도 모르는 죄선 영감상들도 덩달아서 그 숭내76를 냈다나요. 그렇지만 시방은 그새 나라에서 엄하게 밝히고 금하고 한 덕에 많이 머츰해졌고77 그런 마음먹는 사람은 별반 없다나 봐요.

그럴 게지 글쎄. 아, 해서 좋으량이면야 나라에선들 왜 금하며 무슨 원수가 졌다고 붙잡아다가 징역을 살리나요.

좋고 유익한 것이면 나라에서 도리어 장려하고 잘할라치면 상급도 주고 그러잖아요.

---

71 위선 : 우선
72 참섭 : 남의 일에 참견하여 간섭함.
73 아라사 : 한자어로 '러시아'를 나타낸 말
74 잘코사니 : 미운 사람이 당한 불행한 일이 고소하게 여겨짐.
75 내지 : 종주국이 식민지에 대해 제 나라 또는 본국을 이르는 말
76 숭내 : 흉내
77 머츰해지다 : 잠시 그쳐 뜸하게 되다.

활동사진78이며 스모79며 만자이80며 또 왓쇼왓쇼81랄지 세이레이 낭아시82랄지 라디오 체조랄지 이런 건 다아 유익한 것이니까 나라에서 설도도 하고 그리잖아요.

나라라는 게 무언데? 그런 걸 다아 잘 분간해서 이럴 건 이러고 저럴 건 저러라고 지시하고 그 덕에 백성들을 제가끔 제 분수대루 편안히 살두룩 애써 주는 게 나라 아니요?

그놈의 것 사회주의만 하더라도 나라에서 금하들 않고 저희가 하는 대루 두어 두었어 보아? 시방쯤 세상이 무엇이 됐을지…….

다른 사람들도 낭패 본 사람이 많았겠지만 위선 나만 하더라도 글쎄 어쩔 뻔했어! 아무 일도 다 틀리고 뒤죽박죽이지.

내 이상과 계획은 이렇거든요.

우리 집 다이쇼가 나를 자별히 귀여워하고 신용을 하니깐 인제 한 십년만 더 있으면 한밑천 들여서 따루 장사를 시켜 줄 눈치거든요.

그러거들랑 그것을 언덕 삼아 가지고 나는 삼십 년 동안 예순 살 환갑까지만 장사를 해서 꼭 십만 원을 모을 작정이지요. 십만 원이면 죄선

---

78 활동사진 : '영화'의 이전 말
79 스모 : 일본의 전통적인 씨름
80 만자이 : '만담'의 일본어. 재미있고 익살스럽게 세상을 풍자하는 이야기
81 왓쇼왓쇼 : 왓쇼이왓쇼이(わっしょいわっしょい). '영차영차'의 일본어. 여기서는 일본 전통 축제를 가리킴.
82 세이레이 낭아시 : 세이레이 나가시(精靈流し). 7월 보름에 제물을 강이나 바다에 띄우는 일본 불교 행사

부자로 쳐도 천석꾼83이니 뭐, 떵떵거리고 살 게 아니라구요.

그리고 우리 다이쇼도 한 말이 있고 하니까 나는 내지인 규수한테로 장가를 들래요. 다이쇼가 다아 알아서 얌전한 자리를 골라 중매까지 서 준다고 그랬어요. 내지 여자가 참 좋지요.

나는 죄선 여자는 거저 주어도 싫어요.

구식 여자는 얌전은 해도 무식해서 내지인하구 교제하는 데 안됐고, 신식 여자는 식자84가 들었다는 게 건방져서 못쓰고 도무지 그래서 죄선 여자는 신식이고 구식이고 다아 제에발이야요.

내지 여자가 참 좋지 뭐. 인물이 개개 일짜로 예쁘겠다, 얌전하겠다, 상냥하겠다, 지식이 있어도 건방지지 않겠다, 조음나 좋아!

그리고 내지 여자한테 장가만 드는 게 아니라 성명도 내지인 성명으로 갈고, 집도 내지인 집에서 살고, 옷도 내지 옷을 입고 밥도 내지 식으로 먹고, 아이들도 내지인 이름을 지어서 내지인 학교에 보내고…….

내지인 학교래야지 죄선 학교는 너절해서85 아이를 버려 놓기나 꼭 알맞지요.

그리고 나도 죄선 말은 싹 걷어치우고 국어86만 쓰고요.

---

83 천석꾼 : 곡식 천 석을 거두어들일 만큼 땅과 재산을 많이 가진 부자를 비유적으로 이르
  는 말
84 식자 : 학식과 견문이 있는 사람
85 너절하다 : 하찮고 시시하다.
86 국어 : 일제강점기에 이 말은 일본어를 가리켰다.

이렇게 다아 생활법식부텀도 내지인처럼 해야만 돈도 내지인처럼 잘 모으게 되거든요.

내 이상이며 계획은 이래서 이십만 원짜리 큰 부자가 바루 내다뵈고 그리루 난 길이 환하게 트이고 해서 나는 시방 열심으로 길을 가고 있는 데, 글쎄 그 미처 살기 든 놈들이 세상 망쳐 버릴 사회주의를 하려 드니 내가 소름이 끼칠 게 아니라구요? 말만 들어도 끔찍하지!

세상이 망해서 뒤집히면 그래 나는 어쩌란 말인구? 아무것도 다아 허사가 될 테니 그런 억울할 데가 있드람?

뭐 참 우리 집 다이쇼 말이 일일이 지당해요. 여느 절도나 강도나 사기나 그런 죄는 도적이면 도적을 해가는 그 당장, 그 돈만 축을 내니까 오히려 죄가 가볍지만, 그놈의 것 사회주의인지 지랄인지는 온 세상을 뒤죽박죽으로 만들어 놓고 나라를 통째로 소란하게 하니까 도저히 용서할 수가 없대요.

용서라니! 나 같으면 그런 놈들은 모주리 쓸어다가 마구 그저 그냥……

그런 일을 생각하면 털어 놓고 말이지 우리 아저씬가 그 양반도 여간 불측스리[87] 뵈들 않아요. 사실 아주머니만 아니면 내가 무슨 천주학[88] 이라고, 나쁜 병까지 앓는 그 양반을 찾아다니나요. 죽는대도 코도 안

---

87 불측스리 : 불측스럽게. 당돌하고 엉큼한 데가 있게
88 천주학 : 천주교가 우리나라에 처음 들어오던 조선 말기에, '천주교'를 이르던 말

풀어 붙일걸.

그러나마 전자의 죄상을 다아 회개를 하고 못된 마음은 씻어 바렸을제 말이지, 뭐 흰 개꼬리[89] 삼 년이라더냐, 종시[90] 그 모양인 걸요.

그러니깐 그가 밉살머리스러워서, 더러 들렀다가 혹시 마주 앉아도 위정 뼈끝 저린 소리나 내쏘아 주고 말을 따잡아 가지굴랑 꼼짝 못 하게시리 몰아세주군 하지요.

저번에도 한번 혼을 단단히 내주었지요. 아, 그랬더니 아주머니더러 한다는 소리가, 그 녀석 사람 버렸더라고, 아무짝에고 못쓰게 길이 들었더라고 그러더라나요.

내 원, 그 소리 듣고 하두 어처구니가 없어서!

대체 사람도 유만부동[91]이지 그 아저씨가 날더러 사람 버렸느니 아무짝에도 못쓰게 길이 들었느니 하더라니, 원 입이 몇 개나 되면 그런 소리가 나오는 구멍도 있누?

죄선 벙어리가 다아 말을 해도 나 같으면 할 말 없겠더구먼서두, 하면 다아 말인 줄 아나봐?

이를테면 그게 명색 훈계 비슷한 거렷다? 내게다가 맞대 놓고 그런

---

89 개꼬리 : 개의 꼬리. '흰 꼬리 삼 년이라더냐'라는 구절은 '개꼬리 삼 년 묵어도 황모되지 않는다'라는 속담의 변화된 형태로서, 본바탕이 좋지 아니한 것은 어떻게 하여도 그 본질이 좋아지지 아니함을 비유적으로 이르는 말이다.

90 종시 : 끝까지 내내

91 유만부동 : 어떤 일이 분수에 맞지 않거나 정도에 넘침.

소리를 하다가는 되잽혀서 혼이 날 테니까 슬며시 아주머니더러 일르란 요량이던 게지?

기가 막혀서…… 하느님이 사람의 콧구멍 두 개로 마련하기 참 다행이야.

글쎄 아무려면 내가 자기처럼 다아 공부는 못 하고 남의 집 고조 노릇으로 반또〔番頭〕92 노릇으로 이렇게 굴러먹을 갑시, 이래 보여도 표창을 두 번이나 받은 모범 점원이요, 남들이 똑똑하고 재주 있고 얌전하다고 칭찬이 놀랍고 앞길이 환히 트인 유망한 청년인데 그래 자기 눈에는 내가 버린 놈이고 아무짝에도 못쓰게 길이 든 놈으로 보였단 말이지?

하하, 오옳지! 거참 그렇겠군. 자기는 자기 하는 짓이 옳으니까 나의 하는 짓은 다아 글렀단 말이렷다.

그러니까 나도 자기처럼 그놈의 것 사회주의인지 급살93 맞을 것인지나 하다가 징역이나 살고 전과자나 되고 폐병이나 앓고 다아 그랬더라면 사람 버리지도 않고 아무짝에도 못쓰게 길든 놈도 아니고 그럴 뻔했군그래!

흥! 참…….

제 밑 구린 줄 모르고서 남더러 어쩌구저쩌구한다는 게 꼭 우리 아저씨 그 양반을 두고 일른 말인가 봐.

---

92 반또 : 반또오〔番頭〕. '지배인'의 일본어
93 급살 : 갑자기 닥치는 재앙. '급살 맞다'란 말은 갑자기 죽다라는 뜻이다.

그날도 실상 이랬더라우. 혼을 내주었더니 아주머니더러 그런 소리를 하더란 그날 말이요.

그날이 마침 내가 쉬는 날이길래 아주머니더러 할 이야기도 있고 해서 아침결에 좀 들렀더니 아주머니는 남의 혼인집으로 바느질을 해주러 갔다고 없고, 아저씨 양반만 여전히 아랫목에 가서 드러누웠어요.

그런데 보니깐 어디서 모두 뒤져냈는지 머리맡에다가 헌 언문94 잡지를 수북이 싸 놓고는 그걸 뒤져요.

그래 나도 심심 삼아 한 권 집어 들고 떠들어 보았더니 뭐 읽을 맛이 나야지요.

대체 죄선 사람들은 잡지 하나를 해도 어찌 모두 그 꼬락서니로 해 놓는지.

사진도 없지요, 망가〔漫畫〕95도 없지요.

그리구는 맨판 까달스런 한문 글자로다가 처박아 놓으니 그걸 누구더러 보란 말인고?

더구나 우리 같은 놈은 언문도 그런대루 뜯어보기는 보아도 읽기에 여간만 폐롭지96가 않아요.

그러니 어려운 언문하고 까다로운 한문하고를 섞어서 쓴 글을 뜻을 몰

---

94 언문 : 예전에, '한글'을 속되게 이르던 말
95 망가 : '만화'의 일본어
96 폐롭다 : (일이) 성가시고 귀찮다.

라 못 보지요. 언문으로만 쓴 것은 소설 나부랭인데 읽기가 힘이 들 뿐 아니라 또 죄선 사람이 쓴 소설이란 건 재미가 있어야죠. 나는 죄선 신문이나 죄선 잡지하구는 담쌓고 남 된 지 오랜 걸요.

잡지야 머 '킹구'나 '쇼넹구라부' 덮어 먹을 잡지가 있나요. 참 좋아요.

한문 글자마다 가나97를 달아 놓았으니 어떤 대문을 척 펴 들어도 술술 내리읽고 뜻을 횅하니 알 수가 있지요.

그리고 어떤 대문을 읽어도 유익한 교훈이나 재미나는 소설이지요.

소설 참 재미있어요. 그 중에도 기꾸지 깡[菊池寬] 소설······ 어쩌면 그렇게도 아기자기하고도 달콤하고도 재미가 있는지. 그리고 요시가와 에이지[吉川英治], 그의 소설은 진찐바라바라98하는 지다이모노[時代物]99인데 마구 어깻바람이 나구요.

소설이 모두 그렇게 재미가 있지요, 망가가 많지요, 사진이 많지요, 그리구도 값은 조음 헐하나요. 십오 전이면 바루 고 전달치를 사볼 수 있고 보고 나서는 오전에 도루 파는데요.

잡지도 기왕 할려거든 그렇게나 해야지 죄선 사람들은 제엔장 큰소리는 곧잘 하더구만서두 잡지 하나 반반한 거 못 맨들어 내니!

---

97 가나 : 카나[假名]. 일본 고유의 글자
98 진찐바라바라 : 짠짠바라바라(ちゃんちゃんばらばら). 칼싸움이라는 뜻의 일본어
99 지다이모노 : '시대물[時代物]'의 일본어. 역사적 사건 따위에서 취재하고 각색한 예술 작품

그날도 글쎄 잡지가 그 꼴이라 애여 글을 볼 멋도 없고 해서 혹시 망가나 사진이라도 있을까 하고 책장을 후루루 넹기느라니깐 마침 아저씨 이름이 있겠다요! 하두 신통해서 쓰윽 펴 들고 보았더니 제목이 첫줄은, 경제·사회······ 무엇 어쩌구 잔주100를 달아 놨겠지요.

그것만 보아도 벌써 그럴듯해요. 경제는 아저씨가 대학교에서 경제를 배웠다니까 경제 속은 잘 알 것이고 또 사회는, 그것 역시 사회주의를 했으니까, 그 속도 잘 알 것이고, 그러니까 경제하고 사회주의하고 어떻게 서루 관계가 되는 것이며 어느 편이 옳다는 것이며 그런 소리를 썼을 게 분명해요.

뭐, 보나 안 보나 빠안하지요. 대학교까지 가설랑 경제를 배우고도 돈 모을 생각은 않고서 사회주의만 하고 다닌 양반이라 경제가 그르고 사회주의가 옳다고 우겨댔을 게니깐요.

아무렇든 아저씨가 쓴 글이라는 게 신기해서 좀 보아 볼 양으로 쓰윽 훑어봤지요. 그러나 웬걸 읽어 먹을 재주가 있나요.

글자는 아주 어려운 자만 아니면 대강 알기는 알겠는데 붙여 보아야 대체 무슨 뜻인지를 알 수가 있어야지요.

속이 상하길래 읽어 보자던 건 작파하고서101 아저씨를 좀 따잡고 몰아셀 양으로 그 대목을 차악 펴놨지요.

---

100 잔주 : 큰 주석 아래에 더 자세히 단 주석
101 작파하다 : 중도에서 그만둬 버린다.

"아저씨?"

"왜 그러니?"

"아저씨가 여기다가 경제 무어라구 쓰구 또, 사회 무어라구 썼는데, 그러면 그게 경제를 하란 뜻이요 사회주의를 하라는 뜻이요?"

"뭐?"

못 알아듣고 뚜렷뚜렷해요. 자기가 쓰고도 오래돼서 다아 잊어버렸거나 혹시 내가 말을 너무 까다롭게 내기 때문에 섬뻑102 대답이 안 나왔거나 그랬겠지요. 그래 다시 조곤조곤 따졌지요.

"아저씨! 경제라 껏은 돈 모아서 부자되라는 거 아니요? 그런데 사회주의라 껏은 모아 둔 부자 사람의 돈을 뺏아 쓰는 거 아니요?"

"이 애가 시방!"

"아—니, 들어 보세요."

"너, 그런 경제학, 그런 사회주의 어디서 배웠니?"

"배우나마나, 경제라 껀 돈 많이 벌어서 애껴 쓰구 나머지 모아 두는 게 경제 아니요?"

"그건 보통, 경제한다는 뜻으로 쓰는 경제고, 경제학이니 경제적이니 하는 건 또 다르다."

"다른 게 무어요? 경제는, 돈 모으는 것이고 그러니까 경제학이면 돈 모으는 학문이지요."

---

102 섬뻑 : 이런저런 상황을 따지지 않고 곧바로

"아니란다. 혹시 이재학(理財學)103이라면 돈 모으는 학문이라고 해도 근리(近理)할지104 모르지만 경제학은 그런 게 아니란다."

"아—니 그렇다면 아저씨 대학교 잘못 다녔소. 경제 못 하는 경제학 공부를 오 년이나 했으니 그거 무어란 말이요? 아저씨가 대학교까지 다니면서 경제 공부를 하구두 왜 돈을 못 모으나 했더니 인제 보니깐 공부를 잘못해서 그랬군요!"

"공부를 잘못했다? 허허. 그랬을는지도 모르겠다. 옳다 네 말이 옳아!"

이거 봐요 글쎄. 담박105 꼼짝 못 하잖나. 암만 대학교를 다니고, 속에는 육조106를 배포했어도 그렇다니깐 글쎄…….

"아저씨?"

"왜 그러니?"

"그러면 아저씨는 대학교를 다니면서 돈 모아 부자되는 경제 공부를 한 게 아니라 모아 둔 부자 사람네 돈 뺏아 쓰는 사회주의 공부를 했으니 말이지요……."

"너는 사회주의가 무얼루 알구서 그러냐?"

"내가 그까짓 걸 몰라요?"

<hr>

103 이재학 : 인간 사회의 경제 현상, 즉 재화와 용역의 생산, 분배, 소비 활동을 연구하는 학문
104 근리하다 : 사리에 거의 들어맞다.
105 담박 : '단박'의 비표준어. 그 자리에서 바로 곧
106 육조 : 고려와 조선 시대에, 국가의 정무를 나누어 맡아보던 여섯 관부. 이조, 호조, 예조, 병조, 형조, 공조를 이른다.

한바탕 주욱 설명을 했지요.

내 얼굴만 물끄러미 올려다보고 누웠더니 피쓱 한번 웃어요. 그러고는 그 양반이 하는 소리겠다요.

"그게 사회주의냐? 불한당이지."

"아―니, 그럼 아저씨두 사회주의가 부란당인 줄은 아시는구려?"

"내가 어째 사회주의가 불한당이랬니?"

"방금 그리잖았어요?"

"글쎄, 그건 사회주의가 아니라 불한당이란 그 말이다."

"거보시우! 사회주의란 것은 그렇게 날부랑당이어요. 아저씨두 그렇다구 하면서 아니시래요?"

"이 애가 시방 입심 겨름107을 하재나!"

이거 봐요. 또 꼼짝 못 하지요? 다아 이래요 글쎄…….

"아저씨?"

"왜 그러니?"

"아저씨두 맘 달리 잡수시요."

"건 어떻게 하는 말이야?"

"걱정 안 되시우?"

"날 같은 사람이 걱정이 무슨 걱정이냐? 나는 네가 걱정이더라."

"나는 뭐 버젓하게 요량108이 있는 걸요."

---

107 겨름 : '겨룸'의 방언. 서로 맞서 힘이나 승부를 다투는 일

"어떻게?"

"이만저만한가요!"

또 한바탕 주욱 설명을 했지요. 이 얘기를 다아 듣더니 그 양반 한다는 소리 좀 보아요.

"너두 딱한 사람이다!"

"왜요?"

"······."

"아—니, 어째서 딱하다구 그러시우?"

"······."

"네? 아저씨."

"······."

"아저씨?"

"왜 그래?"

"내가 딱하다구 그리셨지요?"

"아니다. 나 혼자 한 말이다."

"그래두······."

"이애!"

"네?"

---

108 요량 : 앞일을 잘 헤아려 생각함. 또는 그런 생각

“사람이란 것은 누구를 물론허구 말이다. 아첨하는109 것같이 더러운 게 없느니라.”

“아첨이요?”

“저…… 위로는 제왕, 밑으로는 걸인110, 그 모든 사람이 위선 시방 이 제도의 이 세상에서 말이다, 제가끔 제 분수대루 살아가는 데 있어서 말이다, 제 개성을 속여 가면서꺼정 생활에다가 아첨하는 것같이 더러운 것이 없고, 그런 사람같이 가련한 사람은 없느니라. 사람이라껀 밥 두 그릇이 하필 밥 한 그릇보다 더 배가 부른 건 아니니까.”

“그건 무슨 뜻인데요.”

“네가 일본인 여자와 결혼을 해서 성명까지 갈고 모든 생활 법도를 일본화하겠다는 것이 말이다.”

“네, 그게 좋잖아요?”

“그것이 말이다. 진실로 깊은 교양이나 어진 지혜의 판단에서 우러나온 것이라면 그도 모를 노릇이겠지. 그렇지만 나는 보매111 네가 그런다는 것은 다른 뜻으로 그러는 것 같다.”

“다른 뜻이라니요?”

“네 주인의 비위를 맞추고 이웃의 비위를 맞추고 하자고…….”

---

109 아첨하다 : 남의 환심을 사거나 잘 보이려고 알랑거리다.
110 걸인 : 거지. 남에게 빌어먹고 사는 사람
111 보매 : 겉으로 보기에. 또는 짐작으로 보기에

"그야 물론이지요! 다이쇼의 신용을 받아야 하고 이웃 내지인들하구두 좋게 지내야지요. 그래야 할 게 아니겠어요?"

"……."

"아저씨는 아직두 세상 물정을 모르시요. 나이는 나보담 많구 대학교 공부까지 했어도 일찌감치 고생살이를 한 나만큼 세상 물정은 모릅니다. 시방이 어느 세상인데 그러시우?"

"이애!"

"네?"

"네가 방금 세상 물정이랬지?"

"네."

"앞길이 환하니 틔었다구 그랬지?"

"네."

"환갑까지 십만 원 모은다구 그랬지?"

"네."

"네가 말하려는 세상 물정하구 내가 말하려는 세상 물정하구 내용이 다르기도 하지만 세상 물정이란 건 그야말로 그리 만만한 게 아니다."

"네?"

"사람이라껀 제아무리 날구 뛰어도 이 세상에 형적112 없이 그러나 세차게 주욱 흘러가는 힘 ─ 그게 말하자면 세상 물정이겠는데 ─ 결국 그

─────────────

112 형적 : 사물의 형상과 자취를 아울러 이르는 말. 또는 남은 흔적

것의 지배 하에서 그것을 따라가지, 별수가 없는 거다."

"네?"

"쉽게 말하면 계획이나 기회를 아무리 억지루 만들어 놓아도 결과가 뜻대루는 안 된단 말이다."

"젠장, 아저씨두…… 요전 '킹구'라는 잡지에두 보니까, 나폴레옹이라는 서양 영웅이 그랬답디다. 기회는 제가 만든다구, 그리고 불가능이란 말은 바보의 사전에서나 찾을 글자라구요. 아 자꾸자꾸 계획하구 기회를 만들구 해서 분투노력113해 나가면 이 세상 일 안 되는 일이 어디 있나요? 한번 실패하거든 갑절114 용기를 내 가지구 다시 일어서지요. 칠전팔기115 모르시요?"

"나폴레옹도 세상 물정에 순응할 때는 성공했어도 그것에 거슬리다가 실패를 했더란다. 너는 칠전팔기해서 성공한 몇 사람만 보았지, 여덟 번 일어섰다가 아홉 번째 가서 영영 쓰러지구는 다시 일지 못한 숱한 사람이 있는 건 모르는구나?"

"그래두 인제 두구 보시우. 나는 천하 없어두 성공하구 말 테니…… 아저씨는 그래서 더구나 못써요. 일해 보기두 전에 안 될 줄로 낙심 먼저 하구……."

---

113 분투노력 : 있는 힘을 다하여 노력함.
114 갑절 : 어떤 수량이나 분량을 두 번 합한 것
115 칠전팔기 : 일곱 번 넘어지고 여덟 번 일어난다는 뜻으로, 여러 번 실패하여도 굴하지 않고 꾸준히 노력하고 분투하는 사람이나 그러한 정신을 비유적으로 이르는 말

"하늘은 꼭 올라가 보구래야만 높은 줄 아니?"

원 마지막 가서는 할 소리가 없으니깐 동에도 닿지 않는 비유를 가져다 둘러대는 걸 보아요. 그게 어디 당한 말인구? 안 올라가 보면 뭐 하늘 높은 줄 모를 천하 멍텅구리도 있을까?

그만해 두려다가 심심하길래 또 말을 시켰지요.

"아저씨?"

"왜 그래?"

"아저씨는 인제 몸 다아 충실해지면 어떡허실려우?"

"무얼?"

"장차……."

"장차?"

"어떡허실 작정이세요?"

"작정이 새삼스럽게 무슨 작정이냐?"

"그럼 아저씨는 아무 작정 없이 살아가시우?"

"없기는?"

"있어요?"

"있잖구."

"무언데요?"

"그새 지내오던 대루……."

"그러면 저 거시키, 무엇이냐 도루 또 그걸……?"

"그렇겠지."

"아저씨?"

"……."

"아저씨?"

"왜 그래?"

"인제 그만두시우."

"그만두라구?"

"네."

"누가 심심소일루 그리는 줄 아느냐?"

"그러잖구요?"

"……."

"아저씨?"

"……."

"아저씨?"

"왜 그래?"

"아저씨 올에 몇이지요?"

"서른셋."

"그러니 인제는 그만큼 해두고 맘 잡아서 집안일 할 나이두 아니요?"

"집안일을 해서 무얼 하나?"

"그러기루 들면 그 짓은 해서 또 무얼 하나요?"

"무얼 하려구 하는 게 아니란다."

"그럼, 아무 희망이나 목적이 없으면서 그래요?"

"목적? 희망?"

"네."

"개인의 목적이나 희망은 문제가 다르니까…… 문제가 안 되니까
……."

"원, 그런 법도 있나요?"

"법?"

"그럼요!"

"법이라……!"

"아저씨?"

"……."

"아저씨"

"왜 그래?"

"아주머니가 고맙잖습디까?"

"고맙지."

"불쌍하지요?"

"불쌍? 그렇지, 불쌍하다면 불쌍한 사람이지!"

"그런 줄은 아시누만?"

"알지."

"알면서 그러시우?"

"고생을 낙으로, 그 쓰라린 맛을 씹고 씹고 하면서 그것에서 단맛을
알아내는 사람도 있느니라. 사람도 있는 게 아니라 사람마다 무슨 일에
고 진정과 정신을 꼬박 거기다가만 쓰면 그렇게 되는 법이니라. 그러니
까 그쯤 되면 그때는 고생이 낙이지. 너희 아주머니만 두고 보더라도 고
생이 고생이면서도 고생이 아니고 고생하는 게 낙이란다."

"그렇다고 아저씨는 그걸 다행히만 여기시우?"

"아—니."

"그렇거들랑 아저씨두 아주머니한테 그 은공을 더러는 갚아야 옳을 게 아니요?"

"글쎄, 은공을 모르는 건 아니지만……."

"그러니 인제 병이나 확실히 다아 나신 뒤엘라컨……."

"바빠서 원……."

글쎄 이 한다는 소리 좀 보지요? 시치미 뚜욱 떼고 누워서 바쁘다는군요!

사람 속 차릴 여망116 없어요. 그저 어디루 대나 손톱만치도 쓸모는 없고 남한테 사폐117만 끼치고 세상에 해독118만 끼칠 사람이니, 뭐 하루바삐 죽어야 해요. 죽어야 하고 또 죽어서 마땅해요. 그런데 글쎄 죽지를 않고 꼼지락꼼지락 도루 살아나니 성화라구는, 내…….

---

116 여망 : 아직 남은 희망

117 사폐 : 일의 폐단. 어떤 행동이나 일에서 나타나는 부정적인 현상이나 해로운 요소

118 해독 : 어떤 일을 망치거나 파괴하여 해를 끼치고 나쁜 작용을 함.

선생님이 들려주는 그 시절 이야기

태환 : 안녕하세요, 선생님. 오늘은 채만식의 「치숙」을 읽었어요. 이 작품에 관한 얘기를 듣고 싶어요.

선생님 : 알았다. 그래, 「치숙」을 읽은 느낌은 어땠니? 재미있었니?

태환 : 네. 채민식이란 작가는 풍자소설을 많이 쓴 거 같은데, 지난번에 읽은 「미스터 방」도 그렇고, 이 작품도 비속어를 많이 섞어 쓰면서 생생한 구어체로 인물을 풍자하는 것이 재미있게 읽혔어요.

선생님 : 맞아. 채만식은 판소리 사설체의 활달한 문체로 왜곡된 사회상이나 부조리한 인물을 통렬하게 비판하는 솜씨가 뛰어나서 우리 근대문학사에서 풍자소설의 대가로 불리지.

서연 : 저는 그런 점도 재미있었지만, 풍자의 수법이 교묘하고 특이한 거 같아서 인상 깊었어요.

선생님 : 무슨 말인지 설명해 줄래?

서연 : 작품을 읽어보면, 조카가 화자가 돼 줄곧 사회주의자 삼촌을 조롱하고 공격하고 있는데, 결과적으로는 그 자신이 풍자되고 있는 구조가 참 묘하고 신기했어요.

선생님 : 그래 잘 보았다. 의도와 결과, 겉과 속이 반대로 전개되는 반어적 상황을 제대로 포착했구나. 그렇다면 어떻게 해서 그렇게 될 수 있었지?

서연 : 음……, 저는 작품을 읽어나가면서 점점 화자의 말을 못 믿게 된 게 이유인 거 같아요. 처음에는 저도 화자가 하는 말을 그러려니 하고 믿었어요. 그런데 가만히 따라 읽다 보니까, 늘어놓는 말들이 이상하다는 생각이 들기 시작했어요.

선생님 : 가령 어떤 대목에서 그랬지?

서연 : 사회주의를 비난하는 이야기들도 일본인 상점 주인의 말을 무조건 믿고 옮기는 거였고, 일제강점기인데 나라가 다 잘 분간해서 백성들을 편안히 살도록 애써 준다거나 하는 말을 할 때 그랬어요.

태환 : 맞아요. 사실 조금만 생각해보면, 화자가 친일파에 속물이란 걸 어렵지 않게 알 수 있어요. 조선 여자는 거저 줘도 싫다고 하면서, 일본인 주인에게 잘 보여 돈을 벌면 일본 여자와 결혼하고 일본식으로 사는 게 꿈이라고 하잖아요? 아이도 일본인 학교에 보내고요.

서연 : 네, 어쨌든 그렇게 화자를 못 믿게 된 후부터는 그가 하는 말을 곧이곧대로 받아들이지 않고, 그런 말 뒤에 숨어 있는 의미를 생각하게 된 거 같아요.

그래서 곰곰이 생각해보니, 결국 작가가 풍자하고 있는 대상은 사회주의자인 '아저씨'가 아니라, 일제의 지배에 만족하면서 무지하고 속물적으로 살아가는 조카인 화자라는 걸 알게 됐어요.

선생님 : 작품을 꼼꼼히 잘 읽었구나. 훌륭하다! 한 가지 설명을 덧붙이자면, 네가 말한 것처럼 독자가 믿을 수 없는 작품 속 화자를 '신

빙성 없는 화자'라고 부른단다. 대개 너무 어리거나 순진한 사람, 무지한 인물 등이 설정되는데, 이런 화자가 이야기를 펼치면 흔히 반어적 상황이나 표현의 효과를 낳게 된다.

서연 : 네, 그렇군요. 알겠습니다.

태환 : 저도 잘 알겠습니다. 그런데 궁금한 게 한 가지 있어요. 이 작품에서 '아저씨'는 사회주의 운동을 하다가 옥살이를 하고 폐병까지 얻는 걸로 나오잖아요? 일제강점기에는 사회주의자들이 많았나요?

선생님 : 그랬단다. 민족주의와 더불어 당시 시대를 대표하는 사상이었지. 우리나라에 사회주의가 처음 소개된 것은 구한말부터였어. 하지만 본격적으로 받아들여진 것은 3·1운동 이후라고 할 수 있어. 너희들도 알다시피, 3·1운동은 온 민족이 들고 일어나 항거했지만 일제의 무자비한 탄압에 결국 실패하고 말았지. 그후 많은 식민지 지식인과 민중들은 무력함을 느꼈지만, 한편으론 정치의식이 더욱 높아지면서 새로운 이념과 사회운동의 방향을 모색하게 됐어.

당시 세계적으로는 러시아혁명과 국제 혁명운동의 영향으로 사회주의 이념이 널리 퍼져 있었는데, 우리나라에서도 이 무렵부터 새로운 민족 해방의 이념으로 사회주의가 적극적으로 수용되기 시작했어.

그 결과 1925년에는 조선공산당이 조직되고 이후 대중 속으로 확산되면서, 1930년대에는 사회주의 계열의 농민, 노동자 단체들이 전국의 농촌과 공장에서 활발한 대중 투쟁과 운동을 벌이기도 했어.

이런 운동의 기본적인 방향은 노동 계급의 해방과 민족 해방을 동시에 추구하는 것이었어. 다시 말해 일제강점기 우리나라의 사회주의 운동은 계급 투쟁뿐 아니라 민족적 저항 운동의 성격도 강하게 지닌 것이었지.

태환 : 일제가 가만히 두고 보지 않았겠군요? 작품 속에서 '아저씨'가 징역을 갔다 온 걸로도 짐작이 가네요.

선생님 : 맞아. 일제는 1925년부터 '치안유지법'이란 걸 만들어서 일제의 지배 체제를 부정하는 모든 운동을 엄격히 금지하고 처벌하기 시작했어. 사회주의 운동은 그 주요한 탄압 대상이었지.

태환 : 네, 알겠습니다.

서연 : 선생님, 한 가지만 더 여쭤볼게요. 아까 이야기했던 것처럼, 이 작품에서는 긍정적인 인물과 부정적인 인물이 표면적인 진술과는 다르게 이해되잖아요? 그래서 화자인 '조카'가 풍자 대상인 것은 알겠는데, 그렇다고 사회주의자인 '아저씨'가 아주 긍정적으로 그려지지도 않는 거 같아요.

선생님 : 어떤 부분에서 그렇게 느꼈니?

서연 : 작품 후반부에 '나'와 '아저씨'가 대화를 나누는 장면이 나오잖아요? 그 부분을 보면, '아저씨'가 '나'의 비난에 대해 분명하게 반박하거나, 사회주의를 찬성하는 논리를 자세히 펼치지도 않는 거 같아요.

선생님 : 그래, 네 말이 맞다. 작가가 이 작품에서 '아저씨'와 사회주의를 적극적으로 옹호하고 있지는 않다고 볼 수 있을 듯하다.

서연 : 왜, 그런 건가요?

선생님 : 음……, 그건 두 가지로 설명해 볼 수 있을 것 같다. 우선은 일제의 검열 때문이라고 이해할 수 있어. 좀 전에 이야기했던 대로, 당시에는 사회주의 운동에 대한 일제의 감시와 처벌이 심했기 때문에 작품 속에 사회주의를 직접 옹호하는 내용을 담기는 어려웠지. 그래서 다소 모호하게 처리하고 넘어갔다고 볼 수 있단다.

또 다른 관점에서는 작가의 사회주의에 대한 믿음이나 지지가 확고하지 않았기 때문이라고 생각해 볼 수도 있다. 채만식은 흔히 '동반자 작가'라로 불린다.

서연 : '동반자 작가'가 뭐예요?

선생님 : 그건 당시에 사회주의 운동에 대해 심정적으로는 동조하면서도, 투철한 신념을 가지고 함께 행동하지는 않았던 작가를 말하는 거야.

좀 더 구체적으로 이야기하자면, 당시 우리나라에서 사회주의 이념을 바탕으로 프롤레타리아문학을 하던 단체로 '카프'가 있었지? 이 단체의 회원이 아니면서도 사회주의 이념에 어느 정도 동조하거나 하층민의 삶에 관심을 기울인 작가들을 가리키던 말이었어.

이효석과 유진오, 이무영 등과 함께, 채만식도 그런 작가들 가운데 하나로 지칭되었단다. 이념적 관점으로 본다면, 작가 스스로가 사회주의에 대해 투철하거나 적극적인 신념을 지니지는 못했다고 할 수 있지.

서연 : 네, 알겠습니다. 선생님 말씀을 듣고 보니 이해가 되는 거 같아요.

태환 : 네, 저도요. 오늘도 여러 가지 좋은 말씀해 주셔서 감사합니다!

일제강점기 만주 이민과
한민족의 강인한 삶의 의지

김동인 「붉은 산」 / 황순원 「목넘이 마을의 개」

나라 잃은 시대 많은 한국인들이 이주해간 만주와 그 길목의 산골 마을을
배경으로 민족애와 강인한 삶의 의지를 그려낸 작품들이다.
배척받던 인물과 떠돌이 개의 이야기를 통해 민족의 수난사와
극복 의지가 형상화되고 있다.

붉은 산

김동인(1900~1951)

작가 소개

김동인은 평안남도 평양에서 태어났다. 기독교 학교인 평양 숭덕소학교를 졸업하고 숭실중학교에 진학했으나 중퇴한 후 일본 유학을 떠났다. 일본으로 건너간 후에는 도쿄학원, 메이지학원 등에서 공부하다가, 1919년 3·1운동 직후 귀국하였다.

그는 귀국 직전인 1919년 2월 동경에서 열린 일본 유학생들의 독립선언 행사에 참여해 체포되기도 했으나, 이후 일제강점기 말기에는 태평양전쟁 징병을 찬양하는 글을 기고하고 일본과 조선은 한 몸이라는 뜻의 내선일체를 강조하는 등, 친일 행위를 하였다. 광복 후에는 전조선문필가협회 결성을 주도하기도 하다가 한국전쟁 중에 지병으로 사망하였다.

김동인은 유학 시절인 1919년 동경에서 주요한, 전영택 등과 함께 우리나라 최초의 문학 동인지인 『창조』를 발간하였고, 그곳에 「약한 자의 슬픔」을 발표하며 작품 활동을 시작하였다. 그는 민중에게 새로운 사고와 지식을 깨우쳐 구습을 타파하고자 했던 계몽주의 문학에 맞서 미적 아름다움을 중시하는 예술지상주의를 주장하였다.

1920년대부터 대표작으로 꼽힐 만한 여러 작품들을 발표하였는데, 탐미주의적 예술관을 표방했지만 실제 작품 경향은 다양하게 나타났다. 「감자」와 「명문」에서는 자연주의, 「광화사」와 「광염소나타」에서는 탐미주의적 경향을 발견할 수 있다. 이와 달리 「붉은 산」에서는 사실주의적 기법으로 표출된 민족주의적 경향이 두드러지고, 「배따라기」와 같은 작품에서는 낭만주의적 색채도 짙게 나타나고 있다.

1930년 무렵부터는 생활고를 해결하기 위한 방편으로 신문연재 소설을 많이 창작하였는데, 『젊은 그들』, 『운현궁의 봄』, 『대수양』 등이 대표적이다. 또 한편으론 「조선근대소설고」와 「춘원연구」 등의 비평문을 발표하여 평론 활동에서도 두각을 드러냈다.

그는 우리나라 최초의 문학동인지 『창조』를 발간하여 근대문학 형성 과정에 큰 영향을 끼친 작가이다. 또, 작품 창작에서는 순수한 아름다움의 가치를 추구하여 문학의 예술성을 고양시키는 데 기여했으며, 짧고 간결한 사실주의적 문체와 과거시제의 도입, 액자식 구성 등 다양한 창작 방법과 형식을 실험하여 현대적인 단편소설 양식을 확립하는 데 기여한 선구자로 평가된다.

작품 해설

이 소설은 일제강점기 만주로 이주해간 한국인들의 고통스러운 생활상과 함께, 한 떠돌이의 숨겨진 조국애와 민족의식을 그려낸 작품이다.

의학 연구차 만주를 여행하던 '여[나]'는 만주의 한 마을에서 '삵'이라는 별명을 가진 인물을 만난다. 그는 1년 전쯤 이 마을에 흘러들어온 떠돌이인데, 투전이 일쑤며, 싸움 잘하고, 트집 잘 잡고, 칼부림 잘하고, 여자에게 덤벼들기 잘하는 망나니였다. 마을 사람들은 골칫거리인 '삵'을 꺼려하며 동네에서 쫓아내려 하지만, 그가 워낙 모질고 사나워서 아무도 실행에 옮기지 못한다.

그러던 중에 '송첨지'라는 노인이 죽는 사건이 발생한다. 소작료를 적게 냈다는 이유로 만주인 지주에게 얻어맞고 허리가 부러진 채 돌아와 죽은 것이다. 마을 사람들은 모두 흥분하고 분노하지만 막상 지주에게 맞서려는 사람은 없었다. 이 이야기를 들은 '삵'의 얼굴에는 참담하도록 슬퍼하는 표정이 어렸다.

이튿날 아침 동구 밖에서 그는 피투성이가 된 채 발견된다. 혼자서 만주인 지주 집에 찾아갔다가 변을 당한 것이다. 그는 죽어가면서 '붉은 산'과 '흰 옷'이 보고 싶다고 했고, '나'와 마을 사람들이 불러주는 애국가를 들으며 눈을 감았다.

이러한 줄거리의 이야기는 일제강점기 만주로 이주해 간 한국 이주민들의 삶을 반영한 것이다. 당시 일제의 침탈로 토지를 잃은 많은 농민들이 만주 등지로 살길을 찾아 떠났다. 하지만 조국을 잃고 뿌리 뽑혀 떠돌던 실향민들은 힘들고 고통스러운 생활에 시달리고 있었다.

작품 속에서 만주인 지주에게 맞아 죽은 '송첨지'와 '삵'은 그러한 이주민들의 처지와 불행을 대변하는 인물들이다. 작가는 이들 인물의 비참한 죽음을 사실적으로 묘사함으로써 비극적인 민족 현실에 대한 분노와 비애를 형상화한 것이다.

이 같은 민족주의적 감정은 특히, 중심인물인 '삵'을 통해 인상적으로 부각된다. 작품 전반부에서 포악하며 파렴치한 불량배로만 그려지던 그는 마지막 사건에서 뜨거운 동족애를 보여주며 죽음에 이르고 있다.

이런 예기치 못했던 사건 전개와 결말은 다소 갑작스럽고 개연성이 부족해 보이기도 하지만, 주제적 측면에서 겉모습만으로 속단하기 힘든 인간성에 대한 이해와 숨겨진 민족애를 일깨우고 있다. 또 고국 산하와 우리 민족을 상징하는 '붉은 산'과 '흰 옷', 조국애를 환기하는 '애국가' 등도 작품의 주제 의식을 강화하는 요소로 볼 수 있다.

붉은 산

— 어떤 의사의 수기1

그것은 여(余)2가 만주를 여행할 때 일이었다. 만주의 풍속도 좀 살필 겸 아직껏 문명의 세례를 받지 못한 그들 사이에 퍼져 있는 병(病)을 좀 조사할 겸해서 일 년의 기한을 예산하여3 가지고 만주를 시시콜콜히 다 돌아온 적이 있었다. 그때에 XX촌이라 하는 조그만 촌에서 본 일을 여기에 적고자 한다.

XX촌은 조선 사람 소작인만 사는 한 이십여 호4 되는 작은 촌이었다. 사면5을 둘러보아도 한 개의 산도 볼 수가 없는 광막한6 만주의 벌판 가운데 놓여 있는 이름도 없는 작은 촌이었다.

몽고 사람 종자(從者)7를 하나 데리고 노새를 타고 만주의 농촌을 돌아다니던 여가 그 XX촌에 이른 때는 가을도 다 가고 어느덧 광포한8

---

1 수기 : 자기의 생활이나 체험을 직접 쓴 기록
2 여 : 일상적인 대화가 아니라 주로 글에서 쓰이는 말로, '나'를 이른다.
3 예산하다 : 미리 계산하다.
4 호 : 집을 세는 단위를 나타내는 말
5 사면 : 전후좌우의 모든 둘레
6 광막하다 : 끝없이 아득하게 넓다.
7 종자 : 남에게 딸려 따라다니는 사람

북국의 겨울이 만주를 찾아온 때였다.

만주의 어느 곳이나 조선 사람이 없는 곳은 없지만 이러한 오지(奧地)9 에서 한 동네가 죄 조선 사람뿐으로 되어 있는 곳을 만나니 반가웠다. 더구나 그 동네는 비록 모두가 만주국인의 소작인이라 하나, 사람들이 비교적 온량하고10 정직하여 장성한11 이들은 그래도 모두 천자문 한 권쯤은 읽은 사람이었다.

살풍경한12 만주, 그 가운데서 살풍경한 살림을 하는 만주국인이며 조선 사람의 동네를 근 일 년이나 돌아다니다가 비교적 평화스런 이런 동네를 만나면, 그것이 비록 외국인의 동네라 하여도 반갑겠거늘, 하물 며 우리 같은 동족임에랴.

여는 그 동네에서 한 십여 일 이상을 일없이 매일 호별 방문을 하며 그들과 이야기로 날을 보내며, 오래간만에 맛보는 평화적 기분을 향락하 고13 있었다.

'삵14'이라는 별명을 가지고 있는 '정익호'라는 인물을 본 것이 여기

---

8 광포하다 : 미쳐 날뛰듯이 매우 거칠고 사납다.

9 오지 : 해안이나 도시에서 멀리 떨어진 내륙의 깊숙한 땅

10 온량하다 : 온순하고 무던하다.

11 장성하다 : 자라서 어른이 되다.

12 살풍경하다 : 풍경이 보잘것없이 메마르고 스산하다.

13 향락하다 : 즐겁게 누리다.

14 삵 : 살쾡이. 고양이처럼 생겼으나 몸집이 조금 더 크고 반점이 많다. 턱 근육이 발달하여 물어뜯는 힘이 매우 세고, 쥐, 토끼, 닭 등의 작은 동물들을 잡아먹는다.

서이다.

익호라는 인물의 고향이 어디인지는 XX촌에서 아무도 몰랐다. 사투리로 보아서 경기 사투리인 듯하지만 빠른 말로 재재거리는15 때에는 영남 사투리가 보일 때도 있고, 싸움이라도 할 때는 서북 사투리가 보일 때도 있었다.

그런지라 사투리로써 그의 고향을 짐작할 수가 없었다. 쉬운 일본 말도 알고, 한문 글자도 좀 알고, 중국말은 물론 꽤 하고, 쉬운 러시아 말도 할 줄 아는 점 등등, 이곳저곳 숱하게 주워 먹은 것이 짐작이 가지만, 그의 경력을 똑똑히 아는 사람은 없었다.

그는 여가 XX촌에 가기 일 년 전쯤 빈손으로 이웃이라도 오듯 후덕덕 XX촌에 나타났다 한다. 생김생김으로 보아도 얼굴이 쥐와 같고 날카로운 이빨이 있으며 눈에는 교활함과 독한 기운이 늘 나타나 있으며, 발룩한16 코에는 코털이 밖으로까지 보이도록 길게 났고, 몸집은 적으나 민첩하게 되었고, 나이는 스물다섯에서 사십까지 임의로17 볼 수 있으며, 그 몸이나 얼굴 생김이 어디로 보든 남에게 미움을 사고 근접치18 못할 놈이라는 느낌을 갖게 한다.

그의 장기(長技)는 투전19이 일쑤며, 싸움 잘 하고, 트집 잘 잡고, 칼

---

15 재재거리다 : 조금 수다스럽게 자꾸 재잘거리다.
16 발룩하다 : 탄력 있는 작은 물체의 틈이나 구멍이 조금 크게 벌어져 있다.
17 임의로 : 어떤 제한이 없이 마음대로
18 근접하다 : 가까이 다가가다.

부림 잘 하고, 색시에게 덤벼들기 잘 하는 것이라 한다.

생김생김이 벌써 남에게 미움을 사게 되었고, 거기다 하는 행동조차 변변치 못한 일만이라, XX촌에서도 아무도 그를 대척하는[20] 사람이 없었다. 사람들은 모두 그를 피하였다. 집이 없는 그였으나 뉘 집에 잠이라도 자러 가면 그 집 주인은 두말없이 다른 방으로 피하고 이부자리를 준비하여 주고 하였다. 그러면 그는 이튿날 해가 낮이 되도록 실컷 잔 뒤에 마치 제집에서 일어나듯 느직이 일어나서 조반[21]을 청하여 먹고는 한마디의 사례도 없이 나가 버린다.

그리고 만약 누구든 그의 이 청구에 응치 않으면 그는 그것을 트집으로 싸움을 시작하고, 싸움을 하면 반드시 칼부림을 하였다. 동네의 처녀들이며 젊은 여인들은 익호가 이 동네에 들어온 뒤부터는 마음 놓고 나다니지를 못하였다. 철없이 나갔다가 봉변을 한 사람도 몇이 있었다.

'삵'—

이 별명은 누가 지었는지 모르지만 어느덧 XX촌에서는 익호를 익호라 부르지 않고 '삵'이라고 부르게 되었다.

"삵이 뉘 집에서 묵었나?"

---

19 투전 : 노름 도구의 하나. 또는 그것으로 하는 노름. 두꺼운 종이로 손가락 너비만 하고 다섯 치쯤 되게 만들어 인물, 짐승, 벌레와 물고기 따위를 그려 끗수를 나타낸다.

20 대척하다 : 묻는 말에 응답하거나 반응하다.

21 조반 : 아침밥

"김 서방네 집에서."

"다른 봉변은 없었다나?"

"요행히 없었다네."

그들은 아침에 깨면 서로 인사 대신으로 '삵'의 거취를 알아보고 하였다.

'삵'은 이 동네에서는 커다란 암종[22]이었다. '삵' 때문에 아무리 농사에 사람이 부족한 때라도 젊고 튼튼한 몇 사람은 동네의 젊은 부녀를 지키기 위하여 동네 안에 머물러 있지 않을 수가 없었다. '삵' 때문에 부녀와 아이들은 아무리 더운 여름 저녁에라도 길에 나서서 마음 놓고 바람을 쏘여 보지를 못하였다. '삵' 때문에 동네에서는 닭의가리[23]며 돼지우리를 지키기 위하여 밤을 새우지 않을 수가 없었다.

동네의 노인이며 젊은이들은 몇 번을 모여서 '삵'을 이 동리에서 내어쫓기를 의논하였다. 물론 합의는 되었다.

그러나 내어쫓는 데 선착[24]할 사람이 없었다.

"첨지[25]가 선착하면 뒤는 내 담당하마."

"뒤는 걱정 말고 형님 먼저 말해 보시오."

---

22 암종 : 동물의 살 표면, 점막 따위의 상피 조직에 생기는 악성 종양
23 닭의가리 : '닭의어리'의 북한어. 나뭇가지나 싸리 따위로 엮어 닭을 가두거나 넣어 두는 물건
24 선착 : 어떤 일을 남보다 먼저 시작함.
25 첨지 : 나이 많은 남자를 얕잡아 이르던 말

제각기 '삵'에게 먼저 달려들기를 피하였다.

이리하여 동리에서는 합의는 되었으나 '삵'은 그냥 태연히 이 동네에 묵어 있게 되었다.

"며늘년들이 조반이나 지었나?"

"손주놈들이 잠자리나 준비했나?"

마치 그 동네의 모두가 자기의 집안인 것같이 '삵'은 마음대로 이집 저집을 드나들었다.

XX촌에서는 사람이라도 죽으면 반드시 조상[26] 대신으로,

"'삵'이나 죽지 않고."

하는 한마디의 말을 잊지 않고 하였다. 누가 병이라도 나면,

"에익! 이놈의 병 '삵'한테로 가거라."고 하였다.

암종—

누구나 '삵'을 동정하거나 사랑하는 사람이 없었다.

'삵'도 남의 동정이나 사랑은 벌써 단념한 사람이었다. 누가 자기에게 아무런 대접을 하든 탓하지 않았다. 보이는 데서 보이는 푸대접을 하면 그 트집으로 반드시 칼부림까지 하는 그였지만, 뒤에서 아무런 말을 할 지라도—

그리고 그것이 '삵'의 귀에까지 갈지라도 탓하지 않았다.

"흥……."

---

26 조상 : 남의 죽음에 대하여 슬퍼하는 뜻을 드러내어 상주를 위문함.

이 한마디는 그의 가장 큰 처세27 철학이었다.

흔히 곁동네 만주국인들의 투전판에 가서 투전을 하였다. 때때로 두들겨 맞고 피투성이가 되어서 돌아오는 일도 있었다. 그러나 그는 그 하소연을 하는 일이 없었다. 한다 할지라도 들을 사람도 없거니와—아무리 무섭게 두들겨 맞은 뒤라도 하루만 샘물에 상처를 씻고 절룩절룩한 뒤에는 또 이튿날은 천연히28 나다녔다.

여(余)가 XX촌을 떠나기 전날이었다.

송 첨지란 노인이 그해 소출29을 나귀에 실어 가지고 만주국인 지주의 있는 촌으로 갔다. 그러나 돌아올 때는 송장이 되었다. 소출이 좋지 못하다고 두들겨 맞아서 부러져 꺾어진 송 첨지는 나귀 등에 몸이 결박되어서 겨우 XX촌으로 돌아왔다. 그리고 놀란 친척들이 나귀에서 몸을 내리울 때에 절망되었다.

XX촌에서는 와자하였다.

"원수를 갚자!"

명 아닌 목숨을 끊은 송 첨지를 위하여, 동네의 젊은이는 모두 흥분되었다. 제각기 언제라도 들고 일어설 듯하였다.

그러나 그뿐이었다. 누구든 앞장을 서려는 사람이 없었다. 만약 이때

---

27 처세 : 사람들과 어울려 세상에서 살아가는 일
28 천연히 : 시치미를 떼어 겉으로는 아무렇지도 않은 듯이
29 소출 : 논밭에서 생산되는 곡식

에 누구든 앞장을 서는 사람만 있었더면 그들은 곧 그 지주에게로 달려 갔을지 모른다. 그러나 제가 앞장을 서겠노라고 나서는 사람은 없었다. 제각기 곁 사람을 돌아보았다.

발을 굴렀다. 부르짖었다. 학대받는 인종의 고통을 호소하며 울었다. 그러나…… 그뿐이었다. 남의 일로 지주에게 반항하여 제 밥자리30 까지 떼이기를 꺼림인지, 용감히 앞서 나가는 사람은 없었다.

여는 의사라는 여의 직업상 송 첨지의 시체를 검시하였다31. 돌아오는 길에 여는 '삵'을 만났다. 키가 작은 '삵'을 여는 내려다보았다. '삵'은 여를 쳐다보았다.

'가련한 인생아. 인종의 거머리야. 가치 없는 인생. 밥버러지32야. 기생충아!'

여는 '삵'에게 말하였다.

"송 첨지가 죽은 줄 아나?"

여의 말에 아직껏 여를 쳐다보고 있던 '삵'의 얼굴이 아래로 떨어졌다. 그리고 여가 발을 떼려는 순간 얼핏 '삵'의 얼굴에 나타난 비창한33 표정을 여는 넘길 수가 없었다.

고향을 떠난 만 리 밖에서 학대받는 인종의 가엾음을 생각하고 그 밤

---

30 밥자리 : 살아가기 위해 하는 일자리를 속되게 이르는 말
31 검시하다 : 사망의 원인이나 이유를 캐기 위해 해부해서 조사하다.
32 밥버러지 : 일은 하지 않고 밥만 축내는 사람을 얕잡아 이르는 말
33 비창하다 : 마음이 참담하도록 슬프고 서럽다.

은 여도 잠을 못 이루었다. 그 억분함34을 호소할 곳도 못 가진 우리의 처지를 생각하고, 여도 눈물을 금치를 못하였다.

이튿날 아침이었다.

여를 깨우러 오는 사람의 소리에 여는 반사적으로 일어났다.

'삵'이 동구(洞口)35 밖에서 피투성이가 되어 죽어 있다는 것이었다. 여는 '삵'이라는 말에 눈살을 찌푸렸다. 그러나 의사라는 직업상, 곧 가방을 수습하여 가지고 '삵'이 넘어진 데까지 달려갔다. 송 첨지의 장례식 때문에 모였던 사람 몇은 여의 뒤를 따라왔다.

여는 보았다. '삵'의 허리가 기역 자로 뒤로 부러져서 발고랑 위에 넘어져 있는 것을 여는 달려가 보았다. 아직 약간의 온기는 있었다.

"익호! 익호!"

그러나 그는 정신을 못 차렸다. 여는 응급하였다. 그의 사지는 무섭게 경련되었다.

이윽고 그가 눈을 번쩍 떴다.

"익호! 정신 드나?"

그는 여의 얼굴을 보았다. 끝이 없이 한참을 쳐다보았다. 그의 눈동자가 움직이었다. 겨우 처지를 깨달은 모양이었다.

"선생님, 저는 갔었습니다."

---

34 억분하다 : 억울하고 분하다.
35 동구 : 동네로 들어서는 입구

"어디를?"

"그놈…… 지주 놈의 집에……."

무얼? 여는 눈물 나오려는 눈을 힘 있게 감았다. 그리고 덥석 그의 벌써 식어 가는 손을 잡았다. 잠시의 침묵이 계속되었다. 그의 사지에서는 무서운 경련이 끊임없이 일었다. 그것은 죽음의 경련이었다.

듣기 힘든 작은 그의 소리가 또 그의 입에서 나왔다.

"선생님?"

"왜?"

"보구 싶어요. 전 보고 시……."

"뭐이?"

그는 입을 움직였다. 그러나 말이 안 나왔다. 기운이 부족한 모양이었다. 잠시 뒤에 그는 또다시 입을 움직이었다. 무슨 소리가 그의 입에서 나왔다.

"무얼?"

"보구 싶어요. 붉은 산이…… 그리고 흰옷이!"

아아, 죽음에 임하여 그는 고국과 동포가 생각난 것이었다. 여는 힘없이 감았던 눈을 고즈넉이 떴다. 그때의 '삵'의 눈이 번쩍 뜨이었다. 그는 손을 들려고 하였다. 그러나 이미 부러진 그의 손은 들리지 않았다.

그는 머리를 돌이키려 하였다. 그러나 그 힘이 없었다.

그는 마지막 힘을 혀끝에 모아 가지고 입을 열었다…….

"선생님."

"왜?"

"저것…… 저것……."

"무얼?"

"저기 붉은 산이…… 그리고 흰옷이…… 선생님 저게 뭐예요!"

여는 돌아보았다. 그러나 거기는 황막한 만주의 벌판이 전개되어 있을 뿐이었다.

"선생님 노래를 불러 주세요. 마지막 소원…… 노래를 해 주세요. 동해물과 백두산이 마르고 닳도록……."

여는 머리를 끄덕이고 눈을 감았다. 그리고 입을 열었다. 여의 입에서는 창가36가 흘러나왔다.

여는 고즈넉이 불렀다.

"동해물과 백두산이……."

고즈넉이 부르는 여의 창가 소리에 뒤에 둘러섰던 다른 사람의 입에서도 숭엄한37 코러스는 울리어 나왔다.

"무궁화 삼천리 화려 강산—"

광막한 겨울의 만주벌 한편 구석에서는 밥버러지 익호의 죽음을 조상하는 숭엄한 노래가 차차 크게 엄숙하게 울리었다. 그 가운데 익호의 몸은 점점 식었다.

---

36 창가 : 갑오개혁 이후에 발생한 근대 음악 형식의 하나. 서양 악곡의 형식을 빌려 지은 간단한 노래이다.

37 숭엄하다 : 숭고하고 존엄하다.

선생님이 들려주는 그 시절 이야기

서연 : 안녕하세요, 선생님. 오늘은 저희가 김동인의 「붉은 산」을 읽고 왔어요. 이 소설 얘기를 해 주세요.

선생님 : 그래, 알았다. 작품을 읽고 나서, 어떤 점이 가장 기억에 남았니?

서연 : 작품 첫머리에 있는 부제가 눈에 띄었어요. '붉은 산'이란 제목 아래에 '어떤 의사의 수기'라는 부제가 달려 있잖아요? 저는 소설 작품에 부제가 있는 건 처음 봐요.

선생님 : 그랬구나. 소설 작품에 부제를 다는 경우가 그리 흔하지는 않지. 그게 이상했니?

서연 : 이상했다기보다 이런 수법을 쓴 건 뭔가 의도가 있는 거 같은데, 잘 알 수가 없었어요.

선생님 : 그럼 같이 생각해 보자. 먼저 부제의 표현 중에 '수기'가 무슨 뜻이지?

태환 : '수기'는 자기 체험을 직접 적은 글을 뜻하잖아요?

선생님 : 맞다. 잘 알고 있구나. 그렇다면 작가는 왜 그런 뜻의 어휘를 썼을까? 다시 말해 이 작품은 소설이고, 소설은 허구 즉 꾸며낸 이야기라는 건 알고 있지? 이렇게 꾸며낸 이야기인데도, '수기' 라는 부제를 단 것은 어떤 효과를 노린 걸까?

서연 : 아, 이제 알 거 같아요. 자신이 직접 목격한 사건을 들려주는

것처럼 해서 이야기의 현실감을 높이려는 거군요?

선생님 : 맞아. 소설은 비록 허구지만, 대부분의 작품에서 작가들은 독자들이 작품 속 이야기를 실제 있었던 일을 쓴 것처럼 느끼게 하려고 애쓰지. 이 작품에서 작가는 사실성을 더 강조하는 장치로 부제라는 형식을 활용했다고 이해하면 될 것 같구나.

태환 : 그럼, 이 작품은 실제로 있었던 사실과는 전혀 관계가 없나요? 어떤 작품들은 실화를 바탕으로 창작되기도 하잖아요.

선생님 : 사건의 구체적인 내용은 다르지만, 이 작품의 창작 동기가 되었던 것으로 추정되는 사건은 있지. 1931년 중국에서 벌어졌던 '만보산 사건'이 그것이야.

태환 : 어떤 사건이었나요?

선생님 : 그건 1931년 7월 중국 지린성의 만보산 지역에서 중국 농민과 한인 농민이 충돌했던 사건이야. 일제가 술책을 부려 대륙 침략의 구실을 마련하려고 만주의 한인 농민들을 이용한 사건이었지. 일제는 중국인을 매수해 하수인으로 삼고, 그를 통해 한인 농민들에게 농지를 빌려주고 인근 지역의 수로를 개척하게 했어. 그런데 이 수로 공사가 부근의 다른 토착 중국인 농지에 피해를 끼치게 되자, 중국인들이 거세게 항의하며 몰려와서 수로를 메우는 일이 벌어졌어. 물론 한인 농민들은 막으려 했고…….
결국 그 현장에 있던 한인 농민, 일본 영사관 경찰과 중국인 지주, 주민 사이에 큰 충돌이 일어나고, 이후 중일 양국의 경찰 사이에 총격전까지 벌어졌다고 해.

그런데 조선의 언론들이 이를 대대적으로 보도하면서 국내에서 반중 감정이 높아져 중국인을 적대시하고 습격하는 일까지 벌어졌단다. 사실 이런 언론 보도는 일제의 은밀한 공작과 선동의 결과였지.

결국 이 사건은 일제가 만주 침략 과정에서 한국인들의 민족 감정을 이용한 것이라 할 수 있어. 실제로 이 사건에 이어 같은 해 9월에 일제는 끝내 만주사변을 일으켜 만주 전역을 침략해 지배했단다.

태환 : 선생님 설명을 듣고 보니, 사건의 동기나 구체적인 내용이 많이 다르네요?

선생님 : 그래, 맞아. 작품 내용을 보면, 만보산 사건을 직접적인 소재로 삼았다고 보기는 어렵지. 다만 당시 만주의 조선인들이 큰 고초를 겪고 있던 것은 사실이고, 한중 농민의 충돌 사건이 널리 알려지며 반중 감정이 팽배했던 사회 분위기가 창작 동기가 되었다고는 할 수 있을 거 같구나.

태환 : 네, 알겠습니다.

서연 : 그런 사건까지 벌어진 걸 보면, 당시에 만주 이주민들이 정말 많았나 봐요? 일제에게 토지를 빼앗긴 농민들이 만주로 이주해 갔다는 사실은 알고 있어요. 그런데 그게 어느 정도였나요? 조금 자세히 설명해 주세요.

선생님 : 우리나라 사람들이 대규모로 만주 이주를 시작한 것은 19세기 후반부터라고 해. 대흉년으로 인한 생활고와 북방 지역민들에

대한 차별, 관리들의 가렴주구를 못이긴 사람들이 이주해가기 시작했고, 20세기 초 국권을 상실하던 시기에는 외세에 저항하던 민족 운동가들이 집단적으로 망명을 하기도 했어.

그러다가 1919년 이후부터는 더 많은 사람들이 만주로 떠났지. 3·1운동에 가담했다가 망명길에 오르는 사람들도 있었고, 무엇보다 일제의 침탈로 토지를 잃은 농민들이 대거 만주로 떠났어. 1926년 무렵에는 만주 한인의 수가 100만 명에 이른다는 신문 기사를 볼 수 있어.

그리고 만주사변이 일어난 1931년 이후에는 이런 실향민들의 수가 더욱 크게 증가했단다. 만주국을 세운 일제가 정책적으로 한국인들의 만주 이민을 장려한 탓이지. 일제강점기 말기에는 만주로 이주해서 살고 있는 한인들의 수가 210만 명을 넘었다고 하는구나.

서연 : 정말 많은 사람들이 고향을 등지고 떠났군요.

선생님 : 그래 맞아. 그렇게 떠난 사람들이 낯선 땅에서 겪는 고생은 이루 말할 수 없었다고 해. 춥고 척박한 땅에서 갖은 고생을 하며 힘들게 토지를 개간하고 농사를 지었지만, 기근과 질병에 시달려 죽어가는 사람들이 많았다고 한다.

서연 : 선생님 이야기를 듣고, 일제강점기에 많은 사람들이 나라 밖에서도 큰 고생과 수난을 겪었다는 사실을 알게 됐어요. 이 작품의 시간적, 공간적 배경에 대해서도 새삼 다시 생각하게 되었고요.

태환 : 저도요, 선생님. 오늘도 좋은 말씀해 주셔서 감사합니다!

목넘이
마을의 개

황순원(1915~2000)

작가 소개

황순원은 평안남도 대동면에서 태어났다. 평양의 숭실중학교를 졸업한 후 일본으로 건너가 와세다 대학 영문과를 다녔다. 1939년 대학을 졸업하고 귀국해서는 중고등학교 교사로 재직하였다. 1946년에 가족과 함께 고향을 떠나 남쪽으로 내려왔으며, 경희대학교 국문과 교수로 재직하며 학생들을 가르치다 정년퇴임하였다.

그는 1930년대에 문단에 나온 후, 일제 말기와 해방, 분단과 전쟁의 혼란기를 거치는 동안 지속적으로 주목받는 작품을 발표하며 자신만의 문학 세계를 구축하였다. 이어 1980년대까지 꾸준한 창작 활동을 펼치면서 뛰어난 작품들을 많이 남겨, 해방 이후 우리나라의 대표 작가 중의 한 명으로 손꼽히고 있다.

황순원이 처음 문학 활동을 시작한 것은 시인으로서였다. 1931년 잡지 『동광』에 첫 작품 「나의 꿈」을 발표한 후, 수년 사이에 두 권의 시집을 출간하였다.

그러다가 1937년 문학동인지 『단층』의 동인으로 참여하면서 소설에 관심을 가지게 되고, 1940년 첫 단편집 『늪』을 내면서부터는 소설 창작에 전념하였다. 일제 말기에 이르러 탄압이 심해지자 고향으로 내려가 집필에만 몰두하였는데, 이때 쓴 「독 짓는 늙은이」 등의 작품은 해방 후에야 발표되었다.

그의 초기 소설 중에는 소년, 소녀가 주인공으로 등장하는 작품이 많다. 「별」과 「소나기」 등이 대표적인데, 이들 작품에서 작가는 어린 주인공들이 죽음과 상실, 사랑과 이별 등을 충격적으로 경험하면서 성장해 가는 모습을 서정적으로 그렸다.

 한편 동심의 세계와는 달리, 혼란한 시대를 배경으로 고통스러운 현실을 그린 작품들도 많이 발표하였다. 그중에서 각각 일제강점기와 한국전쟁을 배경으로 하는 단편 「목넘이 마을의 개」와 「학」이 유명하다.

 한국전쟁 이후부터는 장편소설을 주로 발표하였는데, 해방 직후 북한의 토지개혁을 둘러싼 이야기를 그린 『카인의 후예』를 비롯하여, 『나무들 비탈에 서다』, 『일월』, 『움직이는 성』 등이 이에 해당한다. 이 작품들에서는 시대적 모순에서 비롯되는 극한의 상황 속에서도 인간의 존엄성과 순수성, 정신적 아름다움을 지키려는 모습이 주로 그려지고 있다.

 이와 같은 작가의 문학 세계는 간결하고 세련된 언어와 다양한 소설적 기법을 통해 인간의 본원적 모습에 대한 성찰과 생명 존중의 정신을 서정적 아름다움 속에 형상화하고 있다는 평가를 받고 있다.

작품 해설

　이 소설은 모진 박해와 시련 속에서도 강인한 생명력을 보여 주는 신둥이라는 개의 이야기를 통해, 우리 민족의 수난사와 극복 의지, 그리고 생명 존중의 정신을 형상화한 작품이다.

　서북간도 이주민들이 거쳐 가는 목넘이 마을에 떠돌이 개 '신둥이(흰둥이)'가 흘러든다. 유랑민 대열에서 낙오한 것으로 보이는 신둥이는 병든 다리를 절룩거렸고 굶주려 있었다. 신둥이는 동장네 개들의 구유와 방앗간 풍구 밑을 핥으며 필사적으로 먹이를 구하며 살아간다.

　그러던 중 신둥이는 동장 형제와 마을 사람들에 의해 미친 개로 몰린다. 동네 사람들은 미친병이 옮았다며 동장네 개를 먼저 때려 잡아먹고, 신둥이를 잡으러 다닌다. 결국 사람들에게 포위된 신둥이는 위기에 처하지만, 간난이 할아버지가 틈을 벌려 주어 살아난다.

　간난이 할아버지는 신둥이가 미치지 않았으며 새끼를 배고 있음을 알아차리고 도와준 것이다. 그렇게 해서 더 깊은 산속으로 도망친 신둥이는 다섯 마리의 새끼를 낳고, 이를 발견한 간난이 할아버지는 새끼들을 마을 사람들에게 나눠 준다.

　이 이야기는 '내'가 중학생 시절 외가가 있는 목넘이 마을에 가서 들은 이야기인데, 그 무렵 목넘이 마을의 개는 대부분 신둥이의 후손이었다고 한다.

이러한 줄거리에서 알 수 있듯, 이 소설은 신둥이라는 개를 주인공으로 하여 우화 소설적 성격을 보여준다. 이 작품이 단순히 떠돌이 개의 이야기에 그치지 않음은 물론이다. 이 개의 굶주리고 병든 떠돌이 신세는 만주로 유랑해 가던 이주민들의 처지와 겹쳐지고, 모진 핍박에 시달리는 모습은 이민족의 지배에 신음하던 우리 민족의 상황과 다르지 않은 것이다.

작가는 이처럼 떠돌이 개의 상징을 통해 한민족의 고난을 묘사한다. 또한 끈질긴 생명력으로 죽음의 위기를 헤쳐 나와 자손을 번창시키는 모습을 보여 줌으로써, 역경을 이겨 내는 우리 민족의 극복 의지를 부각시키고 있다.

이러한 주제 의식은 생명의 존엄성을 깨우치는 휴머니즘 정신에 뒷받침되고 있다. 폭력을 휘두르며 생명을 위협하는 무자비한 사람들 속에서 신둥이를 지켜 내려고 한 간난이 할아버지가 이를 잘 보여 준다. 어둡고 고통스러운 현실을 극복하는 근본적인 힘은 생명의 존중과 따뜻한 인간애에서 나온다는 작가 정신을 보여 주는 것으로 이해된다.

작중 화자인 '내'가 마을 사람들에게서 전해들은 이야기를 옮기는 형식의 액자 구성, 그리고 묘사나 대화보다는 서술 위주로 이야기를 진술해 가는 설화적 문체는 이 작품의 중요한 형식적 특성으로 볼 수 있다.

목넘이 마을의 개

어디를 가려도 목[1]을 넘어야 했다. 남쪽만은 꽤 길게 굽이돈 골짜기를 이루고 있지만, 결국 동서남북 모두 산으로 둘러싸여 어디를 가려 해도 산목[2]을 넘어야만 했다. 그래 이름 지어 목넘이 마을이라 불렸다.

이 목넘이 마을에 한 시절 이른 봄으로부터 늦가을까지 적잖은 서북간도[3] 이사꾼들이 들러 지나갔다.

남쪽 산목을 넘어오는 이들 이사꾼들은 이 마을에 들어서서는 으레 서쪽 산 밑 오막살이 앞에 있는 우물가에서 피곤한 다리를 쉬어 가는 것이었다.

대개가 단출한[4] 식구라고는 없는 듯했다. 간혹 가다 아직 나이 젊은 내외인 듯한 남녀가 보이기도 했으나, 거의가 다 수다한[5] 가족이 줄레줄레 남쪽 산목을 넘어와 닿는 것이었다. 젊은이들은 누더기[6]가 그냥 내

---

1 목 : 통로 가운데 다른 곳으로는 빠져나갈 수 없는 중요하고 좁은 곳
2 산목 : 산속에 나 있는 길목
3 서북간도 : 간도를 이루는 서간도와 북간도를 함께 이르는 말
4 단출하다 : 식구나 구성원이 많지 않아서 홀가분하다.
5 수다하다 : 수효가 많다.
6 누더기 : 해지거나 뜯어진 곳에 다른 천을 대어 누덕누덕 기운 헌 옷

뵈는7 보따리를 짊어지고, 늙은이들은 쩔룩거리는 다리를 질질 끌면서도 애들의 손목을 잡고 있었다. 여인들은 애를 업고도 머리에다 무어든 이고 있고.

이들은 우물가에 이르자 능수버들 그늘 아래서 면첨8 목을 축였다. 쭉 한 차례씩 돌아가며 마시고는 다시 또 한 차례 마시는 것이었는데, 보채는 애, 아직 젖도 떨어지지 않은 어린것에게도 물을 먹이는 것이었다. 나지도 않는 젖을 물리느니보다 이것이 나을 성싶은 모양이었다.

다음에는 부르트고 단 발바닥에 냉수를 끼얹었다. 이것도 몇 차례나 돌아가며 끼얹는 것이었다. 어른들이 다 끝난 다음에도 애들은 제 손으로 우물물을 길어 얼마든지 발에다 끼얹곤 했다. 그러나 떠날 때에는 여전히 다리를 쩔룩이며 북녘 산목을 넘어 사라지는 것이었다.

저녁녘에 와닿는 패9는 마을서 하룻밤을 묵는 수도 있었다. 그럴 때에는 또 으레10 서산 밑에 있는 낡은 방앗간을 찾아들었다. 방앗간에 자리 잡자 곧 여인들은 자기네가 차고 가는 바가지를 내들고 밥 동냥을 나섰다. 먼저 찾아가는 것이 게서 마주 쳐다보이는 동쪽 산기슭에 있는 집 두 채의 기와집이었다. 그리고 바가지 든 여인의 옆에는 대개 애들이 붙어 따랐다. 그러다가 동냥밥이 바가지에 떨어지기가 무섭게

---

7 내뵈다 : 내보이다. 밖으로 드러나 보이다.
8 면첨 : '먼저'의 방언
9 패 : 서로 어울려 다니는 사람의 무리
10 으레 : 거의 틀림없이 언제나

집어삼키는 것이었다. 바가지 든 여인들은 이따 어른들과 입놀림을 해 봐야지 않느냐고 타이르는 것이었으나, 두 기와집을 돌아 나오고 나면 벌써 바가지 밑이 비는 수가 많았다. 이런 나그네들이 다음 날 새벽 동이 트기 퍽 전인 아직 어두운 밤 속을 북녘으로, 북녘으로 흘러 사라지는 것이었다.

어느 해 봄철이었다. 이 목넘이 마을 서쪽 산 밑 간난이네 집 옆 방앗간에 웬 개 한 마리가 언제 방아를 찧어 보았는지 모르게, 겨[11] 아닌 뽀얀 먼지만이 앉은 풍구[12]밑을 헛바닥으로 핥고 있었다. 작지 않은 중암캐였다. 그리고 본시[13]는 꽤 고운 흰털이었을 것 같은, 지금은 황톳물이 들어 누르칙하게 더러워진 이 개는, 몹시 배가 고파 있는 듯했다. 뒷다리께로 달라붙은 배는 숨 쉴 때마다 할딱할딱 뛰었다. 무슨 먼 길을 걸어온 것도 같았다. 그리고 보면 목에 무슨 긴 끈 같은 것을 맸던 자리가 나 있었다. 이렇게 목에 끈을 매여 가지고 머나먼 길을 왔다는 듯이.

전에도 간혹 서북간도 이사꾼이 이런 개의 목에다 끈을 매 가지고 데리고 지나간 일이 있는 것처럼, 이 개의 주인도 이런 서북간도 나그네의 하나가 아닐까. 원래 변변치 않은 가구 중에서나마 먼 길을 갖고

---

11 겨 : 벼, 보리, 조 같은 곡식의 낟알을 찧어 벗겨 낸 껍질을 이르는 말
12 풍구 : 바람을 일으켜 곡물에 섞인 먼지나 겨, 쭉정이 등을 제거하는 농기구
13 본시 : 사물이나 현상이 만들어지거나 생겨난 처음

가지 못할 것은 팔아서 노자[14]로 보태고, 그래도 짐이라고 꾸려 가지고 나설 때 식구의 하나인 양 따라나서는 개를 데리고 떠난 것이리라. 애가 있어 개를 기어코 자기네가 가는 곳까지 데리고 가자고 졸라 대어 데리고 나섰대도 그만이다. 그래 이런 신둥이[15] 개를 데리고 나서기는 했지만, 전라도면 전라도, 경상도면 경상도 같은 데서 이 평안도까지 오는 새에, 해가 지고 떠나온 기울떡[16] 같은 것도 다 떨어져, 오는 길에서 빌어먹으며 굶으며 하는 동안, 이 신둥이에게까지 먹일 것은 없어, 생각다 못 해 길가 나무 같은 데 매놓았었는지도 모른다. 누가 먹일 수 있는 사람은 풀어다가 잘 기르도록 바라서. 그래 신둥이는 주인을 찾아 울대로 울고, 있는 힘대로 버두룩거리고[17] 하여 미처 누구에게 주워지기 전에 목에 맸던 끈이 끊어져 나갔는지도 모른다. 이래서 주인을 찾아 헤매다가 이 목넘이 마을로 흘러들어 왔는지도. 혹은 서북간도 나그네가 예까지 오는 동안 자기네가 가는 목적지까지 데리고 갈 수 없음을 깨닫고 어느 동네를 지나다 팔아 버렸는지도 모른다. 혹은 또 끼니를 얻어먹은 집의 신세 갚음으로 잘 기르라고 주고 갔는지도. 그것을 신둥이가 옛 주인을 못 잊어 따라나섰다가 이 마을

---

14 노자 : 여행에 드는 비용
15 신둥이 : '흰둥이'의 방언
16 기울떡 : 밀이나 귀리의 가루를 쳐내고 남은 속껍질로 만든 떡
17 버두룩거리다 : '버르적거리다'의 방언. 어렵거나 힘든 일에서 벗어나려고 팔다리를 내저으며 몸을 자꾸 크게 움직이다.

로 흘러들어 왔는지도.

그러고 보면 또 신둥이 몸에 든 황톳물도 어쩐지 평안도 땅의 황토와
는 다른 빛깔 같았다. 그리고 지금 방앗간 풍구 밑을 아무리 핥아도 먼
지뿐인 것을 안 듯 연자맷돌[18]께로 코를 끌며 걸어가는 뒷다리 하나가
사실 먼 길을 걸어온 듯 쩔룩거렸다.

신둥이는 연자맷돌도 쩔쩔 핥아 보았으나 거기에도 덮여 있는 건 뽀얀
먼지뿐이었다. 그래도 신둥이는 그냥 한참이나 그것을 핥고 나서야 핥기
를 그만두고, 다시 코를 끌고 다리를 쩔룩이며, 어쩌면 서북간도 나그네
인 자기 주인이 어지러운 꿈과 함께 하룻밤을 머물고 갔을지도 모르는,
그러니까 어쩌면 이 방앗간에서들 자기네의 가련한 신세와 더불어 길가
에 버려두고 온 이 신둥이의 일을 걱정했을지도 모르는, 이 방앗간 안을
이리저리 다 돌고 나서 그곳을 나오는 것이었다.

방앗간을 나온 신둥이는 바로 옆인 간난이네 집 수수깡 바잣문[19] 틈
으로 들어갔다. 토방[20] 밑에 엎디어 있던 간난이네 누렁이가 고개를 들
고 일어서더니 낯설다는 눈치로 마주 나왔다. 신둥이는 저를 물려고 나
오는 줄로 안 듯 꼬리를 찰싹 올라붙은 배 밑으로 껴 넣고는 쩔룩거리는
걸음으로 달아나오고 말았다.

---

18 연자맷돌 : 곡물을 대량으로 갈기 위해 소나 나귀를 이용한 맷돌
19 바잣문 : 대, 갈대, 수수깡, 싸리 따위로 만든 울타리에 드나들 수 있도록 낸 사립문
20 토방 : 방에 들어가는 문 앞에 좀 높이 편평하게 다진 흙바닥. 여기에 쪽마루를 놓기도
  한다.

게딱지[21] 같은 오막살이들이 끝난 곳에는 채전[22]이었다. 신둥이는 채전 옆을 지나면서 누렁이가 뒤따라오지 않는다는 것을 안 다음에도 그냥 쩔룩거리는 반 뜀걸음으로 달렸다. 채전이 끝난 곳은 판이 고르지 못한 조각 떼기밭[23]이었다. 조각 떼기밭들이 끝난 곳은, 가물[24]에는 물 한 방울 남지 않고 조약돌이 그냥 드러나는, 지금은 군데군데 끊긴 물이 괴어 있는 도랑이었다. 신둥이는 여기서 괴어 있는 물을 찰딱찰딱 핥아 먹었다.

도랑 건너편이 바로 비스듬한 언덕이었다. 이 언덕 위 안쪽에 목넘이 마을 주인인 동장[25]네 형제의 기와집이 좀 새[26]를 두고 앉아 있었다. 이 두 기와집 한중간에 이 두 집에서만 전용하는 방앗간이 하나 있었다. 신둥이는 이 방앗간으로 걸어갔다. 그냥 쩔뚝이는 걸음으로. 그래도 여기에는 먼지와 함께 쌀겨[27]가 앉아 있었다. 신둥이는 풍구 밑을 분주히 핥으며 돌아갔다. 이러는 신둥이의 달라붙은 배는 한층 더 바삐 할딱이었다.

신둥이가 풍구 밑을 한창 핥고 있는데 저편에서 큰 동장네 검둥이가 보고 달려왔다. 이 검둥이가 방앗간 밖에서 잠깐 걸음을 멈추고 이쪽을 향해 그 윤택한 털을 거슬러 세우면서 이빨을 사리물고 으르렁댔을 때,

---

21 게딱지 : 작고 허술한 집을 게의 등딱지에 비유하여 이르는 말
22 채전 : 채소밭
23 떼기밭 : 큰 토지에 딸린 조그마한 밭
24 가물 : 가뭄
25 동장 : 한 동네의 우두머리
26 새 : '사이'의 준말
27 쌀겨 : 쌀을 찧을 때 나오는 가장 고운 껍질

신둥이는 벌써 이미 한 군데 물어뜯기우기나 한 듯이 깽 소리와 함께 꼬리를 뒷다리 새에 끼면서도 핥는 것만은 멈추지 않았다. 그러자 검둥이는 이내 신둥이가 자기와 적대할 상대가 안 된다는 것을 알아챈 듯이 슬금슬금 신둥이의 곁으로 와 코를 대보는 것이었다.

신둥이가 암캐인 것을 안 검둥이는 아주 안심된 듯이 곁에 서서 꼬리까지 저었다. 신둥이는 이런 검둥이 옆에서 또 자꾸만 온몸을 후들후들 떨었다. 그러나 핥는 것만은 여전히 멈추지 않았다.

신둥이는 풍구 밑이며 연자맷돌이며를 핥고 나서 두 집 뒷간에도 들렀다 와서는 풍구 밑에 와 엎디어 버렸다. 그러고는 절로 눈이 감기는 듯 눈을 끔벅이기 시작했다. 점점 끔벅이는 도수가 잦아져 가다가 아주 감아 버리는 것이었다. 검둥이가 저만큼 떨어져 앉아서 이편을 지키고 있었다.

그날 저녁때였다. 큰 동장네 집에서 여인의 목소리로, 워어리워어리 하고 개 부르는 소리가 들려 나왔다. 검둥이가 집을 향해 달려갔다. 신둥이도 일어났다. 그리고 아까 번에 핥아 먹은 자리를 되핥기 시작했다. 그러다 신둥이는 무엇을 눈치챈 듯 큰 동장네 집으로 쩔뚝쩔뚝 걸어가는 것이었다.

사실 대문에서 들여다뵈는 부엌문 밖 개 구유28에는 검둥이가 붙어서서 첩첩첩첩 밥을 먹고 있었다. 신둥이는 저도 모르게 꼬리를 뒷다리

---

28 구유 : 가축의 먹이를 담아 주는 그릇

새에 끼고 후들후들 떨면서 그리고 가까이 갔다. 그러나 신둥이가 채 구유 가까이까지 가기도 전에 검둥이는 그 윤택한 털을 거슬러 세우며 흰 이빨을 사리물고 으르렁대기 시작하는 것이었다. 신둥이는 걸음을 멈추고 구유 쪽만 바라보다가 기다리려는 듯이 거기 앉아 버렸다.

좀만에야 검둥이는 다 먹었다는 듯이 그 길쭉한 혀를 여러 가지 모양의 길이로 빼내 가지고 주둥이를 핥으며 구유를 물러났다. 신둥이는 곧 일어나 그냥 떨리는 몸으로 구유로 가 주둥이부터 갖다 댔다. 그래도 밑바닥에 밥이 남아 있었고, 구유 언저리에도 꽤 많은 밥알이 붙어 있었다. 신둥이는 부리나케 핥았다. 그러는 신둥이의 몸은 점점 더 떨리었다. 몇 차례 되핥고 나서 더 핥을 나위가 없이 된 뒤에야 구유를 떠나, 자기 편을 지키고 앉았는 검둥이 옆을 지나 그 집을 나왔다.

신둥이가 다시 방앗간을 찾아가는 데 개 한 마리가 앞을 막아섰다. 작은 동장네 바둑이였다. 신둥이는 또 겁먹은 몸을 움츠릴밖에 없었다. 바둑이는 신둥이 몸에 코를 갖다 대었다. 그러자 이번에는 신둥이 편에서 무슨 냄새를 맡아 낸 듯 코를 들었다. 그러고는 바둑이의, 금방 밥을 먹고 나온 주둥이에 붙은 물기를 핥기 시작하는 것이었다. 바둑이가 귀찮다는 듯이 자기 집 쪽으로 걸어갔다. 신둥이는 그 뒤를 바싹 따랐다. 바둑이는 자기 집 안뜰로 들어가더니 한가운데 자리를 잡고 앉아 버렸다. 신둥이는 곧장 부엌문 앞 구유로 갔다.

구유 바닥에는 큰 동장네 구유 밑처럼 밥이 남아 있었고, 언저리로 돌아가며 밥알이 꽤 많이 붙어 있었다. 신둥이는 급히 그것을 짤짤 핥아 먹고 나서야 그곳을 나와 방앗간 풍구 밑으로 갔다.

밤중에 궂은비가 내리기 시작했다. 이튿날도 그냥 구질게 비가 내렸다. 신둥이는 날이 밝자부터 빗속을 떨며, 어제보다는 좀 나았으나 그냥 저는 걸음걸이로, 몇 번이고 큰 동장과 작은 동장네 개구멍을 드나들었는지 몰랐다. 처음에는 몇 번을 왔다 갔다 해도 구유 속은 궂은비에 젖어 있을 뿐, 좀처럼 아침먹이가 나오지 않는 것이었다. 그러는 동안에 밥이 나왔으나 이번에는 주인 개가 구유에서 물러나기를 기다려야 했다. 이렇게 해서 주인 개들이 먹고 남은 구유를 핥아 먹고, 그리고 뒷간에를 들러 방앗간 풍구 밑으로 가서는 다시 누워 버렸다.

낮쯤 해서 신둥이는 그곳을 기어 나와 빗물을 핥아 먹고 되돌아가 누웠다. 저녁때가 돼서야 비가 멎었다. 신둥이는 또 미리부터 두 기와집 새를 여러 번 왔다 갔다 해서 구유에 남은 밥을 얻어먹을 수 있었다. 이날 저녁은 작은 동장네 바둑이가 입맛을 잃었는지 퍽이나 많은 밥을 남기고 있었다.

다음 날은 아주 깨끗이 개인 봄날이었다. 이날도 신둥이는, 꼭두새벽부터 두 집 새를 오고 가고 해서야 구유에 남은 밥을 얻어먹을 수 있었는데, 이날 신둥이의 걸음은 거의 절룩거리지 않았다. 방앗간으로 돌아가자 볕 잘 드는 곳에 엎디어 해바라기29를 시작했다.

늦은 조반30 때쯤 해서 이쪽으로 오는 인기척 소리가 나더니, 두 동장

---

29 해바라기 : 추울 때 양지바른 곳에 나와 햇볕을 쬐는 일
30 조반 : 아침밥

네 절가31가 볏섬32을 지고 나타났다. 절가가 지고 온 볏섬을 방앗간 안에다 쿵 내려놓고 온 길을 되돌아서는데, 절가와 어기어33 키34를 든 간난이 할머니와 망판35을 인 간난이 어머니가 방앗간으로 들어섰다. 간난이 할아버지가 전에 동장네 절가살이를 한 일이 있어 뒤에 절가살이를 나와 가지고도 이렇게 두 동장네 크고 작은 일을 제 일 제쳐 놓고 봐주는 터였다.

　간난이 어머니가 비로 한참 연자맷돌을 쓸어 내는데 절가가 다시 볏섬을 지고 돌아왔다. 한 손에는 소고삐를 쥐고. 풀어 헤치는 볏섬 속에서는 먼저 구들넗기한36 냄새가 풍겨 나왔다. 신둥이가 무슨 밥내나 맡은 듯이 섬37께로 갔다. 그러자 절가가 개 편을 눈여겨보지도 않고 그저, 남 이제 한창 바쁠 판인데 개새끼 같은 게 와서 거추장스럽다고 발을 들어 신둥이의 허리를 밀어 찼다. 그다지 힘줘 찬 것도 아니건만 꿋꿋하고 억센 다리라 신둥이는 그만 깽 소리를 지르며 옆으로 나가쓰러졌다. 신둥이는 다시 해바라기하던 자리로 가 눕고 말았다.

---

31 절가 : '머슴'의 방언
32 볏섬 : 짚으로 만든 곡물을 담는 그릇에 채운 벼
33 어기다 : 서로 길을 어긋나게 지나치다.
34 키 : 곡식 따위를 까불러 쭉정이나 티끌을 골라내는 도구
35 망판 : '매판'의 북한어. 매갈이나 맷돌질을 할 때에 바닥에 까는 방석. 여기서 '매갈이'란 벼를 매통에 갈아서 왕겨만 벗기고 속겨는 벗기지 않은 쌀을 만드는 일을 뜻한다.
36 구들넗기하다 : '구수하다'의 방언으로 추정됨.
37 섬 : 곡식 따위를 담기 위하여 짚으로 엮어 만든 자루

첫 확38을 거의 다 찧었을 즈음, 작은 동장이 왔다. 작달막한 키에 머리를 빡빡 깎았다. 얼굴의 혈색이 좋아 마흔 가까운 나이가 도무지 그렇게 뵈지 않는 작은 동장은 방앗간 안으로 들어서며 다부진 몸집처럼 야무진 목소리로, "잘 말랐디?" 했으나 그것은 무어 누구에게 물어보는 말은 아니었던 듯 누구의 대답도 기다리지 않고, "깨디디 않두룩 뙇게39." 했다. 소 뒤를 따르던 간난이 할머니가 연자의 쌀을 한 움큼 쥐어 눈 가까이 갖다 대고 찧어지는 형편을 살피고 나서 말없이 도로 놓았다. 잘 찧어진다는 듯.

작은 동장이 돌아서다가 신둥이를 발견했다.

"이게 누구네 가이40야?"

절가와 간난이 할머니와 간난이 어머니가 이쪽으로 고개를 돌릴 새도 없이, 작은 동장의 발길이 신둥이의 허리 중동41을 와 찼다. 신둥이는 뜻 않았던 발길에 깽 비명을 지르며 달아날밖에 없었다. 얼마를 와서 그래도 이 방앗간을 떠나지 못하겠다는 듯이 뒤돌아보았을 때에는 벌써 절가와 간난이 할머니와 간난이 어머니는 그게 누구네 개건 내 아랑곳 아니라는 듯이 자기네 일에만 열중해 있었는데, 다만 작은 동장만이 이 쪽을 지키고 섰다가 돌멩이라도 쥐려는 듯 허리를 굽히는 게 보여 신둥

---

38 확 : 절구 아가리로부터 밑바닥까지의 움푹 들어간 구멍
39 뙇다 : '찧다'의 방언. 곡식 따위를 쓿거나 빻으려고 절구에 담고 공이로 내리치다.
40 가이 : '개'의 방언
41 중동 : 중간이 되는 부분

이는 다시 있는 힘을 다해 달아나야 했다. 비스듬한 언덕길을 내리기 시작하는데 과연 돌멩이 하나가 날아와 옆에 떨어졌다.

신둥이는 어제 비에 제법 물이 흐르는 도랑을 건너, 김 선달[42]이 일하는 조각 떼기밭 새를 지나기까지 그냥 뛰었다. 이런 신둥이는 요행[43] 다리만은 절룩이지 않았다.

서쪽 산 밑 간난이네 집 옆 방앗간으로 온 신둥이는 또 먼지만 내려앉은 풍구 밑으로 가 누웠다. 그러나 얼마 뒤에 신둥이는, 그곳을 나와 다시 동장네 방앗간을 찾아가는 것이었다. 비스듬한 언덕을 올라 방앗간 쪽을 바라보는 신둥이는 그곳에 작은 동장의 모양이 뵈지 않음에 적이 안심된 듯 그쪽으로 발을 옮기기 시작했으나, 문득 지금 한창 풍구를 두르고 있는 것을 보매, 우악스러울 것만 같은 절가에게 눈이 가자 주춤 걸음을 멈추고 그편을 한참 지켜보다가 그만 돌 서 온 길을 되걷는 것이었다.

낮이 기울어서야 간난이 할머니와 간난이 어머니가 앞집 수수깡 바자울타리를 끼고 이리로 오는 것이 보였다. 간난이 할머니와 간난이 어머니는 자기네 집으로 들어가기 전에 이쪽을 바라보았다. 신둥이는 이들이 자기를 어쩌지나 않을까 싶어 일어나 피하려는 눈치를 보였으나 두 여인은 물론 신둥이를 어쩌는 일 없이 자기네 집으로 들어가 버렸다.

---

42 선달 : 조선 시대, 무과에 급제하였으나 아직 벼슬을 받지 못한 사람을 이르던 말
43 요행 : 뜻밖에 얻는 행운

신둥이는 그 길로 동장네 방앗간으로 갔다. 방앗간은 비로 한 번 쓸었으나, 그래도 여기저기 꽤 많은 쌀겨가 앉아 있었고, 기둥 같은 데도 꽤 두툼하게 겨가 붙어 있었다. 신둥이는 풍구 밑부터 들어가 마구 핥았다.

그날 초저녁이었다. 신둥이가 큰 동장네 대문 안에 서서 지금 거의 다 먹어 가는 검둥이의 구유 쪽을 바라보고 섰는데, 방문이 열리며 큰 동장이 나왔다. 역시 작은 동장처럼 작달막한 키에 머리를 빡빡 깎았다. 또한 혈색이 좋아 아주 젊어 뵈었다. 얼른 보매 작은 동장과 쌍둥이나 아닌가 싶게 그렇게 모습이 같았다. 그러지 않아도 처음 보는 사람은 이 두 사람을 서로 바꿔 보는 수가 많았다. 이 큰 동장이 뜰로 내려서면서 지금 구유 쪽에만 정신이 팔려 있는 신둥이를 발견하자 보지 못하던 개임에, 이놈의 가이새끼 하고 발을 굴렀다. 목소리마저 작은 동장처럼 야무졌다.

신둥이는 깜짝 놀라 개구멍을 빠져 달아나고 말았다.

큰 동장이 대문을 나서는데, 마침 저녁을 먹고 이리로 나오던 작은 동장이 신둥이를 보고, 이 개가 오늘 아침에 자기가 방앗간에서 쫓은 개라는 것과 지금 또 이 개가 형한테 쫓겨 달아나는 사실에 미루어, 언뜻 보지 못했던 이놈의 개새끼가 혹시 미친개가 아닌가 하는 생각이 든 듯, 갑자기 야무진 목청으로, 미친가이 잡아라! 하고 고함을 지르는 것이었다. 그러자 큰 동장 편에서도 지금 꼬리를 뒷다리 새로 끼고 달아나는, 뒷배가 찰딱 올라붙은 저놈의 낯선 개새끼가 정말 미친갠지도 모른다는 생각이 든 듯, 데놈의 미친가이 잡아라 소리를 따라 질렀는가 하자, 대문 안으로 몸을 날려 손에 알맞는 몽둥이 하나를 집어 들고 나오더니, 신둥이의 뒤를 쫓으며 연방44 미친가이 잡아라 소리를 질렀다.

동장네 형제가 비스듬한 언덕까지 이르렀을 때 신둥이는 벌써 조각 뙈기밭 새를 질러 달아나고 있었는데, 마침 늦도록 밭에 남아 있던 김 선달이 동장네 형제의 미친개 잡으라는 고함 소리를 듣고 두리번거리던 참이라, 이놈의 개새끼가 미친개로구나 하고 삽을 들고 신둥이의 뒤를 쫓아가기 시작했다. 동장네 형제는 게서 더 신둥이의 뒤를 쫓을 염45은 않고, 두 형제가 서로 번갈아 미친가이 잡아라 소리만 질렀다. 그것은 마치 자기네의 목소리를 듣고 김 선달이 한층 더 기운을 내어 쫓아가 그 삽날로 미친개의 허리 중동을 내리찍도록 하라는 듯한, 그리고 자기네의 목소리를 듣고 어서 저쪽 서산 밑 사람들도 뭐든 들고 나와 미친개를 때려잡으라는 듯한 그런 부르짖음이었다.

이 부르짖음은 신둥이가 서쪽 산 밑 오막살이 새로 사라져 뵈지 않게 되고, 사이를 두어 김 선달의 그 특징 있는, 뜀질할 때의 웃몸을 뒤로 젖힌 뒷모양이 뵈지 않게 된 뒤에도 그냥 몇 번 계속되었다.

동장 형제의 목고대46를 돋운 부르짖음이 그치자, 아까보다도 별나게 고즈넉해진 것만 같은 이른 저녁 속에 서쪽 산 밑 사람들의 웅성거리는

---

44 연방 : 연속해서 자꾸
45 염 : 무엇을 하려고 하는 생각이나 마음
46 목고대 : '목청'의 방언

소리가 바로 손에 잡히게 솟아오르더니, 좀 사이를 두어 엷은 안개가 어리기 시작하는 속을 몇몇 동네 사람들을 뒤로하고 김 선달이 나타났다. 첫눈에 미친개를 못 잡은 것만은 분명했다. 그래도 김 선달이 채전을 지나 조각 뙈기밭 새로 들어서기 전에 작은 동장이 그쪽을 향해 소리를 질렀다.

"어떻게 됐노오?"

그것은 제가 질러 놓고도 고즈넉한 저녁 속에서는 너무 지나치게 큰 소리를 질렀다고 생각되리만큼 큰 고함 소리가 되어 퍼져 나갔다. 대답이 없다. 그것이 답답한 듯 이번에는 큰 동장이 같이 크게 울리는 고함 소리로, "어떻게 됐어, 응?" 했다.

"파투47웨다. 그놈의 가이새끼 날래기가 한덩48이 있어야지요. 뒷산으루 올라가구 말았어요."

이것이 무슨 조화일까. 김 선달의 말소리가 바로 발밑에서 하는 말소리 같으면서도 또 한껏 먼 데서 들려오는 말소리 같음은? 그만큼 고즈넉한 산골짜기의 이른 저녁이었다.

"그래 아무리 빠르믄 따라가다 놔 뿌리구 말아? 무서워서 채 따라가딜 못한 게로군. 그까짓 가이새낄 하나 무서워서……."

큰 동장의 말이었다. 김 선달은 노상 무섭지 않은 것도 아니라는 듯,

---

47 파투 : 일이 잘못되어 흐지부지됨을 비유적으로 이르는 말
48 한덩 : '한정'의 방언. 수량이나 범위 따위를 제한한 한도

그렇게 곧잘 누구나 웃기는 익살꾼답지 않게, 큰 동장의 말에는 아무 대꾸도 없이 안개 속을 좀 전에 일하던 밭으로 들어가 호미랑 찾아 드는 것이었다.

이날 어두운 뒤, 서쪽 산 밑 사람들은 아직 마당에들 모여 앉기에는 좀 철 이른 때여서, 몇 사람 안 되는 사람들이 차손이네 마당귀49에 쭈그리고 앉아 금년50 농사 이야기며 햇보리 나기까지의 양식 걱정 같은 것을 하던 끝에, 오늘의 미친개 이야기가 나왔다. 그러자 김 선달이, 바로 그젯밤에 소를 빌리러 남촌에를 갔다 늦어서야 산목을 넘어오는데 꽤 먼 뒤에서 이상한 개 울음소리가 들려와 혼났다는 이야기를 꺼냈다. 흡사 병든 개가 앓는 듯한 소린가 하면, 누구에게 목이 매여 끌리면서 지르는 듯한 소리기도 하더라는 것이었다. 그런데 이상한 것은 누가 목을 잡아매어 끄는 것치고는 한자리에서 그냥 지르는 소리더라는 것이었다. 그래 지금 와서 생각하니 그놈이 아까의 미친개였는지도 모르겠다는 것이었다.

쩍하면 남을 잘 웃기는 꾸밈말51질을 잘해, 벌써부터 동네에서뿐 아니라 근동52에서들까지 현세의 봉이 김 선달이라 하여 김 선달이란 별

---

49 마당귀 : 마당의 한쪽 구석
50 금년 : 지금 살고 있는 이 해
51 꾸밈말 : 현대 표준어에서는 뒤에 오는 말을 꾸미는 수식언인 관형사와 부사를 통틀어 가리키는 말. 하지만 여기서는 꾸며내거나 과장된 말이라는 뜻으로 쓰였다.
52 근동 : 가까운 이웃 동네

호[53]로 불리는 사람의 말이라, 어디까지가 정말이고 어디서부터가 꾸밈말인지를 분간하기 어렵다고 동네 사람들은 생각하는 것이었으나, 차손이 아버지가 김 선달의 말 가운데 누가 개 목을 매 끌 때 지르는 것 같은, 그러면서도 한자리에서 그냥 지르는 개 울음이더라는 대목에 무언가 생각키우는 바가 있는 듯 담배 침을 퇘 뱉더니, 혹시 그것이 며칠 전 이곳을 지나간 서북간도 이사꾼의 개인지도 모른다는 말을 했다. 그 서북간도 나그네가 어느 나무에다 매 논 것이 그만 발광을 해 가지고 목에 맨 줄을 끊고 이렇게 동네로 들어온 것인지도 모른다는 것이었다. 그리고 짐승이란 오랫동안 굶으면 발광을 하는 법이라고 하며, 기실 김 선달이 들은 개 울음소리는 이렇게 발광한 개가 목에 맨 끈을 끊으려고 지른 소리였음에 틀림없다는 것이었다.

그러나 거기 한자리에 앉았던 간난이 할아버지는 차손이 아버지의 말도 그럴듯하다고는 생각했지만, 좀 전에 마누라에게서 들은 아침에 동장네 방앗간에서 보았을 때나, 방아를 다 찧고 돌아오는 길에 이쪽 방앗간에서 보았을 때나, 그 신둥이 개가 미친개로는 뵈지 않더라는 말이 떠올라, 좌우간 그 개가 참말 미쳤는지 어쨌는지 자기가 직접 보지 않고는 알 수 없는 일이라고 했다. 그 개가 미쳤건 안 미쳤건 이제 다시 동네로 내려올 것도 분명하니, 차손이 아버지도 그놈의 미친개가 이제 틀림없이 또 내려올 테니 모두 주의해야겠다고 했다.

---

53 별호 : 별명. 본이름 외에 따로 지어 부르는 이름

그런데 이때 벌써 신둥이는 어둠 속에 묻혀 서쪽 산을 내려와 조각 떼기밭 새를 지나 반 뜀걸음으로 동장네 집들을 찾아가고 있었다. 어둠 속에서도 주의성 있는 걸음걸이였다.

언덕길을 올라서서는 멈칫 걸음을 멈추고 방앗간 쪽이며, 두 동장네 집 쪽을 살펴보는 것이었다.

그리고 나서야 아주 조심성 있는 반 뜀걸음으로 큰 동장네 집 가까이로 갔다. 개구멍을 들어서니 검둥이는 이제는 신둥이와는 낯이 익다는 듯이 아무 으르렁댐 없이 맞아 주었다. 신둥이는 곧장 구유부터 가서 핥기 시작했다. 작은 동장네 바둑이도 이제는 신둥이와는 낯이 익다는 듯이 맞아 주었다. 여기서도 신둥이는 곧장 구유부터 가서 핥았다.

작은 동장네 집을 나온 신둥이는 동장네 방앗간으로 가 낮에 한 물 핥아먹은 자리며 남은 자리를 또 핥았다. 그러나 거기서 잘 생각은 없는 듯 그곳을 나와 다시 서쪽 산 밑을 향하는 것이었다.

이튿날 아침, 일찍 일어나기로 유명한 간난이 할아버지가 수수깡 바자문을 열고 나오다가 방앗간 풍구 밑에 엎디어 있는 신둥이를 발견하고 되들어가 지게 작대기를 뒤에 감추어 가지고 나왔다.

미친개기만 하면 단매54에 죽여 버리리라. 신둥이 편에서도 인기척 소리에 놀라 일어났다. 그러면서 어느새 신둥이는 꼬리를 뒷다리 새로

---

54 단매 : 단 한 번 때리는 매

끼고 있었다. 저렇게 꼬리를 뒷다리 새로 끼는 게 재미쩍다. 간난이 할아버지는 한자리에 선 채 신둥이 편을 노려보았다. 뒤로 감춘 작대기 잡은 손에 부드득 힘을 주며.

그래도 주둥이에 거품을 물었다든가 군침을 흘린다든가 하지 않는 걸 보면, 이 개가 미쳤대도 아직 그닥[55] 심한 고비엔 이르지 않은 것 같았다. 눈을 봤다. 신둥이 편에서도 이 사람이 자기를 해치려는 사람인가 어떤가를 알아보기나 하려는 것처럼 마주 쳐다보았다. 미친개라면 눈알이 붉게 충혈되거나 동자에 푸른 홰[56]를 세우는 법인데 도무지 그렇지가 않았다. 그저 눈곱이 끼어 있는 겁먹은 눈이었다. 이런 신둥이의 눈은 또, 보매 키가 장대하고 검은 얼굴에 온통 희끗희끗 세어 가는 수염이 덮여 험상궂게만 생긴 간난이 할아버지의 역시 눈곱이 낀, 그리고 눈꼬리에 부챗살 같은 굵은 주름살이 가득 잡힌, 노리는 눈이긴 했으나 그래도 이 눈이 아무렇게 보아도 자기를 해치려는 사람의 눈이 아님을 알아챈 듯이 뒷다리 새로 껴 넣었던 꼬리를 약간 들기 시작하는 것이었다. 미친개가 아니다. 적어도 아직까지는 미치지는 않은 개다. 간난이 할아버지는 뒤로 감추었던 작대기 든 손을 늘어뜨리고 말았다.

그러자 간난이 할아버지의 손에 쥐인 작대기를 본 신둥이는 깜짝 놀라 허리를 까부라뜨렸는가[57] 하자, 쑥 간난이 할아버지의 옆을 빠져 달아

55 그닥 : 별로 그렇게까지
56 홰 : '불'의 방언

160

나는 것이었다. 이런 신둥이의 뒤를 또 안뜰에 있던 누렁이가 어느새 보고 나왔는지 쫓기 시작했다. 간난이 할아버지는 언뜻 그래도 저 개가 미친개여서 누렁이를 물지나 않을까 하는 생각이 들어, 워어리워어리 누렁이를 불렀다. 그러나 그때는 벌써 누렁이가 신둥이를 다 따라 막아섰을 때였다. 신둥이는 뒷다리 새에 꼈던 꼬리를 더 끼는 듯했으나, 누렁이가 낯이 익다는 듯 저쪽의 코에다 이쪽 코를 갖다 대었을 때에는 신둥이 편에서도 코를 마주 내밀며 꼬리를 쳐들기 시작했다. 간난이 할아버지는 다시 한 번 미친개는 아니라고 생각했다.

이날 언덕을 올라선 신둥이는 그 길로 동장네 뒷산으로 올라가는 것이었다. 거기서 신둥이는 큰 동장과 작은 동장이 집에서 나가기를 기다리려는 듯이, 조반 뒤에 큰 동장과 작은 동장은 그즈음 아래 골 천둥지기58 논 작답59하는 데로 나갔다. 차손이네가 부치는 큰 동장네 높디높은 다락배미논60을 낮추어, 간난이네가 부치는 작은 동장네 깊은 우물배미논61에다 메워 두 논 다 논다운 논을 만들려는 것이었다. 차손이네와 간난이네는 벌써 해토62 무렵부터 온 가족이 나서다시피 해서 이 작

---

57 까부라뜨리다 : 한쪽으로 휘어 조금 고부라지게 하다.

58 천둥지기 : 물이 공급되는 곳이 없어 오로지 빗물에 의존해서 경작하는 논

59 작답 : 땅을 일구어 논을 만드는 일

60 다락배미논 : 다랑논. 산골짜기의 비탈진 곳에 층층으로 되어 있는, 좁고 긴 논

61 우묵배미논 : 우묵하게 들어간 논

62 해토 : 얼었던 땅이 녹아서 풀림

답 부역63을 해오고 있었다.

큰 동장, 작은 동장이 작답 감독을 나간 뒤에도 한참만에야 신둥이는 조심스레 산을 내려와 두 집의 구유를 핥았다. 방앗간으로 가 새로 앉은 먼지와 함께 겨도 핥았다. 뒷간에도 들렀다. 그러고는 그 길로 다시 동장네 뒷산으로 올라가 어느 나무 밑에 엎디어 버리는 것이었다. 그래 낮이 기울고, 저녁때가 지나 밤이 되어 아주 어두워진 뒤에야, 또 산을 내려와 두 집에를 들렀다가 서쪽 산 밑 방앗간으로 돌아오는 것이었다. 돌아오는 길에 도랑에 고인 물을 핥아 먹고서.

아침마다 간난이 할아버지가 수수깡 바자문을 나서면 신둥이가 마치 간난이 할아버지보다 먼저 일어나기로 마음이라도 먹은 듯이 이미 방앗간을 나와 저쪽 조각 떼기밭 샛길을 걸어가는 뒷모양이 보이곤 했다.

이러한 어떤 날 밤, 신둥이가 큰 동장네 구유를 한창 핥고 있는데 방문이 열리며 동장이 나왔다.

큰 동장은 발소리를 죽여 광문64 앞에서 몽둥이 하나를 집어 들고 살금살금 신둥이 뒤로 다가왔다. 그제야 신둥이는 진작부터 큰 동장의 행동을 모르는 바 아니었으나 차마 구유에서 헛바닥을 뗄 수가 없어 그냥 있었다는 듯이 획 돌아서 대문 쪽으로 달아나는 순간, 큰 동장은 신둥이의 눈이 있을 위치에 이상히 빛나는 푸른빛을 보았다. 정말 미친개다, 하는 생각이

---

63 부역 : 국가나 공공 단체가 특정한 공익사업을 위해 국민에게 의무적으로 지우는 노역
64 광문 : 세간이나 그 밖의 여러 가지 물건을 넣어 두는 곳인 광에 달린 문

퍼뜩 큰 동장의 머릿속을 스쳤으나 웬일인지 고함을 지를 수가 없었다.

신둥이가 대문 옆 개구멍을 빠져나갈 때에야 큰 동장은, 데놈의 미친가이 잡아라 소리를 지르며 뒤를 쫓았다. 어둠 속에서도 신둥이가 뒷산 쪽으로 꺼불꺼불[65] 달아나는 것을 알 수 있었다. 큰 동장은, 데놈의 미친가이 잡아라 소리를 연방 지르며 신둥이의 뒤를 그냥 쫓아갔다. 그러나 바싹 따라서 몽둥이질할 엄은 못 냈다. 자꾸 신둥이와 가까워지기가 무서워지는 것이었다. 그 대신 이번에는 큰 동장의 입에서 미친가이 잡아라 소리가 점점 더 그악스럽게[66] 커 가는 것이었다. 신둥이가 뒷산으로 올라가 뵈지 않게 되고 거기서 몇 번 더, 데놈의 미친가이 잡아라 소리를 지른 다음, 지금 이 큰 동장의 고함 소리를 듣고 이리로 달려오는 작은 동장이며, 집안사람들 쪽으로 내려오면서 큰 동장은, 일전에 김 선달보고 그까짓 미친개 한 마리쯤 따라가다 무서워서 채 못 따라갔느냐고 나무라던 일이 생각나, 정말 지금 안뜰[67]에서 단번에 그놈의 허리 중동을 부러뜨리지 못한 것도 분하지만 밖에 나와서도 기운껏 따라가면 따를 수도 있을 듯한 걸, 무서워서 따라가지 못한 자신에게 부쩍 골[68]이 치밀던 차라, 이리로 몰려오는 집안사람들을 향해, 너희들은 뭣들 하고 있느냐고, 버럭 소리를 지르는 것이었다.

---

65 꺼불꺼불 : 몸이나 물체가 자꾸 크고 세게 흔들리거나 움직이는 모양을 나타내는 말
66 그악스럽다 : 사납고 모진 데가 있다.
67 안뜰 : 안채에 딸린 뜰
68 골 : 벌컥 성이 나서 내는 기운

다음 날 아침, 큰 동장은 작답 감독 나가기 전에 서산 밑 동네로 와서 만나는 사람마다, 그놈의 미친개가 아주 진통으로 미쳤더라고, 어젯밤 눈알에 새파란 홰를 세워 가지고 달겨드는 걸 겨우 몽둥이로 쫓아 버렸다고, 그러니 이번에는 눈에 띄기만 하면 어떻게 해서든지 즉살[69]을 시켜야지 큰일 나겠더라는 말을 했다. 동네 사람들은, 벌써 어젯밤 이쪽 산 밑에서 빤히 들린 큰 동장의 그악스런 고함 소리로 또 미친개가 나타났었다는 걸 알고 있었으나, 그 미친개가 눈에다 새파란 홰까지 세워 가지고 사람에게 달겨들게 됐으면 이만저만하게 미친 게 아니라는 불안과 함께, 정말 눈에 띄기만 하면 처치해 버려야겠다는 맘들을 먹는 것이었다.

그런데 신둥이 편에서는 신둥이대로 더욱 조심이나 하는 듯, 큰 동장 작은 동장에게는 물론, 크고 작은 동장네 식구 어느 한 사람에게도, 그리고 서쪽 산 밑 누구한테도, 눈에 띄지 않는 것이었다.

그러한 어떤 날 밤, 뒷간에 나갔던 간난이 할머니가 뛰어 들어오더니, 지금 막 뒷간에 미친개가 푸른 홰를 세워 가지고 와 있다는 말을 했다. 언젠가 신둥이가 처음 이 마을에서 미친개로 몰리었을 때 자기 보기에는 그렇지 않더라던 간난이 할머니도, 눈에 홰를 세운 신둥이를 보고는 정말 아주 미친개로 말하는 것이었는데, 이 간난이 할머니의 말을 듣고도 그냥 간난이 할아버지는 사람이나 개나 할 것 없이 굶거나 독이 오르면 눈에 홰가 켜지는 법이라는 말로, 그 개도 뭐 반드시 미쳐서 그런 건 아닐 거라는 말

---

69 즉살 : 그 자리에서 바로 죽임.

을 했다. 그러니 뭐 와서 다닌다고 그렇게 무서워할 건 없다고 했다. 그러다가 간난이 할아버지는 문득 신둥이가 자기네 뒷간에 와 있다는 것은 다름 아닌 자기네 귀중한 거름을 먹기 위함일 거라는 데 생각이 미치자 다짜고짜 밖으로 나가 지게 작대기를 들고 뒷간으로 갔다. 과연 뒷간 인분이 떨어지는 바로 그 자리에 번뜩 푸른 홰가 보였다. 이놈의 가이새끼! 소리와 함께 간난이 할아버지의 작대기가 뒷간 기둥을 딱 후려갈겼다. 푸른 홰가 획 돌더니 저편 바자 틈으로 희끄무레한 것이 빠져나가는 게 보였다.

이런 일이 있은 후부터 신둥이의 그림자는 통 누구의 눈에도 띄지 않았다. 그러다가 그해 첫여름 두 동장네 새로 작답한 논에 때마침 온 비로 모를 내고 난 어느 날, 마을에 소문이 하나 났다.

김 선달이 조각 떼기밭에서 김을 매다가 쉴 참에 담배를 한 대 피우고 있노라니까, 저쪽 큰 동장네 뒷산 나무 새로 무언가 어른거리는 것이 있어 눈여겨보았더니, 그게 다름 아닌 미친개더라는 것이다. 그런데 이 미친개는 혼자가 아니고 뒤에 다른 개들을 데리고 있더라는 것이다. 그것은 큰 동장네 검둥이요, 작은 동장네 바둑이요, 또 누구네 개인지는 분명치 않으나 한 마리 더 끼어 있더라는 것이다.

사실 이 선달의 입에서 나온 말대로 큰 동장네 검둥이며 작은 동장네 바둑이가 이틀씩이나 집에 들어오지 않았다. 크고 작은 두 동장은 그놈의 미친개가 종시[70] 자기네 개들을 미치게 해 가지고 데려갔다고 분해

---

70 종시 : 끝내

하고 한편 겁나 했다. 그런데 이때 동네에서는 간난이 할아버지가 집안 사람들보고 아예 그런 말은 내지 못하게 해서 모르고 있었지만, 간난이네 개도 나가서 이틀씩이나 들어오지 않는 것이었다.

그러는 동안 동네에서는 어제오늘 동장네 뒷산에서 으르렁대는 개소리를 들었다는 사람이 적지 않았다. 낮뿐 아니라 밤중에도 그런 소리를 들었다는 사람들이 있었다. 크고 작은 동장은 그놈의 미친개를 몰이해서 쳐 죽이지 않은 게 잘못이라고 분해했다.

사흘 만에 크고 작은 동장네 개들은 전후해서 들어왔다. 간난이네 개도 들어왔다. 개들은 집에 들어오자마자 그늘을 찾아 엎디더니 침이 질질 흐르는 혀를 빼 가지고 헐떡이다가 눈을 감고 잠이 들어 버리는 것이었다. 이틀 새에 한결 파리해진 것 같았다.

크고 작은 동장은 그날도 새로 작답한 논의 모낸 구경을 나갔다가 일부러 알리러 나온 절가와 간난이 할아버지를 앞세우고 들어왔다. 간난이 할아버지가 맨손으로 검둥이께로 갔다. 큰 동장이랑 보고 있던 사람들은, 저 늙은이가 저러다 큰일 나려고! 하는 마음으로 멀찌감치 떨어져 서서 바라보고 있었다. 간난이 할아버지는 검둥이의 머리를 쓰다듬어 주었다. 검둥이가 졸린 듯 눈을 다시 감으며 반갑다는 표시로 꼬리를 움직여 비처럼 땅을 몇 번 쓸었다.

간난이 할아버지가, 무엇이 이 개가 미쳤다고 그러느냐고 큰 동장 편으로 돌아섰다. 그러나 큰 동장은 아직 미쳐 나가게 되지 않은 것만은 다행이라고 하면서, 눈을 못 뜨고 침을 흘리는 것만 봐도 미쳐 가는 게 분명하니 아주 미쳐서 나가기 전에 잡아 치우자고 했다.

절가가 미친개는 밥을 안 먹는다는데 어디 한 번 주어 보자고 부엌으로 들어가 밥을 물에다 말아 가지고 나왔다. 그러나 검둥이는 자기 앞에 놔 주는 밥을 무슨 냄새나 맡듯이 주둥이를 갖다 댔는가 하자 곧 도로 눈을 감아 버리는 것이었다. 큰 동장은, 자 보라고 했다.

간난이 할아버지는 지금 검둥이가 저러는 것은 며칠 동안 수캐 구실을 하고 돌아온 탓이라고 했다. 그랬더니 큰 동장은 펄쩍 뛰며, 그 미친가이하구? 그럼 더구나 안 된다고 어서 올가미를 씌우라는 것이었다. 그러면서 큰 동장은 혼잣말처럼, 마침 초복[71] 날이 며칠 남지 않았으니 복놀이[72] 겸 잘됐다고 했다.

간난이 할아버지는 하는 수 없었다. 이미 개 목에 끼울 올가미까지 만들어 가지고 섰는 절가의 손에서 밧줄을 받아 가지고 그것을 검둥이의 목에 씌우고 말았다. 밧줄 한 끝은 절가가 잡고 있었다. 절가는 재빠르게 목을 꿴 검둥이를 대문께로 끌고 가더니 밧줄을 대문턱 밑으로 뽑아 가지고 잡아 죄었다. 뜻 않았던 일을 당한 검둥이는 아무리 깨갱 소리를 지르며 버르룩거려도 쓸데없었다. 검둥이의 깨갱 소리를 듣고 작은 동장네 바둑이는 바라다 뵈는 곳까지 와서, 서쪽 산 밑 개들은 한길까지 나와서 짖어 댔다. 그러는 동안 검둥이의 눈에 파란불이 일고 발톱은 소용없이 땅바닥이며 대문턱을 마지막으로 할퀴고 있었다. 큰 동장은 개 잡

---

71 초복 : 여름철의 몹시 무더운 기간인 삼복 가운데 첫 번째로 드는 복날
72 복놀이 : 복날에 여럿이 모여서 고깃국을 끓여 먹으며 노는 놀이

을 적마다 늘 보는 일이건만 오늘 검둥이의 눈에 켜진 불은 별나게 파랗다고 하며 아무래도 미쳐 가는 개가 분명하다고 다시 한 번 생각하는 것이었다. 검둥이는 똥을 갈기고, 그러고는 온몸에 마지막 경련을 일으키며 축 늘어지고 말았다.

작은 동장네 집으로 갔다. 바둑이는 벌써 자기가 당할 일을 알아차린 듯 안뜰로 피해 들어가 슬슬 뒷걸음질만 치고 있었다. 그래 목에 올가미를 씌우는 데도 손이 걸렸다. 그리고 절가는 더 날쌔게 밧줄을 잡아당겨야 했다. 이렇게 해서 바둑이도 죽고 말았다.

뒤꼍 밤나무 밑에다 큰 동장네 큰 가마솥을 내다 걸었다. 개 튀길 물을 끓여야 했다. 그러는데 큰 동장과 작은 동장이 무슨 의논을 하는 듯하더니 절가더러, 북쪽 목 너머에 있는 괸돌73 마을의 동장과 박 초시74를 모셔 오라는 것이었다.

두 마리의 개가 토장국75 속에서 끓어날 즈음, 오른골을 포마드76로 진득이 재워 붙인 괸돌 동장과 잠자리 날개같이 모시77 고의적삼78에 감투79를 쓴 뚱뚱이 박 초시가, 이곳 동장네 절가 어깨에다 소주 두

---

73 괸돌 : '고인돌'의 방언
74 초시 : 예전에, 한문을 좀 아는 유식한 사람을 대접하여 이르던 말
75 토장국 : 된장을 풀어서 끓인 국. 취향에 따라 채소나 고기 따위를 넣는다.
76 포마드 : 머리털에 광택을 주고 머리 모양을 정리하기 위하여 바르는 반고체 또는 젤 상태의 기름. 주로 남자가 사용한다.
77 모시 : 모시풀 껍질의 섬유로 짠 천. 베보다 곱고 빛깔이 희며 여름 옷감으로 많이 쓰인다.
78 고의적삼 : 여름에 입는 홑바지와 저고리

되80를 지워 가지고 왔다. 곧 술좌석이 벌어졌다. 먼저 익었을 내장부터 꺼내 술안주를 했다. 술이 두어 순배81 돌자 큰 동장이 먼저 저고리를 벗어젖히며, "자 웃통들 벗읍세, 그리구 우리 놀민놀민 한 번 해 보세." 했다. 큰 동장이나 작은 동장은 지금 자기네가 먹는 개고기가 미쳐 가는 개의 고기란 걸 말 않기로 했다. 그런 말을 해서 상대편의 식욕을 덜든지 하면 재미없는 일이니.

"초복 놀이 미리 잘 하눈."

하고 괸돌 동장이 웃통을 벗었다. 작은 동장도 따라 벗었다.

박 초시만은 모시 적삼을 입은 채였다. 여태까지 아무런 술좌석에서도 웃통을 벗지 않을 뿐 아니라, 오늘처럼 아무리 가까운 곳이라 해도 출입할 때 두루마기를 입지 않고 온 것만 해도 예의에 어그러졌다고 생각하는 박 초시인지라, 그보고는 누가 더 웃통을 벗으라는 말을 하지 않았다.

"복날엔 우리 동리서 한 번 해 보디?"

하며 괸돌 동장이, 그때는 한몫 얼려야82 하네 하는 뜻인 듯 박 초시를 쳐다보니 박 초시도 좋다는 듯이 고개를 한 번 끄덕여 보였다. 괸돌 동

---

79 감투 : 예전에, 머리에 쓰던 갓의 하나. 말총이나 가죽, 헝겊 따위로 탕건 비슷하게 앞은 낮고 뒤는 높게 만들지만 턱이 없다.

80 되 : 곡식, 가루, 액체 등을 담아 그 양을 헤아리는 데 쓰는 그릇

81 순배 : 술자리에서 술잔을 차례로 돌림.

82 얼리다 : 어울리다.

장이 그냥 박 초시를 쳐다보며, "왜 길손이네 가이 있디 않아? 걸 팔갔다데, 요새 길손이 채독83 땜에 한창 돈이 몰리는84 판이라 눅게85 살 수 있을 거야. 개가 먹을 걸 먹디 못해 되기 말랐디만 그 대신 틀이 커서 괜티않아." 했다.

박 초시는 괸돌 동장의 말이 다 옳다는 듯이 다시 한 번 감투 쓴 고개를 끄덕여 보였다.

개 앞다리의 살이 상에 올랐다. 뒷다리의 살이 상에 올랐다. 간난이 할아버지는 술안주를 당해 내느라 분주히 고기를 뜯어야 했다. 그러는 새 저녁이 빠른 이곳에 어느덧 기나긴 첫여름 날의 저녁 그늘이 깃들기 시작하였고, 술좌석에서는 한 되의 술이 아가리를 벌리고 자빠지자 이어 새 병이 들어와 앉았다. 모두 웬만큼씩 취했다.

큰 동장도 이제는 취한 기분에 오늘 잡은 개는 사실은 미친개였다는 말과 미친개 고기는 보약이 되는 것이니 마음 놓고들 먹으라는 말쯤 하게 됐다. 그러면 괸돌 동장은 또 맞받아, 보약이 되답 뿐인가, 이 가이 고기가 별나게 맛이 있다 했더니 그래서 그랬군, 우리 배꼽이 한번 새빨개디두룩 먹어 보세, 하고 이런 때의 한 버릇인 허리띠를 풀어 배꼽을 드러내 놓기까지 하는 것이었다.

---

83 채독 : 채소에 섞인 독
84 몰리다 : 무엇이 모자라 곤란을 당하다.
85 눅다 : 값이나 이자 따위가 싸다.

작은 동장이 또 버릇인 자기 까까머리를 자꾸 뒤로 쓸어 넘기며 괸돌 동장과 박 초시에게, 개새끼 하나 얻어 달라는 말을 했다. 괸돌 동장이 먼저 받아, 마침 절골86에 사는 자기 사돈집에 이즘 새끼 낳게 된 개가 있으니 염려 말라는 말로, 개종자도 참 좋다는 말을 했다. 여기서 작은 동장은, 그거 꼭 한 마리 얻어 달라고, 그래 길러서 또 잡아먹자고 했다.

박 초시는 그저 좋은 말들이라고 가만한 웃음을 띠운 채 고개만 끄덕였다. 그러는 박 초시의 등에는 땀이 배어 흰모시 적삼을 먹어 들어가고 있었다. 다른 세 사람의 벗은 등과 가슴에서는 개기름 땀이 번질거렸으나 모두 차차 저녁 그늘 속에 묻히어 들어가고 있었다.

절가가 남포등87을 내다 밤나무 가지에 걸었다. 남포 불빛 아래서 개기름 땀과 괸돌 동장의 포마드 바른 머리가 살아나 번질거렸다. 그리고 겔겔이 풀어진 눈들을 하고 둘러앉아 잔을 돌리고 고기를 뜯고 그러다가 모기라도 와 물면 각각 제 목덜미며 가슴패기를 철썩철썩 때리는 것이란, 흡사 무슨 짐승들이 모여 앉았는 것 같기도 했다.

괸돌 동장이 소리88를 한번 하자고 하며, 제가 먼저 혀 굳은 소리로 노랫가락을 꺼냈다. 작은 동장이 그래도 꽤 온전한 목소리로 받았다. 박

---

86 절골 : 지명. 절이 있거나, 있었던 마을이라는 뜻으로 이렇게 부른다.
87 남포등 : 석유를 넣은 그릇의 심지에 불을 붙이고 유리로 만든 등피를 끼운 등
88 소리 : 판소리나 잡가 따위를 통틀어 이르는 말

초시는 그저 혼자 조용히 무릎장단만 쳤다. 첫여름 밤 희미한 남폿불 밑에서 이러는 것이 또 흡사 무슨 짐승들이 한데 모여 앉아 울부짖는 것과도 같았다.

그러지 않아도 서쪽 산 밑 차손이네 마당귀에 모여 앉았던 사람들 가운데, 김 선달은 전부터 개고기를 먹고 하는 소리란 에누리 없이 그때 잡아먹는 개가 살아서 짖던 청으로 나온다는 말을 해 모두 웃겨 오던 터인데, 이날 밤도 꾄돌 동장과 작은 동장의 주고받는 소리를 두고, 저것은 검둥이 목소리, 저것은 바둑이 목소리 하여 사람들을 웃기는 것이었다. 그러고는 웃긴 김 선달이나 웃는 동네 사람들이나 모두 한결같이, 그까짓 건 어찌 됐든 언제 대보았는지 모르는 비린 것을 한번 입에 대보았으면 하는 생각뿐이었다. 이날 밤 큰 동장네 뒤꼍 밤나뭇가지에는 밤 깊도록 남포등이 또한 무슨 짐승의 눈알이나처럼 매달려 있었다.

다음 날 크고 작은 동장은 서쪽 산 밑으로 와서 자기네 개 외에 다른 개도 한 마리 미친개를 따라다니는 걸 보았다니, 대체 누구네 개인지 하루바삐 처치해 버리라고 했다. 그리고 만일 자기네 개가 미친개 따라갔던 걸 알면서도 감추어 두었다가 이후에 드러나는 날이면, 그 사람은 이 동네에서 다 사는 날인 줄 알라는 말까지 하는 것이었다.

물론 간난이 할아버지는 누렁이를 그냥 두었다. 닷새가 지나고 열흘이 지나도 미쳐 나가지 않았다. 그새 서산 밑 사람들은 오래간만에 방앗간 먼지를 쓸고 보리방아를 찧었다. 신둥이는 밤에 틈을 타 가지고 와서는 방앗간 주인이 다 쓸어 가지고 간 나머지 겨를 핥곤 했다. 이런 데 비기면89 이제 와서는 바구미90 생기는 철이라고 동장네 두 집이, 조금씩 자주자주 찧어 가는 방앗간의 쌀겨란 말할 수 없이 훌륭한 것이었다.

두 달이 지나도 누렁이는 미쳐 나가지 않았다. 서쪽 산 밑 사람들은 오조91 갈92을 해 들였다. 방아를 찧었다. 가난한 사람들은 일 년 중에 이 오조밥 해먹는 일이 큰 즐거움의 하나였다. 어떻게 그렇게 밥맛이 고소하고 단 것일까. 그리고 가난한 사람들은 이런 오조밥을 먹으면서, 옛말에 오조밥에 열무김치를 먹으면 처녀가 젖이 난다는 말이 있는 것도 딴은 그럴 만하다고 늘 생각하는 것이었다.

이즈음 신둥이는 밤 틈을 타서 먹을 것을 찾아 먹고는 이 서산 밑 방앗간에 와 자곤 했다. 그동안 누구한테도 눈에 띄지 않아 얼만큼 마음이 놓이는 모양이었다. 그러나 다음 날은 사뭇 일찍이 그곳을 나와 산으로 올라가는 것을 잊지 않았다. 간난이나 할아버지의 눈에도 띄지 않게스레.

이러한 어떤 날, 동네에는 이전의 그 미친개가 서산 밑 방앗간에 와 잔다는 소문이 났다. 차손이 아버지가 보았다는 것이다. 아직 어두운 새벽에 달구지93 걸댓감94을 하나 꺾으러 서산에를 가는 길에 방앗간에서

---

89 비기다 : 서로 견주어 보다.
90 바구미 : 바구밋과의 곤충을 통틀어 이르는 말. 주로 쌀, 보리 등을 갉아 먹는다.
91 오조 : 일찍 익는 조
92 갈 : '가을'의 준말. 벼나 보리 따위의 농작물을 거두어들임.
93 달구지 : 소나 말이 끄는 짐수레
94 걸댓감 : 물건을 높은 곳에 걸 때에 쓰는 장대인 '걸대'로 쓸 만한 재료

무엇이 나와 달아나기에 유심히 보니 그게 이전의 미친개더라는 것이다. 그리고 이 미친개는 어두운 속에서도 홑몸이 아니더라는 것이다. 밤눈이 밝은 차손이 아버지의 말이라 모두 곧이들었다.

언덕 위 크고 작은 동장이 이 말을 듣고 서산 밑 동네로 내려왔다. 오늘 밤에 그 산개[95] —지금에 와서는 크고 작은 동장도 그 개를 미친개라고는 하지 않았다. 그것은 그 개가 정말 미친개였더라면, 벌써 아무것도 먹지 못하고 나중에 제가 제 다리를 물어뜯고 죽었을 것이라는 걸 알기 때문에—를 지켰다가 때려잡자는 것이었다. 홑몸이 아니고 새끼를 뺐다면 그게 승냥이[96]와 붙어 된 것일 테니 그렇다면 그 이상 없는 보양제[97]라고 하며, 때려잡아 가지고는 새끼만 자기네가 차지하고 다른 고길랑 전부 동네에서 나눠 먹으라는 것이었다.

밤이 되기를 기다려 크고 작은 동장은 서쪽 산 밑 동네로 와, 차손이네 마당에 사람들을 모아 가지고 제각기 몽둥이 하나씩을 장만해 들게 했다. 그 속에 간난이 할아버지도 끼어 있었다. 간난이 할아버지는 물론 그 신둥이 개가 전과 달라졌다고는 생각지 않았으나 이 개가 그동안도 자기네 집 옆 방앗간에 와 자곤 했으면 으레 자기네 귀한 뒷간의 거름을 축냈을 것만은 틀림없는 일이니, 그대로 내버려 둘 수는 없다는 생

---

95 산대 : 새끼를 밴 개
96 승냥이 : 갯과에 속한 포유동물의 하나. 이리와 비슷하나 더 작고 꼬리가 길다.
97 보양제 : 사람 몸의 양기를 북돋는 약제

각으로 이 기회에 때려잡아 버리리라는 마음을 먹은 것이었다. 한편 동네 사람 누구나가 그렇듯이 이런 때 비린 것이라도 좀 입에 대어 보리라는 생각도 없지 않아서.

밤이 퍽이나 깊어 망을 보러 갔던 차손이 아버지가 지금 막 산개가 방앗간으로 들어갔다는 걸 알렸다. 동네 사람들은 벌써 제각기 입안에 비린내 맛까지 느끼며 발소리를 죽여 방앗간으로 갔다. 크고 작은 동장은 이 동네 사람들과는 꽤 먼 사이를 두고 떨어져 서서 방앗간 쪽을 지켜보고 있었다.

동네 사람들이 방앗간의 터진 두 면을 둘러쌌다. 그리고 방앗간 속을 들여다보았다. 과연 어둠 속에 움직이는 게 있었다. 그리고 그게 어둠 속에서도 흰 짐승이라는 걸 알 수 있었다. 분명히 그놈의 신둥이 개다. 동네 사람들은 한 걸음 한 걸음 죄어들었다. 점점 뒤로 움직여 쫓기는 짐승의 어느 한 부분에 불이 켜졌다. 저게 산개의 눈이다. 동네 사람들은 몽둥이 잡은 손에 힘을 주었다. 이 속에서 간난이 할아버지도 몽둥이 잡은 손에 힘을 주었다. 한 걸음 더 죄어들었다. 눈앞의 새파란 불이 빠져나갈 틈을 엿보듯이 휙 한 바퀴 돌았다. 별나게 새파란 불이었다. 문득 간난이 할아버지는 이런 새파란 불이란 눈앞에 있는 신둥이 개 한 마리의 몸에서 나오는 것이 아니고 여럿의 몸에서 나오는 것이 합쳐진 것이라는 생각이 들었다. 말하자면 지금 이 신둥이 개의 배 속에 든 새끼의 몫까지 합쳐진 것이라는. 그러자 간난이 할아버지의 가슴속을 흘러 지나가는 게 있었다. 짐승이라도 새끼 밴 것을 차마?

이때에 누구의 입에선가 때레라! 하는 고함 소리가 나왔다. 다음 순간 간난이 할아버지의 양옆 사람들이 욱 개를 향해 달려들며 몽둥이를 내리쳤다. 그와 동시에 간난이 할아버지는 푸른 불꽃이 자기 다리 곁을 빠져나가는 것을 느꼈다. 뒤이어 누구의 입에선가, 누가 빈틈을 냈어? 하는 흥분에 찬 목소리가 들렸다. 그리고 저마다, 거 누구야? 거 누구야? 하고 못마땅해 하는 말소리 속에 간난이 할아버지의 턱밑으로 디미는 얼굴이 있어, "아주반98이웨다레99." 하는 것은 동장네 절가였다. 그러자 저편 어둠 속에서 궁금한 듯 큰 동장의, "어떻게들 됐노?" 하는 소리가 들렸다.

"파투웨다."

절가의 말에 크고 작은 동장이 한꺼번에 지르는 목소리로, "파투라니?" 하는 소리에 이어 큰 동장이 이리로 걸어오는 목소리로, "틈새를 낸 놈이 누구야?" 하는 결난100 소리가 들려왔다. 간난이 할아버지는 옆의 자기 집으로 들어갔다.

좀 뒤에 역시 큰 동장의 결난 목소리로, "늙은 것은 뒈데야101 해, 뒈데야 해." 하는 소리가 집 안까지 들려왔다.

이런 일이 있은 지 한 달쯤 뒤, 가을도 다 끝나고 이제 곧 겨울나무 준비로 바쁜 어느 날, 간난이 할아버지는 서산 너머의 옛날부터 험한 곳이라고 해서 좀처럼 나무꾼들이 드나들지 않는, 따라서 거기만 가면 쉽

---

98 아주반 : '아저씨'의 방언
99 웨다레 : '-로구려'의 방언
100 결나다 : 못마땅한 것을 참지 못하여 성이 나다.
101 뒈데다 : '뒈지다'의 방언. '죽다'를 속되게 이르는 말

게 나무 한 짐을 해올 수 있는 여웃골로 나무를 하러 갔다. 손쉽게 나무 한 짐을 해 가지고 돌아오는 길에, 무심코 길 한옆에 눈을 준 간난이 할아버지는 거기 웬 짐승의 새끼가 몽켜[102] 있는 걸 보았다. 이게 범의 새끼나 아닌가 하고 놀라 자세히 보니, 그것은 다른 것 아닌 잠든 강아지들이었다. 그리고 저만큼에 바로 신둥이 개가 이쪽을 지키고 서 있는 것이었다. 앙상하니 뼈만 남아 가지고.

간난이 할아버지가 강아지께로 가까이 갔다. 다섯 마린가 되는 강아지는 벌써 한 스무 날은 넉넉히 됐을 성싶었다. 그러자 간난이 할아버지는 다시 한 번 속으로 놀라고 말았다. 잠이 들어 있는 다섯 마리 강아지 속에는 틀림없는 누렁이가, 검둥이가, 바둑이가 섞여 있는 게 아닌가.

그러나 다음 순간, 이건 놀랄 일이 아니라 응당[103] 그럴 일이라고, 그 일견 험상궂어 뵈는 반백의 텁석부리 속에 저절로 미소가 지어지는 것이었다. 좀 만에 그곳을 떠나는 간난이 할아버지는 오늘 예서[104] 본 일은 아무한테나, 집안사람한테도 이야길 말리라 마음먹었다.

이것은 내 중학 이삼 년 시절, 여름 방학 때 내 외가가 있는 목넘이 마을에 가서 들은 이야기로, 그때 간난이 할아버지와 김 선달과 차손이

---

102 몽키다 : 뭉쳐 한덩어리가 되다.
103 응당 : 이치로 보아 그렇게 하거나 되는 것이 옳게
104 예서 : '여기서'가 줄어든 말

아버지가 서산 앞 우물가 능수버들 아래에 일손을 쉬며 와 앉아, 이런 이야기 저런 이야기 끝에 한 이야기다. 간난이 할아버지가 주가 되어 이야기를 해 나가는 도중 벌써 수삼 년 전 일이라, 이야기의 앞뒤가 바뀐다든가 착오가 있으면 서로 바로잡고 빠지는 대목은 서로 보태 가며 하는 것이었다.

간난이 할아버지는 여웃골에서 강아지를 본 뒤로부터는 한층 조심해서, 누가 눈치채지 못하게 나무하러 가서는 이 강아지들을 보는 게 한 재미였다. 사람이 먹기에도 부족한 보리범벅105이었으나, 그 부스러기를 집안사람 몰래 가져다주기도 했다. 아주 강아지가 밥을 먹게 쯤 됐을 때, 간난이 할아버지는 집안사람들보고 아무 곳 아무개한테서 얻어 오는 것이라 하며 강아지 한 마리를 안고 내려왔다. 한동네 곱단이네도 어디서 얻어 준다고 하고 한 마리 안다 주었다. 그리고 여웃골에서 그냥 갈 수 있는 절골 사는 아무개네도 한 마리, 서젯골 사는 아무개네도 한 마리, 이렇게 한 마리씩 다섯 마리를 다 안다 주었다.

이런 이야기 끝에, 간난이 할아버지는 지금 자기네 집에 기르는 개가 그 신둥이의 증손녀라는 말과 원체 종자가 좋아서 지금 목넘이 마을에서 기르는 개란 개는 거의 다 이 신둥이의 증손이 아니면 고손이라고 했다. 크고 작은 동장네 두 집에서까지도 요새 자기네 개가 낳은 신둥

---

105 보리범벅 : 보릿가루로 쑨 범벅. 보릿가루에 호박 등속을 섞어서 풀같이 되게 쑤어 만든다.

이 개의 고손자를 얻어 갔다는 말도 했다. 이런 말을 하는 간난이 할아버지는 이제는 아주 흰 서릿발이 된 텁석부리 속에서 미소를 띠우는 것이었다.

내가, 그 신둥이 개는 그 뒤에 어떻게 됐느냐고 물었더니, 간난이 할아버지는 금세 미소를 거두며, 그해 첫겨울 어느 사냥꾼의 총에 맞아 죽었다는 소문이 있었는데, 사실 그 후로는 통 보지를 못했다는 것이었다. 나는 공연한 것을 물어보았구나 했다.

선생님이 들려주는 그 시절 이야기

태환 : 안녕하세요, 선생님. 오늘은 황순원의 「목넘이 마을의 개」에 관한 얘기를 들려주세요.

선생님 : 그래, 알았다. 작품은 재미있게 읽었니?

태환 : 네, 개가 주인공이어서 흥미로웠어요. 제가 개를 좋아하거든요. 어쨌든 이 작품은 동물이 주인공이니까 우화소설이라고 할 수 있겠네요?

선생님 : 꼭 그렇게 말하기는 어려워. 우화소설적 성격을 지니고 있지만, 일반적인 우화소설과는 다른 특성을 보이기 때문이야.

태환 : 어떤 점이 그런가요?

선생님 : 전형적인 우화소설들은 동식물이나 사물을 의인화하여 사람처럼 행동하는 이야기를 통해 인간의 삶을 비유적으로 풍자하거나 교훈을 담아내지.

그런데 이 작품에서 개는 주인공이긴 하지만 인격화된 존재는 아니지. 그냥 개의 행태와 모습 그대로 전지적 작가 시점에 의해 관찰되고 묘사될 뿐이야.

그렇긴 해도 단순한 개 이야기에 그치는 게 아니라 상징성을 띠고 일제강점기 고난에 처한 우리 민족의 상황과 생명력을 비유하고 있기 때문에 우화소설적 특징을 띤다고 말할 수는 있단다.

태환 : 네, 알겠습니다.

서연 : 그런데 조금 전에 선생님께서 이 작품의 시점이 전지적 작가 시점이라고 하셨는데, 작품의 끝부분을 보면 화자인 '내'가 등장하니까 1인칭 관찰자 시점 아닌가요?

선생님 : 그 부분은 1인칭 관찰자 시점이 맞아. 하지만 작품의 대부분, 그러니까 신둥이가 살아가는 모습을 그린 부분에서는 서술자가 작품 바깥에서 주인공을 바라보는 방식이니까 전지적 작가 시점이 맞는 거고.

서연 : 그러니까 작품이 전개되면서 시점이 바뀐 거네요? 왜 그렇게 된 거지요?

선생님 : 그건 작품의 구성 방식으로 인해 일어난 현상이란다.

서연 : 작품의 구성 방식이요?

선생님 : 그래, 네 말대로 작품 말미에 '내'가 등장해서, 지금까지 전개된 신둥이 이야기는 자신이 중학생일 때 간난이 할아버지와 마을 사람에게서 전해 들은 거라고 밝혔지?

서연 : 네.

선생님 : 화자가 등장해서 그렇게 말함으로써, 이 작품에는 두 겹의 이야기가 존재하는 셈이 된다. 하나는 신둥이의 삶의 모습이 묘사되는 이야기이고, 다른 하나는 화자인 '내'가 중학생 때 외가에 가서 그 이야기를 동네 사람들에게 전해 들었다는 것이지.
이 두 개의 이야기는 작품 속에서 하나가 다른 하나를 감싸는 형태, 즉 하나의 이야기 속에 다른 이야기가 담겨 표현되는 구

조를 보이게 돼. 마치 액자의 틀 속에 그림이나 사진이 들어 있는 거처럼 말이지. 그래서 이런 구성을 '액자식 구성'이라고 부른단다.

이런 액자식 구성에서는 틀 속에 담겨 있는 내부 이야기가 핵심 이야기가 된다. 이 작품에서는 전지적 작가 시점으로 신동이의 모습과 행태를 묘사한 부분이지.

서연 : 그러니까 작품 마지막에 내부 이야기에서 틀이 되는 외부 이야기로 이동하면서 시점도 변했던 거군요.

선생님 : 그래, 맞아.

서연 : 그런데 작가는 왜 그런 구성법을 쓰는 거죠?

선생님 : 그건 외부 이야기라는 틀을 통해서 내부 이야기를 객관화하는 방식으로 사실감과 신뢰성을 높이는 효과가 있기 때문이야.

서연 : 지난번에 김동인의 「붉은 산」에서 '어떤 의사의 수기'라는 부제를 단 이유도 그거였잖아요?

선생님 : 잘 기억하고 있구나. 결국 그 작품도 액자식 구성을 취한 거라고 볼 수 있다. 부제를 통해 의사인 화자가 직접 체험한 바를 쓴다고 밝힌 다음, 중심인물과 관련된 내부 이야기를 펼치고 있으니까.

사실 액자식 구성은 소설 창작에서 흔히 구사되는 구성법이야. 다른 작가들의 작품에서도 찾아볼 수 있지. 앞으로도 많이 접하게 될 거다.

서연 : 네, 잘 알겠습니다.

태환 : 그런데 선생님, 그런 관점에서 보니까 이 작품에서는 서두 부분
도 사실감을 높이는 효과가 있는 거 같아요.

선생님 : 왜 그렇게 생각했니? 자세히 말해 볼래?

태환 : 첫머리를 보면, 작품의 배경인 목넘이 마을을 소개하면서 서북
간도로 가는 이주민들이 거쳐 가는 길목으로 묘사하잖아요? 그
들의 초라한 행색과 비참하게 굶주리며 떠도는 상황도 함께요.
이런 내용은 지난번에 읽은 김동인의 「붉은 산」을 떠올리게 했
어요. 만주로 이주한 한인 농민들이 겪는 고통스러운 삶을 그
린 작품 말이에요. 그 작품에 나오는 한인 농민들이 이런 식으
로 만주로 건너갔구나 하는 생각이 들었어요.

그때 선생님께 만주 이주민의 실상에 대해 자세히 들어서 그런
지, 이 작품의 서두 부분이 한층 현실감 있게 다가왔었어요.

선생님 : 그래, 작품을 깊이 읽었구나. 네 말대로 이 작품의 서두에서 제
시된 공간적 배경은 당대의 현실을 사실적이면서도 상징적으로
보여주는 장소라고 할 수 있지.

덧붙여 이야기하자면, 작품 속 신둥이가 단순한 떠돌이 개에
그치지 않고, 우리 민족의 상황과 의지를 대변하는 상징성을
띨 수 있었던 것도 이런 배경 설정에 힘입었다고 할 수 있어.

태환 : 네, 알겠습니다. 한 가지만 더 여쭤볼게요. 이 서두 부분에 나오
는 '서북간도'가 정확히 어디예요? 만주의 일부분인 것은 맞죠?

선생님 : 그래, 맞아. 만주는 중국의 동북지방을 말하는데, 동쪽과 북쪽
은 러시아와 접해 있고 남쪽은 한반도와 접해 있는 넓은 지역

이야. 랴오닝, 지린, 헤이룽장의 둥베이 삼성〔東北三省〕으로 구성되어 있단다.

간도는 이 삼성 중의 하나인 지린성의 동남부 지역인데, 우리나라와 국경을 맞댄 곳이라고 보면 된다. 이 간도는 다시 압록강 유역의 서간도와 두만강 유역의 북간도로 나뉘는데, 북간도는 동간도라고 불리기도 해.

쉽게 말해 간도는 만주 중에서도 한반도 접경 지역인데, 그런 이유로 일제강점기에 이주민들이 가장 많이 정착한 곳이었단다.

태환 : 네, 잘 알겠습니다. 오늘도 궁금한 점 자세히 설명해 주셔서 감사합니다.

서연 : 네, 저도요!

역사적 시련과
급변하는 사회 속의 사람들

이범선 「학마을 사람들」 / 최일남 「노새 두 마리」

폐허의 역사적 현실과 급변하는 사회 속에서 힘겹게 살아가는 사람들의
모습이 그려진 작품들이다. 학과 노새라는 동물들의 상징이
주제 의식을 효과적으로 부각하고 있다.

학마을 사람들

이범선(1920~1981)

작가 소개

이범선은 평안남도 신안주에서 출생했다. 1938년 진남포공립상공학교를 졸업한 후 은행에서 근무하다가, 일제강점기 말기에는 평안북도 풍천 탄광에 징용되었다.

광복 후에는 월남하여 동국대학교 국문학과를 졸업하였고, 한국전쟁기 피난 시절에는 부산에서 부두 노동자로 일하다가 거제고등학교에서 교편을 잡기도 하였다. 이후 서울의 여러 고등학교 교사 생활을 거쳐, 1968년부터는 한국외국어대학교와 한양대학교에서 교수로 재직하였다.

이처럼 일제강점기의 징용, 한국전쟁 시기의 월남과 피난으로 이어지는 삶의 체험은 그의 작품 세계의 바탕을 이루었다.

이범선은 1955년 『현대문학』에 단편 「암표」와 「일요일」이 김동리에게 추천되어 등단하였다. 이어 「이웃」, 「학마을 사람들」, 「수심가」, 「갈매기」 등의 작품을 발표하였는데, 이들 초기작에서 그는 어두운 시대상과 서민들의 우울한 삶의 모습을 서정적이면서도 담담한 필치로 그려냈다.

이후 1950년대 말부터는 단편 「피해자」, 「오발탄」과 장편 『춤추는 선인장』 등의 작품을 통해, 사회의 모순과 비정함을 고발하는 리얼리즘 문학을 보여주었다. 소외당하고 고통 받는 이들의 모습과 내면을 인상 깊게 묘사함으로써, 전후의 암담하고 부조리한 현실과 종교적 위선 등을 강렬하게 비판하였다.

다른 한편 「냉혈동물」, 「돌무늬」, 「삼계일심」 등 비교적 후기의 작품에서 그는 인간 존재에 대한 근원적인 문제의식과 휴머니즘적 시각을 드러내기도 하였다.

　이처럼 이범선은 자신의 체험을 바탕으로 주로 한국전쟁 이후 피폐해진 사회상과 민중들의 삶을 객관적으로 그려냈는데, 잔잔한 서정성과 휴머니즘을 바탕으로 하면서도 강한 사회 비판 의식을 표출하는 특징을 보였다. 이와 같은 작품 세계로 인해, 그는 대표적인 전후 소설가의 한 명으로 평가되고 있다.

작품 해설

이 소설은 일제강점기와 한국전쟁 시기, 강원도 산골 마을을 배경으로 고난과 폐허의 현실 속에서도 끈질긴 삶의 의지를 가지고 살아가는 사람들의 모습을 학을 매개로 그려낸 작품이다.

학마을은 강원도의 깊은 두메에 있는 산골 마을이다. 해마다 봄이 되면 한 쌍의 학이 날아와 노송에다 둥지를 짓고 새끼를 낳았다. 학이 돌아오면 마을 사람들은 잔치를 벌였다. 그해에는 풍년이 들고 평화로웠기 때문이다.

1910년 나라를 잃은 해부터 학은 돌아오지 않았다. 마을은 흉년과 재난에 시달렸고 젊은이들은 징병에 끌려갔다. 그러나 광복이 되어 젊은이들이 마을로 돌아오자 학은 다시 찾아왔다.

그러다가 학의 새끼가 나무에서 떨어져 죽는 일이 생긴 해에는 한국전쟁이 일어났다. 전쟁 전에 마을을 떠났다가 공산당원이 되어 나타난 바우의 총질로 학이 죽고, 중공군이 내려오면서 마을 사람들은 고향을 버리고 피난을 떠나야 했다.

전쟁 후 피난살이를 끝내고 돌아온 마을 사람들은 불타버린 학 나무와 이장 집, 그리고 박 훈장의 시체를 발견한다. 그날 밤 이장도 숨을 거두고, 마을 사람들이 두 사람의 장례를 지내고 뒷산에서 내려올 때 봉네는 애송나무 하나를 안고 있었다.

이러한 '학마을 사람들'의 이야기에서 중심을 이루는 것은 '학'이다. 학은 장생불사의 신령스러운 동물로서, 마을을 지키고 길흉을 알려주는 영험한 존재로 그려진다.

가뭄이 들거나 장마가 지면 마을 사람들은 학 나무를 쳐다보았고, 마치 하늘에 고하듯이 학이 울고 나면 재해가 그쳤다. 학이 낳는 새끼의 수는 그해의 풍작과 흉작을 가늠케 했다. 또한 학은 나라를 빼앗겼다 되찾고, 전쟁이 터지는 역사적 고비마다 출몰과 죽음으로 그 징조를 알렸다.

이렇게 신화적으로 그려진 학은 평화롭고 안정된 공동체적 삶을 상징하는 존재이다. 작가는 이를 핵심 제재로 삼아, 외세의 침략과 동족상잔의 전쟁을 거치면서 마을이 어떻게 파괴되고 사람들이 어떤 시련을 겪는지 그려낸다. 그리고 작품의 결말에서 폐허가 된 땅에 다시 어린 학 나무를 심는 장면을 통해, 그러한 공동체적 삶을 회복하려는 의지를 드러낸다.

이 소설은 분단으로 귀결된 전후의 현실 속에서 많은 사람들이 피폐한 삶을 이어가던 시기에 발표되었다. 작품이 표출하고 있는 주제 의식은 이러한 시대 상황을 극복하고자 하는 작가의 의도에서 비롯된 것이라 할 수 있다.

학마을 사람들

자동찻길에 가재도 오르는 데 십 리, 내리는 데 십 리라는 영(嶺)1을 구름을 뚫고 넘어, 또 그 밑의 골짜기를 삼십 리 더듬어 나가야 하는 마을이었다.

강원도 두메2의 이 마을을 관(官)에서는 뭐라고 이름 지었는지 몰라도, 그들은 자기네 곳을 학(鶴)마을이라고 불렀다.

무더기무더기 핀 진달래꽃이 분홍 무늬를 놓은 푸른 산들이 사면을 둘러싼 가운데 소복이3 들어앉은 일곱 집이 이 마을의 전부였다. 영마루4에서 내려다보면 꼭 새둥우리 같았다. 마을 한가운데에는 한 그루 늙은 소나무가 섰고, 그 소나무를 받들어 모시듯, 둘레에는 집집마다 울안에 복숭아꽃이 활짝 피어 있었다.

때때로 목청을 돋우어 길게 우는 낮닭의 소리를 받아 우물가 버드나무 밑에서 애들이 부는 버들피리 소리가 '피리 피리 필릴리' 영마루에까지 타고 피어올랐다.

---

1 영 : 재. 길이 나 있어서 넘어 다닐 수 있는, 높은 산의 고개
2 두메 : 도시에서 멀리 떨어진 깊은 산골이나 사람이 많이 살지 않는 변두리
3 소복이 : 쌓이거나 담겨 볼록하여 탐스럽게
4 영마루 : 높은 고개의 맨 꼭대기

이 학마을 이장(里長) 영감과 서당의 박 훈장(朴訓長)은, 지팡이로 턱을 괴고 영마루에 나란히 앉아 말없이 마을을 내려다보고 있었다.

그들은 둘이 다 오늘 아침, 면사무소(面事務所) 마당에서 손자들을 화물(貨物) 자동차에 실어 보내고 돌아오는 길이었다. 왜놈들은 끝내 이 두메에서까지 병정(兵丁)을 뽑아냈던 것이다.

두 노인은 흐린 눈으로 똑같이, 저 밑에 마을 한가운데서 소나무를 물끄러미 내려다보고 있었다. 그들은 아침부터 지금 낮이 기울도록, 삼십 리 길을 같이 걸어오면서도 거의 한마디의 말도 없었다.

이윽고, 이장 영감이 지팡이와 함께 쥐었던 장죽5으로, 걸터앉은 바윗등6을 가볍게 두드리며 입을 열었다.

"학(鶴)이 안 온 지가 벌써 삼십 년이 넘어."

"그렇지, 올해 삼십육 년째인가?"

박 훈장은 여전히 마을을 내려다보는 채였다.

"내가 마흔넷이던 해니까, 그렇군. 꼭 서른여섯 해째구나."

이장 영감은 장죽에 담뱃가루를 담으며 한숨을 쉬었다. 또다시, 그 느릿느릿한 잠꼬대 같은 대화마저 끊어졌다.

"꼬꼬……."

또 한 번 마을에서 닭이 울었다. 다음은 고요했다. 졸리도록 따스한

5 장죽 : 담배를 피우는 데 쓰는 긴 담뱃대
6 바윗등 : 바위 위쪽의 평평한 부분

봄볕이 흰 무명옷의 등에 간지러웠다. 이장 영감은 갓끈과 함께 흰 수염을 한 번 길게 쓸어내렸다.

학마을. 얼마나 아름답고 포근한 마을이었노.

이장 영감은 어느새 황소 같은 떠꺼머리총각7으로 돌아가, 이글이글 타오르는 화톳불8을 돌며 덩실덩실 춤을 추고 있었다.

옛날, 학마을에는 해마다 봄이 되면 한 쌍의 학이 찾아오곤 했었다. 언제부터 학이 이 마을을 찾아오기 시작하였는지는 아무도 모른다. 어쨌든, 올해 여든인 이장 영감이 아직 나기 전부터라 했다. 또, 그의 아버지가 나기도 더 전부터라 했다.

씨 뿌리기 시작할 바로 전에, 학은 꼭 찾아오곤 했었다. 그리고는 정해 두고 마을 한가운데 서 있는 노송(老松)9 위에 집을 틀었다. 마을 사람들은 이 노송을 학 나무라고 불렀다.

학이 돌아온 날은 학마을의 가장 큰 잔칫날이었다. 학나무 밑에선 호기롭게10 떡을 쳤다. 서당에선 어른들이 모여 앉아 술상을 앞에 놓고 길고 느린 노래를 흥얼흥얼하였다. 그러나 가장 즐겁기는 젊은이들이었다. 이 마을 젊은이들이 마음 놓고 술을 마실 수 있는 날은 이날뿐이었

7 떠꺼머리총각 : 장가들 나이가 지나도록 장가를 들지 못하고 머리를 길게 땋아 늘인 총각
8 화톳불 : 장작 따위를 한곳에 쌓아 놓고 질러 놓은 불
9 노송 : 늙은 소나무
10 호기롭다 : 사람이나 그 언행이 의기가 씩씩하고 호방하다.

194

다. 그 외에는 혼인 잔치에서까지도 젊은이들은 술을 마셔서는 아니 된다는 것이 이 학마을의 율법11이었다. 그날은 밤이 깊도록 학 나무 밑에 화톳불이 이글이글 탔다. 아직 추운 삼월이라 불가에 둘러앉은 젊은이들은 막걸리를 사발로 마구 들이켰다. 그러면 마을 처녀들은 이렇게 마셔 대는 막걸리와 안주를 떨어지지 않게 날라야 했다. 그런 때면, 그 처녀가 화톳불을 싸고 빙 둘러앉은 청년들 중 누구의 어깨 너머로 술이나 안주를 넘겨 놓는가가 문제였다. 처녀가 술이나 안주를 누구의 어깨 너머로 살짝 넘겨 놓으면, 그때마다 일제히 '와' 하고 함성을 올렸다. 술에 단 젊은이들의 검붉은 얼굴들이 와그르르 웃으면, 처녀들은 불빛에 빨가니 단 얼굴을 획 돌려 치마폭에 쌌다. 그때, 탄실이는 꼭 억쇠 —지금의 이장 영감의 어깨 너머로 듬뿍듬뿍 안주를 날라다 놓곤 하였다. 그러면 또, '와와' 함성을 올렸다. 억쇠는 슬쩍 뒤를 돌아보았다. 탄실이는 긴 머리채를 흔들며 달아나면서도 억쇠를 향하여 눈을 흘기는 것만은 잊지 않았다. 억쇠는 그저 즐거웠다. 취기가 올라오기 시작하면 억쇠는 일어나 춤을 추었다. 젓가락으로 두들기는 사발12 장단에 맞추어 덩실덩실 돌았다. 어느 해엔가는 잔뜩 취하여 잠방이13 띠가 풀린 것도 모르고 춤을 추다 웃음판14에 그대로 나가넘어진 일도 있었다.

---

11 율법 : 헌법, 법률, 명령 등의 강제력이 있는 모든 법을 통틀어 이르는 말
12 사발 : 사기로 만든 국그릇이나 밥그릇
13 잠방이 : 가랑이가 무릎까지 내려오도록 짧게 만든 남자용 홑바지
14 웃음판 : 여러 사람이 한데 어우러져 웃는 자리

학으로 하여 즐거운 이야기는 마을 처녀들에게도 있었다. 처녀들도 역시 학이 좋았다.

그네들은 물을 길으러 박우물로 갔다. 그러자면 꼭 학 나무 밑을 지나가야 했다. 그런데 어쩌다 학의 똥이 처녀들의 물동이에 떨어지는 일이 있었다. 그러면 그 처녀는 그해 안에 시집을 간다는 것이었다. 그래서 나이 찬 처녀들은 물동이를 이고 학 나무 밑을 거닐 때면 걸음걸이가 더욱 의젓하였다. 한 해에 한둘은 꼭 물동이에 학의 똥을 받았다. 그리고 그들은 틀림없이 그해 안에 시집을 가곤 하였다.

탄실이가 시집을 가던 해에도 그랬다. 물방앗간 옆 대추나무 밑에서 자근자근 빨간 댕기를 씹으며,

"학이……."

하고 탄실이가 고개를 숙였을 때, 억쇠는 구름 사이 으스름달을 쳐다보았다. 탄실이는 이미 아버지가 정해 놓은 곳이 있었다. 한참 만에 억쇠는 탄실이의 보동한[15] 손목을 꽉 붙들었다. 그들은 그 길로 영을 넘었다. 호 호, 호 호……. 길가 나무 꼭대기에서 부엉새가 울었다. 그래도 억쇠의 굵은 팔에 안겨 걷는 탄실이는 조금도 무섭지 않았다. 그러나 그것은 시집을 가는 게 아니래서였던지 다음 날 아침 그들은 탄실이 아버지한테 붙들리어 다시 돌아왔다. 그러나 그 가을에 탄실이는 울며, 단풍든 영을 넘어 이웃 마을로 시집을 가고 말았고, 다음 해부터는 학날이

---

15 보동하다 : 도동보봉하다. 살이 쪄서 통통하며 매우 보드랍다.

와도 억쇠는 춤을 추지 않았다.

"학이 안 오던 그해 가물도 심하더니.", "허참, 나라가 망하던 판에 오죽해." 이장 영감은 장죽과 쌈지16를 옆의 박 훈장에게 건네주었다.

이장이 마흔네 살이 되던 해였다.

씨 뿌릴 준비를 다 해놓고 마을 사람들은 학을 기다렸다. 그런데 웬일인지 계절(季節)이 다 늦도록 학은 돌아오지 않았다. 그들은 하는 수 없어, 학 없이 씨를 뿌렸다. 가뭄이 들었다. 봄내, 여름내 비 한 방울 안 왔다. 모든 곡식은 바삭바삭 말라 버렸다. 마을 사람들은 그저 헛되이 학 나무만 쳐다보았다. 학 나무에는 지난해에 틀었던 학의 둥우리만이 빈 채 달려 있었다.

'학만 있었으면.'

마을 사람들은 여느 해에 그렇게도 영험하던17 학의 생각이 몹시도 간절하였다. 이런 때면 학은 늘 하늘과 그들 사이에 있어 주었었다. 가뭄이 들어도 그들은 학 나무를 쳐다보았다. 그러면 학이 그 긴 주둥이를 하늘로 곧추고 '비오……, 비오…….' 울어 고해 주는 것이었다. 그러면 또 하늘은 꼭 비를 주시곤 했다. 장마가 져도 그들은 또 학을 쳐다보았다. 이번엔 학이 '가, 가' 길게 울어 주기만 하면, 비는 곧 가시는 것이었다. 바람이 불 것도 그들은 미리 알 수 있었다. 학이 삭은 나

---

16 쌈지 : 담배나 부시 등을 담기 위하여 종이나 헝겊, 가죽 따위로 만든 주머니
17 영험하다 : 바라는 바를 들어주는 신령한 힘이 있다.

뭇가지를 자꾸 둥우리로 물어 올리면 그들은 곡식을 빨리빨리 거둬들여야 했다.

그러던 그들은, 학이 없던 그해, 그렇게 가뭄이 심해도 어떻게 하늘에 고해 볼 길이 없었다. 저녁때 들에서 돌아오다가는 빨간 놀을 등에 지고 그림자처럼 조용히 서서, 빤히, 석양을 받은 학의 빈 둥우리를 오랜 버릇으로 한참씩 쳐다보고 섰을 뿐이었다.

그러던 어느 날, 기다리던 비 대신 기막힌 소문이 날아 들어왔다. 왜놈들이 우리나라를 빼앗으러 나왔다는 것이다.

마을 사람들은 며칠 동안 김18을 맬 생각도 않고 학 나무 밑에 모여 앉아 멍히 맞은편 산만 바라보고 있었다.

그런데 또 한 겹 더 겹쳐, 마을 안에 열병이 퍼지기 시작하였다. 한 집 두 집, 꼭 젊은 일꾼들이 앓아누웠다. 거의 날마다 곡소리가 들렸다. 학 마을은 그대로 무덤이었다.

다음 해 봄에도, 또 다음 해 봄에도 학은 돌아오지 않았고, 흉년만 계속되었다. 그러자 이제 학이 버리고 간 이 학마을에서는 살 수 없으리라는 말이 누구의 입에서부터인지 퍼져 나왔다.

한 집이 떠났다. 또, 한 집이 떠났다.

그들은 영마루에서 서서 한참씩 학 나무를 내려다보다가는, 드디어 산을 넘어 어디론지 떠나가곤 하는 것이었다.

---

18 김 : 논밭에 난 잡풀. '김을 매다'는 논밭에 난 잡풀을 뽑는다라는 말이다.

근 이십 가구나 되던 마을이 겨우 일곱 집만 남았다.

그동안 이장 영감도 몇 번이나 밖으로 나가 살 만한 곳을 찾아보았다. 그러나 그때마다 번번이 그는 이 학마을을 버리지 못했다. 무쇠 같은 그의 가슴에 첫사랑이 뻘겋게 달아오르던 곳이라서만은 아니었다. 그저 어쩐지 이 학마을을 떠나서는 살 수 없을 것만 같았던 것이었다. 빈 둥우리나마 아직 남아 있는 학 나무 밑을 떠나서 왜놈들이 들끓는 마당에 어딜 가면 살 수 있겠는가 하는 생각에서였다. 남아 있는 딴 사람들도 그랬다. 학은 오지 않고 이름만 남은 학마을은 말할 수 없이 고달팠다. 그래도 해마다 봄은 찾아왔다. 아지랑이가 가물가물 타기 시작하면 그들은 양지쪽에 앉아 수숫대[19]로 바자[20]를 엮으며 어린것들에게 가지가지 학 이야기를 들려주는 것이었다. 어린애들에게는 그건 해마다 들어도 재미있는 옛날 이야기였다. 그러나 이야기하는 어른들에게는 그건 슬픈 추억이었고, 또 봄마다 속아 벌써 삼십 년이 지난 오늘까지도 끝내 아주 버릴 수는 없는 희망이기도 하였다.

"그런데 그 학이 어딜 갔을까?"

"알 수 없지."

"살아 있기는 살아 있을까?"

---

19 수숫대 : 수수의 줄기
20 바자 : 대, 갈대, 수수깡, 싸리 따위를 엮어 울타리를 만드는 물건

"학은 장생불사(長生不死)[21]라지 않아?"

"장생불사."

이장 영감은 또 한 번 천천히 수염을 내리쓸다 그 끝을 쥐고 내려다보며 중얼거렸다.

"쾡 쾡, 쾡 쾡, 쾡 쾡, 쾡 쾡."

바로 그때였다. 저 밑에 마을에서 꽹과리 소리가 요란스레 들려왔다. 무슨 일이 일어난 신호(信號)였다.

이장 영감은 벌떡 일어섰다. 박 훈장도 담뱃대를 털며 따라 일어섰다. 그대로 꽹과리 소리는 울려 올라왔다. 잠든 듯 고요하던 마을에 새까만 사람의 그림자들이 왔다 갔다 하였다. 이장 영감은 눈에다 힘을 주고 마을을 살피고 있었다.

"학이다……. 학이다."

이장 영감은 힐끔 뒤의 박 훈장을 돌아보았다. 박 훈장도 이장 영감을 마주 보았다.

"학이다……. 학이다."

아직 메아리가 길게 꼬리를 떨고 있었다. 둘이 다 분명히 들었다. 그러나 둘이 다 똑같이 자기의 귀에 자신이 없었다. 쾡, 쾡, 쾡, 쾡, 꽹과리 소리가 또 들려왔다. 그들은 얼른 손을 펴 갓양에 가져다 대었다. 하늘을 살폈다. 그러나 그들이 아무리 그 흐린 눈을 비비고 크게 떠도 그저 저만큼

---

21 장생불사 : 오래도록 살고 죽지 않음.

둥실 흰 구름이 한 점 보일 뿐, 학은 보이지 않았다. 그들은 한 번 더 눈을 비볐다. 그래도 역시 학은 없었다. 그저 흰 수염만이 그들의 턱에서 가늘게 떨리고 있었다.

그날, 과연 학은 마을에 들어와 있었다. 영을 내려와 비로소 학이 돌아온 것을 본 이장 영감과 박 훈장은 얼싸안고 엉엉 울었다.

"왔다, 정말 왔어. 으흐흐."

"영감, 이게 꿈은 아니지, 응? 이장 영감, 꿈은 아니지? 으흐흐."

이장 영감과 박 훈장은 갓이 뒤로 벗겨지는 줄도 모르고 고개를 젖혀 학 나무 꼭대기만 쳐다보고 있었다.

쓱 치켜든 긴 주둥이, 이마의 빨간 점, 늘씬히 내뺀 목, 눈처럼 흰 깃, 꼬리께 까만 깃에서는 안개가 피었다. 한 마리는 슬쩍 한 다리를 ㄴ자로 구부리고 섰고, 또 한 마리는 그 윗가지에서 길게 목을 빼고 두룩두룩 마을을 살펴보고 있었다.

옛날 본 그 학이었다. 꼭 그대로였다. 그들은 자꾸자꾸 솟아 나오는 눈물을 몇 번이나 손등으로 닦았다.

이장 영감과 박 훈장 뒤에 둘러선 마을 사람들의 눈에도 눈물이 글썽 괴여 있었다. 어린애들은 눈앞에 정말 살아 나타난 옛이야기가 그저 신비(神祕)스럽기만 했다.

"이젠 살았다."

"이제 무슨 좋은 일이 생길게다."

"용하게 마을을 지켰지. 참, 몇십 년이고."

그들은 무엇인지 모르는 대로, 그저 그 어떤 커다란 희망에 가슴이 뿌듯했다.

학은 부지런히 집을 틀기 시작하였다.

유유히 마을 안을 날아도는 학을 보면, 밭에서, 산에서, 우물가에서 어디서든지 마을 사람들은 한참씩 일손을 멈추는 것이었다.

올감자[22] 철이 되자, 학은 먹이를 잡아 물고 오르기 시작하였다. 새끼를 깐 것이다.

이젠 또, 둘만 앉으면 그저 학의 새끼 이야기였다. 학이 새끼를 까면 그해에는 풍년(豊年)이 든다는 것이었다. 두 마리면 평년, 한 마리면 흉년. 두 마리라고 하는 사람도 있었다. 아니, 분명히 세 마리가 가지런히 둥우리 속에 턱을 올려놓고 어미를 기다리고 있는 것을 보았노라는 아낙네도 있었다. 또 밭의 곡식이 된 품으로 미루어 틀림없이 세 마릴 거라고 떠드는 사람도 있었다. 그러면 가만히 듣고 앉았던 노인들은, "어, 그 바쁘기도 하지. 이제 새끼들이 좀 더 커서 머리가 밖으로 나오기 전에야 누가 아노? 하느님이 하시는 일을." 하고 웃는 것이었다.

올감자 철이 지나고 참외와 옥수수가 한창일 무렵이었다. 학의 새끼는 이제, 제법 '짝짝' 둥우리 속에서 소리를 지르기 시작하였다. 그러다가는 어미 학이 긴 주둥이 끝에 먹이를 물고 돌아와 두 날개를 위로 쓱 쳐들며 흠씰[23] 가지에 와닿으면, 다투어 조그마한 주둥이들을 벌리고 '짝짝'

---

22 올감자 : 제철보다 이르게 익는 감자

목을 길게 둥우리 밖에까지 빼내는 것이었다.

분명히 세 마리였다.

틀림없이 풍년일 거라 했다.

가뭄도 장마도 안 들었다. 논과 밭에는 오곡(五穀)이 무럭무럭 자랐다. 과연 그해는 대풍(大豊)이었다. 앞들에서 김매는 사람들이 노래를 부르면, 뒷산에서 나무하는 애놈24들이 제법 그 다음을 받아넘겼다. 한창 더위도 그 고비를 넘었다. 이젠 익기를 기다려 거둬들이기만 하면 그만이었다.

그러던 어느 날이었다. 봄에 왜놈들에게 병정으로 끌려 나갔던 이장네 손자 덕이와 박 훈장네 손자 바우가, 커다란 왜병의 옷을 그냥 입은 채 마을로 돌아왔다.

"아, 우리나라가 독립을 했어요, 독립을. 그걸 아직도 모르고 있어요?"

이장 영감과 박 훈장은 각각 손자들의 거센 손을 붙잡고, 또 엉엉 울었다. 내 나라를 도로 찾았대서인지, 죽었으리라고 생각했던 손자가 돌아왔대서인지, 그것조차 분간할 수 없는 기쁨이 그저 범벅이 되어 자꾸 눈물만 흘러내렸다.

---

23 홈씰 : 무거운 물체가 크게 흔들리는 모양
24 애놈 : '사내아이'를 얕잡아 이르는 말

학마을은 한껏 즐겁고 풍성하였다. 집집이 낟가리25가 높이 솟았다.

앞뒷산에 단풍이 빨갛게 타올랐다. 하늘은 아득히 높아졌다. 학은 세 마리 새끼들에게 날기를 가르치기 시작하였다. 둥우리 기슭에 나란히 올라선 새끼 학들은 어미에게 비하여 그 모양이 몹시 초라하였다. 마을 애들은 웃었다. 그러면 어른들은 곧잘 학의 편이 되어 양반의 새끼는 어려선 미운 법이라 했다. 어미 학이 둥우리 바로 윗가지에 올라서서 뭐라고 길게 한번 소리를 지르자 세 마리 새끼 학은 일제히 둥우리를 걷어차고 날아갔다. 그러나 처음으로 펴 보는 날개는 잘 말을 듣지 않았다. 퍼덕퍼덕 날개는 쳤으나 그건 난다기보다 떨어지는 것이었다. 그들은 이리저리 흩어져 한 마리는 학 나무 밑 마당에, 한 마리는 이장네 지붕 위에, 또 한 마리는 제법 멀리 밭 모서리에 선 뽕나무 위에 가 내렸다. 이렇게 그들은 날마다 나는 연습을 했다. 조금씩 조금씩 그 날아가 앉는 곳이 멀어져 갔다. 어제는 우물가에까지 날았었다. 오늘은 저 동구의 물방앗간까지 날았다. 또 오늘은 그 앞 못(池)26께까지 날았는데, 자칫하면 물에 빠질 뻔했다. 마을 사람들은 마치 자기네 어린이의 재롱을 사랑하듯 하였다. 드디어 그들은 저 들 건너편 낭27에 쑥 옆으로 솟아 나온 소나무 위에까지 힘들지 않게 날았다. 이젠 모양도 한결 또렷또렷해졌다. 한

---

25 낟가리 : 낟알이 붙은 곡식을 그대로 쌓은 더미
26 못 : 넓고 깊게 팬 땅에 늘 물이 괴어 있는 곳
27 낭 : '벼랑'의 방언

달쯤 되자 제법 어미들을 따라 보기 좋게 마을 위를 빙빙 날아돌았다. 어쩌다가 날개를 쭉 펴고 다섯 마리의 학이 한 줄로 휘 마을을 싸고도는 모양은 시원스러웠다. 9월 하순 어느 날 새벽이었다. 학이 여느 날과 달리 요란스레 울었다. 이장 영감은 잠결에 그 소리를 듣고 펄떡 일어났다. 그는 그게 무슨 뜻인지를 잘 알고 있었다. 꽹과리를 쳤다. 마을 사람들은 다들 학 나무 둘레에 모였다. 다섯 마리의 학은 가장 높은 가지 위에 가지런히 한 줄로 늘어서 있었다. 이제는 그 긴 다리 색이 어미들보다 약간 노란 기운이 도는 것을 표해 보지 않고는 어미 학과 새끼 학들을 알아낼 수 없을 만큼 컸다. 해가 떴다. 이윽고 그들은 긴 목을 쑥 빼고 뾰족한 주둥이를 하늘로 곧추 올렸다. 맨 큰 학이 두 날개를 기지개를 펴듯 위로 들어 올리며 슬쩍 다리를 꾸부렸다 하자 삐이르 긴 소리를 지르며 흠씬 가지에서 푸른 하늘로 솟아올랐다. 그러자 다음 다음 다음 다음 차례로 뒤를 따랐다. 그들은 멋지게 동그라미를 그으며 마을을 돌았다. 한 바퀴 또 한 바퀴, 점점 높이 올랐다. 이젠 까마득히 하늘에 떴다. 그래도 삐르삐르 소리만은 똑똑히 들려왔다. 마을 사람들은 꺾어져라 목을 뒤로 젖혔다. 두 손을 펴서 이마에 가져다 햇볕을 가리고 한없이 높고 푸른 가을 하늘을 쳐다보고 있었다. 반짝반짝 다섯 개의 은빛 점이 한 줄로 늘어섰다. 마지막 바퀴를 돌고 난 학들은 그리던 동그라미를 풀며 방향을 앞으로 잡았다. 하나, 둘, 셋, 넷, 다섯. 점이 하나씩 하나씩 남쪽 영마루를 넘어 사라졌다. 마을 사람들은 한참이나 그대로 말없이 그 학들이 사라진 곳을 쏘아보고들 서 있었다.

다음 해 봄에도 학이 돌아왔다. 세 마리 새끼를 쳤다. 또, 풍년이었다.

또, 다음 해 봄에도 학은 왔다. 이번엔 두 마리를 쳤다. 평년이었다.

그해 가을엔 이장네 손자 덕이가 장가를 들었다. 신부는 바로 이웃에 사는 봉네였다. 덕이는 어려서부터 봉네가 좋았다. 그러기에, 옥수수 같은 것을 꺾어 나눠 먹을 때면 으레 큰 쪽을 봉네에게 주곤 하였다. 바우도 같이 봉네를 좋아했다. 주워 온 밤에서 왕밤만을 골라 봉네를 주곤 하였다.

그런데 웬일인지 철이 들며부터 봉네는 아주 쌀쌀해졌다. 물동이를 들고 사립문을 나오다가도, 덕이를 보면 휙 돌아 들어가곤 하였다. 덕이에게만 아니라 바우에게도 그런다는 것이었다. 그들은 참 이상한 애라고 웃었다.

그러던 봉네의 태도가, 그들이 왜놈한테 끌려갔다 다시 마을로 돌아온 뒤에는 또 좀 달랐다. 바우더러는 "돌아왔구나." 하며 웃더라는데, 덕이한테는 안 그랬다. 여전히 싸늘했다. 물을 길으러 가려면 하는 수 없이 이장네 바깥마당 학 나무 밑을 지나야 하는 봉네는 몇 번이나 덕이와 마주쳤다. 그럴 때면, 덕이가 미처 무슨 말을 찾기도 전에 푹 고개를 수그리고, 인사는커녕 쳐다도 안 보고 휙 비켜 지나가 버리는 것이었다. 덕이는 이런 봉네가 몹시도 섭섭했다.

그렇게 거의 두 해를 지내 오던 어느 날이었다. 산에 가 나무를 해 지고 내려오던 덕이는, 마을 뒤 밤나무 숲속에서 봉네를 만났다. 이번엔 덕이 편에서 먼저 못 본 체 고개를 수그리고 걸었다. 그런데 그가 바로 봉네 코앞에까지 가도 그녀는 꼼짝도 않고 서 있었다. 덕이를 보기만 하면 얼굴을 돌리고 달아나던, 마을 안에서의 봉네와는 달랐다. 덕이는 비로소 눈을 들었다. 그제야 봉네는 한 걸음 옆으로 비켜섰다. 여전히 덕이를 쳐다보고 있는 봉네의 눈에는 스르르 윤기가 돌았다. 덕이는 길가에 나무 지게를 벗어 놓았다.

"어디 가니?"

"……."

봉네는 앞으로 다가서는 덕이의 얼굴만 빤히 건너다볼 뿐, 대답이 없었다. 덕이도 그저 봉네의 까만 눈을 들여다보고 서 있는 수밖에 없었다. 봉네의 눈동자에는 점점 더 윤이 났다. 봉네의 눈동자 속에 푸른 하늘이 부풀어 오른다 하는 순간, 따르르 눈물이 뺨으로 굴렀다.

"학이……."

옛날 학마을 처녀 탄실이가 하던 그대로의 외마디 말이었다. 봉네는 가만히 고개를 떨어뜨렸다. 무명 적삼28이 젖가슴에 찢어질 듯 팽팽하였다. 덕이는 봉네의 머리에서 새크무레한29 땀내를 맡았다.

이장 영감은 종일 사랑방 벽에 뒷머리를 대고 앉아 조용히 눈을 감고 있었다. 언제나 무슨 괴로운 일이 있을 때면 하는 그의 버릇이었다.

할아버지에게 봉네 이야기를 하고 제 뜻을 말하는 손자 덕이 놈은 무턱대고 탄실이와 영을 넘던 억쇠, 자기보다 훨씬 영리한 놈이라고 생각

---

28 적삼 : 윗도리에 입는 홑옷
29 새크무레하다 : 조금 새큼한 맛이 있는 듯하다.

하였다. 그러지 않아도. 이장 영감은 봉네의 심정을 덕이보다도 먼저 눈치채고 있었다. 그와 함께 또, 바우의 봉네에게 대한 숨은 정(情)도 알고 있는 이장 영감이었다. 그래, 덕이가 봉네 이야기를 할 때, 그는 아무런 대꾸도 하지 않고 그저 듣고만 있었다.

될 수만 있다면, 봉네는 딴 마을로 시집을 보내고 싶었다. 덕이, 봉네, 바우. 이장 영감에게는 그들이 다 똑같은 자기의 손자 손녀처럼 생각이 드는 것이었다. 그 셋 중에 누구에게도 쓰라린 상처를 주고 싶지 않았다.

저녁때가 거의 되어서야 이장 영감은 가만히 눈을 떴다. 마음을 작정하였다. 봉네는 그 옛날 탄실이어서는 안 된다 했다. 또 그로 해서 설사 무슨 변이 있다 해도 덕이의 일생이 또 억쇠 자기의 평생처럼 텅 빈 것이 되어서는 안 된다 했다.

그 가을에 덕이와 봉네의 잔치가 있었다. 그런데 그 잔치 전날 밤, 바우는 마을에서 사라졌다. 그의 홀어머니도, 또 늙은 할아버지 박 훈장도 몰랐다. 그러나 이장 영감만은 짐작하고 있었다. 그는 또, 종일(終日) 사랑방 벽에 뒷머리를 대고 앉아 조용히 눈을 감고 있었다.

그해에도 골짜기의 눈이 녹고 진달래가 피자, 학이 찾아왔다. 예전처럼 부지런히 집을 틀고 새끼를 깠다. 두 마리의 어미 학은 쉴 새 없이 먹이를 물어 올렸다. 그때, 두 마리 새끼가 주둥이를 내둘렀다. 올해에도 평년작(平年作)30은 된다고들, 우선 흉년(凶年)을 면한 것을 기뻐했다.

---

30 평년작 : 풍작도 흉작도 아닌 보통 정도로 된 농사

그러던 어느 비 내리는 아침이었다. 학 나무 밑에 아주 어린 새끼 한 마리가 떨어져 죽어 있었다. 아직 털도 채 나지 않은 학의 새끼는 머리와 눈만이 유난히 컸다.

"허, 그 참, 흉한 일이로군."

이장 영감과 박 훈장은 몹시 불길한 예감에 사로잡혔다. 이 같은 일은 적어도 그들이 아는 한에서는 일찍이 없던 일이었다. 참새는 긴 장마철에 미처 먹이를 댈 수 없으면 그중 약한 제 새끼를 골라 제 주둥이로 물어 내버리는 수가 있다. 그러나 학이 그런 잔혹한 짓을 한 일을 보지 못했었다. 그건 필시 무슨 딴 짐승의 짓이라 했다. 어쨌든 그게 학 자신의 뜻에서였건, 또는 딴 짐승의 짓이건 간에 이제 이 학마을에는 반드시 무슨 참변31이 있을 게라고 다들 말없는 가운데 더욱더 무거운 불안을 느끼고들 있었다.

과연 무서운 변32이 마을을 흔들고야 말았다. 그 일이 있은 지 한 달도 채 못 되어서였다. 별안간 하늘이 무너지고 산이 온통 갈라지는 것이었다. 마을 사람들은 모두 문을 걸고 집 안에 틀어박혔다. 덜덜 떨며 문 틈으로 밖의 학 나무를 살폈다. 학도 둥우리 안에 들어앉아 조용하였다. 밤낮 이틀이나 온 세상을 드르릉 드르릉 흔들었다. 사흘째 되던 날부터 그 소리가 차츰 남쪽으로 멀어져 갔다. 마을 사람들은 하나둘 밖으로 나

---

31 참변 : 끔찍하고 참혹한 변고
32 변 : 갑자기 발생한 사고나 재난 또는 뜻밖의 일

왔다. 학의 동정33부터 보았다. 한 마리는 여전히 둥우리 안에 들어 새끼를 품고 앉았고, 한 마리만이 그 바로 윗가지에 한 다리를 꼬부리고 나와 있었다.

그날 저녁때였다. 마을에는 또 딴 일이 벌어졌다. 난데없이 누런 옷을 입은 사람들이 북쪽 영을 넘어 마을로 들어왔다. 쉰 명도 더 넘는 그들은 모두 어깨에 총을 메고 있었다. 그들은 이 마을 사람들을 해방(解放)시키러 왔노라 했다. 그러나 마을 사람들은 그 해방이란 말의 뜻을 잘 알 수 없었다. 박 훈장마저 알기는 알면서도 어딘지 잘 모를 이야기라 했다. 그렇게 그들이 하루, 마을에 머물고 남쪽으로 나가면 이어서 또 딴 패들이 밀려 들어왔다. 그들은 똑같은 이야기를 하고 갔다. 이렇게 몇 차례를 겪고 나서야 마을 사람들은 그 아무나 보고 동무 동무 하는 북한 괴뢰군34인 것을 알았고, 또 큰 싸움이 벌어진 것도 알았다. 마을 사람들은 이제야 비로소 학이 새끼를 물어 내버린 뜻을 알 것 같았다. 몇 차례나 들르던 그 괴뢰군 패가 좀 뜸했다.

그런 어느 날, 박 훈장네 바우가 소문도 없이 마을로 돌아왔다. 서울서 무슨 공장엘 다니다 왔노라는 바우는, 전에 없던 흉이 오른쪽 이마에서 눈썹까지 죽 굵게 그어져 있었다.

---

33 동정 : 일이나 현상이 움직이거나 벌어지는 낌새
34 괴뢰군 : 꼭두각시처럼 조종하는 대로 움직이는 군대. 특히 북한 인민군을 소련의 꼭두각시로 비난하여 이르던 말이다. '괴뢰'란 꼭두각시의 한자어이다.

몇 해 밖에 나가 있던 바우는 여간 유식해진 것이 아니었다. 그는 학마을 사람들이 모르는 일을 많이 알고 있었다. 김일성 장군도 알았다. 인민군이라는 것도 알고 있었다. 그 밖에도 마을 사람들에게는 물론이려니와 박 훈장도 모를 말을 곧잘 지껄였다. 착취니 반동35이니 영웅적이니 붉은 기니 하는 따위들은 그가 마을 아낙네들에게까지 함부로 쓰는 동무라는 말과 같이 우리말이니 어찌어찌 알 듯도 하였다. 그러나 그 밖에도 이건 무슨 수작인지 도무지 모를 말도 바우는 아는 모양이었다. 스탈린, 소련, 유엔, 탱크. 그뿐이 아니었다. 바우는 또, 밖에 나가 있는 동안에 매우 훌륭해진 모양이었다. 그는 사날36에 한 번씩은 근 사십 리 길이나 되는 면37엘 꼭 다녀왔다. 그러고는 마을 사람들을 모아 놓고 싸움 형편을 전했다. 그때마다 연방 해방(解放)이란 말을 썼다. 그러던 어느 날이었다. 누런 군복을 입고 어깨에 총을 멘 사나이 셋이 학마을로 들어왔다. 그러고는 이장을 찾는 것이 아니라 박 동무를 찾았다. 마을 사람들은 박 동무라는 사람은 이 마을엔 없노라고 했다. 그들은 다시 박바우라고 했다. 그때에야 바우를 찾는 줄을 알았다. 그리고 또 바우가 그들과 한패라는 것도 알았다.

그들은 마을 사람들을 학 나무 밑에 모았다. 그리고 긴 연설(演說)을

---

35 반동 : 역사의 진보나 발전에 역행하여 기존 체제를 유지 또는 회복하려는 입장이나 정치 행동. 또는 그러한 사람
36 사날 : 사흘이나 나흘 정도의 시간
37 면 : 군에 딸린 지방 행정 구역의 하나

한바탕 늘어놓고 나서 바우를 앞에 내다 세웠다. 이제부터는 박 동무가 이 마을의 인민 위원장이라고 했다. 인민 위원장이란 무엇이냐고 묻는 마을 사람들에게, 그들은 그게 바로 이 마을의 가장 높은 사람이라고 했다. 모를 일이었다. 학마을에서는 제일 나이 많은 남자가 이장 일을 보아야만 했고, 또 그 이장이 학마을의 제일 어른이었다. 그러나 다음 날부터 바우는 마을의 제일 높은 사람 행세(行勢)를 정말로 하기 시작하였던 것이다. 박 훈장이 보다 못해 그를 붙들고 나무랐다. 바우는 낯을 찌푸렸다. 할아버진 아무것도 모르니 제발 좀 가만히 계시라고 했다. 그러고 보니 박 훈장 생각에도 영 어찌 되는 셈판38인지 알 수가 없는 일이었다.

바우는 더욱 자주 면(面)에 다녀 나왔다. 그러고는 하루에 두 번씩 마을 사람들을 학 나무 밑에 모았다. 소위39 회의를 한다는 것이었다. 그러나 마을 사람들은 잘 모이지를 않았다. 바우는 반동이 무언지 '반동, 반동' 하고 목에 핏대를 세웠다. 그래도 마을 사람들은 잘 안 모였다. 그것도 그럴 것이, 마을 사람들 사이에는, 학이 전에 없이 새끼를 물어 떨어뜨리자 밀려들어 온 그들은, 어쨌든 이 학마을을 잘 되게 해 줄 사람들이 아닌 것만은 분명하다는 말이 퍼지고 있었기 때문이었다. 이런 사유를 안 바우는 그 길로 면으로 달려갔다. 그러고는 저녁때가 거의 되어, 그는

---

38 셈판 : 어떤 일이 벌어진 형편이나 그 까닭
39 소위 : 이른바. 흔히 말하는 바대로

어깨에 총을 메고 돌아왔다. 그는 곧 또, 마을 사람들을 불러 모았다. 몇 사람이 총을 멘 바우를 구경한다고 모였다. 그 자리에서 바우는 또 떠들어 댔다. 이마의 흉터가 더욱 험상스레 움직였다. 사업을 방해하는 자는 누구든지 다 반동이라며 큰 소리를 질렀다. 그리고 반동은 사정없이 숙청40해야 한다고 했다. 이 마을에서는, 그런 의미에서 우선 저 학부터 처치해야 한다고 하며 학 나무 꼭대기를 가리켰다. 그는 천천히 돌아섰다. 학 나무그루에 세워 놓았던 총을 집어 들었다. 철커덕 총을 재었다. 총부리를 들어올렸다.

"바우!"

옆에 섰던 덕이가 바우의 팔을 붙들었다. 바우는 흠이 있는 오른쪽 눈썹을 쓱 추켜세우며 덕이의 얼굴을 쏘아보았다.

"놔!"

바우는 덕이의 손을 뿌리쳤다. 덕이는 빈주먹을 꽉 쥐었다.

학은 두 마리 다 바로 머리 위 가지에 앉아 있었다. 바우는 총을 겨누었다. 마을 사람들은 숨을 딱 멈추었다. 얼굴들이 새파래졌다. 무서운 일이었다. 그러나 누구 하나 감히 바우의 총 앞으로 나서는 사람은 없었다.

"타다탕."

총 소리가 사면의 산을 흔들었다. 학은 훌쩍 달아났다. 그러면 그렇지

---

40 숙청 : 정치적으로 입장을 달리하거나 반대하는 사람을 추방하거나 없앰.

하는 마을 사람들은 얼른 바우의 얼굴부터 살폈다. 그런데 어찌 된 일일까? 분명히 두 마리 다 훌쩍 위로 떠오르는 것을 보았는데, '펑' 하는 소리와 함께 날개를 축 늘어뜨린 한 마리가 땅바닥에 떨어졌다. 마을 사람들은 정신이 아찔하였다. 아무도 말이 없었다.

그때였다. 앓고 누웠던 이장 영감이 총 소리를 듣고 비틀비틀 밖으로 나왔다.

"무슨 일이야?"

다들 그쪽으로 돌아섰다. 여전히 아무도 말이 없었다. 이장 영감은 긴 눈썹 밑에 쑥 들어간 눈으로 한 번 휘 마을 사람들을 둘러보았다. 마침내 그는, 저만큼 땅바닥에 빨래처럼 구겨 박힌 학의 주검41을 보았다. 이장 영감이 여윈 볼이 씰룩씰룩 움직였다.

"학이! 누가 학을?"

무서운 노여움이 찬 소리였다. 이장 영감은 팔을 허우적거리며, 학이 쓰러진 쪽으로 한 걸음 옮겨 놓았다. 그러나 다음 또 한 발을 내딛다 말고 푹 그 자리에 까무러치고42 말았다.

그날 밤 하늘엔 으스름달43이 떴다. 남은 한 마리의 학은 미쳐 울었다. 끼역 끼역 긴 목에서 피를 토하듯 우는 학의 소리는 온몸에 소름이

----

41 주검 : 죽은 사람의 몸
42 까무러치다 : 순간적으로 의식을 잃고 쓰러지다.
43 으스름달 : 흐릿하고 침침하게 비치는 달

쪽쪽 섰다. 무엇에 놀라는 것처럼 깍 외마디 소리를 지르며 푸르르 공중으로 솟아오르기도 하였다. 그러고는 밤하늘을 훨훨 날아 마을을 돌며 슬피슬피 우는 것이었다. 다시 학 나무 위에 와 앉아도 보았다. 꼭 거기 아직 같이 있을 것만 같은 모양이었다. 그러고는 달을 향하여 긴 주둥이를 들고 무엇을 고하듯[44] 또 울었다. 마을은 고요하였다. 저주하는 듯 애통한 학의 울음소리만 삐르 삐르 밤하늘에 퍼져 나가 맞은편 산에 맞고는 길게 되돌아 울어 왔다. 누구 하나 이웃을 나오는 사람도 없었다. 그렇다고 자는 것도 아닌 모양, 밤이 깊도록 이 집 저 집에서 기침 소리가 들려왔다.

다음 날 아침에도 바우는 마을 사람들더러 학 나무 밑으로 모이라고 하였다. 한 사람도 응하는 사람이 없었다. 잔뜩 화가 난 바우는 마을에다 들리도록 고함을 쳤다.

"반동, 반동."

머리 위에서 푸드덕 학이 놀라 날아갔다.

"반동, 반동."

메아리가 길게 흔들리며 바우에게로 되돌아왔다. 바우는 학 나무 밑에 서서 한참 덕이네 대문을 흘겨보다 말고,

"흥, 어디 보자."

하고 혼잣말을 뱉고는 영을 넘어 면으로 갔다. 어깨에 가죽 끈으로 해

---

44 고하다 : 말하여 알리다.

멘 총을 흔들흔들 내저으며.

그날, 바우는 마을로 돌아오지 않았다. 다음 날도 그는 안 돌아왔다. 마을 사람들은 이번엔 그가 돌아오지 않는 것이 또 궁금하고 불안했다.

그렇게 바우가 다시 마을에서 사라지고 며칠이 못 되어, 또다시 그 무서운 소리가 들리기 시작했다. 하늘이 무너지고 산들이 갈라지는 소리. 게다가 이번엔 비행기까지 요란스레 떠다녔다. 이제야말로 정말 끝장이 나느니라 했다. 그런데 이번엔 그 소리가 북쪽으로 멀어져 갔다. 그러자 이장 영감의 약을 지으러 장터에까지 나갔던 덕이는 새 소식을 알아 가지고 돌아왔다. 그 '동무, 동무' 하던 패들이 우리 군대에게 쫓겨 도로 북으로 달아났다는 것과, 그날 면에 나갔던 바우도 그 길로 그들을 따라 북으로 갔다는 것이었다.

다시 학마을은 조용해졌다.

한 마리만 남은 학은 그래도 애써 새끼를 키웠다. 이장 영감은 사랑 툇마루 양지쪽에 나와 앉아 짝 잃은 학만 종일 쳐다보고 있었다. 문병[45]을 온 박 훈장은 학을 쳐다보기가 두려운 듯 멍히 맞은편 산만 바라보고 있었다.

"망할 자식 같으니. 어디 가 피를 토하고 자빠졌는지." 혼자말로 중얼거리는 박 훈장의 말에 이장 영감은 못 들은 채 아무런 대꾸도 없었다.

9월이 되었다. 이제 학의 새끼는 수월히 건너편 낭떠러지에까지 날았

---

45 문병 : 다쳤거나 병을 앓아서 병상에 있는 사람을 찾아가 위로함.

다. 그날 아침에도 이장 영감은 일어나는 길로 앞문을 열었다. 학 나무 꼭대기를 쳐다보았다. 학이 보이지 않았다. 그는 이상한 예감에 가슴이 울렁거렸다. 좀 더 자세히 둥우리를 살펴보았다. 역시 보이지 않았다. 아침부터 날기 연습을 하는가 했다. 그런데 학은 낮이 기울도록 안 보였다.

"갔구나!"

이장 영감은 긴 한숨을 쉬었다. 노해서46 간 학은 앞으로 영영 안 돌아올지도 모른다 하는 생각이 스치고 지나갔다. 그는 방에 들어와 목침47을 베고 누웠다. 눈을 감았다. 눈물이 주르르 귀로 흘러내렸다. 한창 농사 때에 석 달 동안을 볶여48난 그해는 농작물이 볼 게 없었다.

겨울이 되었다. 사면의 높은 영은 흰 눈으로 덮였다. 빈 학의 둥우리에도 소복이 흰 눈이 쌓였다. 마을 사람들은 산에 가 나무를 해다가 며칠에 한 번씩 장거리로 지고 나갔다. 그들은 그저 어서 봄이 오기만 기다리고 있었다. 그런데 섣달49 접어들면서부터 멀리 북녘 하늘에서 때때로 우르릉 우르릉 천둥소리가 들려왔다. 필시 그건 무슨 흉조50라고들 하였다. 그러던 어느 날, 장거리51에 나무를 지고 나갔던 마을 사람 한

---

46 노하다 : 마음에 마땅치 않아 크게 성나다.
47 목침 : 나무토막으로 만든 베개
48 볶이다 : 성가시게 자꾸 졸리고 다그침을 당하다.
49 섣달 : 음력으로 한 해의 맨 마지막 달을 이르는 말
50 흉조 : 불길한 조짐
51 장거리 : 장이 서는 길거리

사람이 헐레벌떡거리며 이장네 집으로 뛰어 들어왔다.

"이장님, 큰일 났습니다. 장거리에서 지금 피난을 간다고 야단들이에요. 오랑캐가, 오랑캐가 새까맣게 밀고 나온다고, 지금……."

"음."

이장 영감은 수염 속에서 입을 한일자로 꼭 다물었다. 한 번 머리를 끄덕였다. 그리고 스르르 눈을 감으며 벽에다 뒷머리를 대었다.

"덕이야, 꽹과리를 쳐라."

이윽고 이장 영감은 덕이를 불렀다.

다음 날은 흐릿한 하늘에서 솜 같은 눈송이가 펄펄 내리고 있었다. 마을 사람들은 해 뜰 무렵에 학 나무 밑으로 모여들었다. 남자들은 지게에 지고, 여자들은 머리에 이고, 어린것들은 싸 업거나 손목을 잡고 걸렸다.

이장 영감은 마을 사람들이 다 모일 만해서 밖으로 나왔다. 토시52를 손바닥에까지 끌어내려 지팡이를 싸쥐었다.

"다 모였나?"

"네, 그런데 저 박 훈장님께서는……."

덕이가 어깨에 진 지게를 한 번 추어올리며 대답하였다.

"음."

---

52 토시 : 추위를 막기 위하여 팔뚝에 끼는 것. 저고리 소매처럼 생겨 한끝은 좁고 다른 한끝은 넓다.

이장 영감은 잠깐 무엇을 생각하는 듯 고개를 숙였다. 박 훈장이 이장 영감 곁으로 걸어갔다.

"영감!"

박 훈장은 지팡이 꼭대기에 올려놓은 이장 영감의 손등을 두 손으로 꼭 싸쥐었다. 두 노인 손등에 사뿐사뿐 흰 눈송이가 날아와 앉았다.

"알지. 내 다 알지."

이장 영감은 고개를 수그린 채 중얼중얼하였다.

"그래도 내겐 그놈 하나밖에…… 혹시나 돌아올까 해서."

"그럼, 그렇고말고. 내 다 알지."

이장 영감은 그저 고개만 자꾸 끄덕거렸다. 박 훈장은 이장 영감의 손을 다시 한 번 쓸어 보고 한 걸음 뒤로 물러나 털썩 이장네 마루에 주저앉아 버렸다. '으흐흐흐' 하는 박 훈장의 울음소리를 듣지 않으려는 듯이, 이장 영감은 마을 사람들에게로 돌아섰다.

"그럼 가자."

이장 영감은 봉네의 부축을 받으며 지팡이를 한 손에 들고 선두에 섰다. 그 뒤를 한 줄로 마을 사람들은 따라 걸었다.

박 훈장은 비틀비틀 학 나무 밑으로 나갔다. 그리고 어린애 모양 '으흐흐, 으흐흐' 울며, 눈발 속에 사라져 가는 행렬을 언제까지나 바라보고 서 있었다.

남자들 몇 사람을 제외하고는 생전 처음 마을 밖으로 나가는 그들이었다. 정작 영마루에 올라선 그들은 한참이나 마을 쪽을 향하여 서 있었다. 펄펄 날리는 눈발 속에 앞이 뽀얗다. 마을은 이미 보이지 않았다. 그들은 다들 울며 영을 넘어 내려갔다. 팔십 리를 걸었다. 그리고 겨우 화물차 꼭대기에 기어올랐다. 빈대처럼 달라붙어 갈 수 있는 데까지 갔다. 부산이었다.

부산은 강원도 두메보다 봄이 일렀다. 한겨울을 그 속에서 난 창고 모퉁이에 파릇한 새싹이 돋아 올랐다. 그들은 잊어버렸던 것처럼 새삼스레 마을이 그리웠다. 저녁때 모여 앉으면, 그들은 은근히 이장 영감의 얼굴을 살폈다. 이장 영감은 그저 가느스름하게53 눈을 감고 묵묵히 앉아 있을 뿐이었다.

그러던 어느 따스한 날, 그들은 떠났다. 행장54이 마을을 떠날 때보다 더 초라했다. 그뿐이 아니었다. 사람 수효55가 줄었다. 여섯 가구 스물세 사람이던 것이, 지금 조그마한 보따리를 지고이고 나선 것은 열아홉 사람뿐이다. 봉네의 남동생 하나는 병정으로 뽑혀 나갔고, 어린애들은 비지56만 먹다 죽었다. 그리고 제일 큰일은, 덕이 아버지가 부두57 노동을 하다 궤짝58에 치여 죽은 일이었다.

---

53 가느스름하다 : 조금 가는 듯하다.

54 행장 : 길을 떠나거나 여행할 때에 사용하는 물건과 차림

55 수효 : 낱낱의 수

56 비지 ; 두부를 만들고 남은 찌꺼기나 물에 불려서 간 콩을 끓인 음식

57 부두 : 바다나 강기슭에 배를 대어 육지로 사람이 타고 내리거나 짐을 싣고 부리도록 마련된 곳

58 궤짝 : 물건 따위를 담기 위해 만든 네모난 통을 두루 이르는 말

이번엔 기차를 탈 수도 없었다. 걸었다.

올 때만 해도 봉네가 옆에서 좀 거들기만 하면 되었던 이장 영감이었으나, 돌아가는 길에는 덕이와 봉네가 양쪽에서 부축을 해야 했다. 첫날엔 오십 리, 다음 날엔 사십 리, 삼십 리, 점점 줄어지다가는, 하루씩 어느 마을에고 들어가 쉬었다. 그러고는 또, 이장 영감을 선두로 하고 걸었다. 이장 영감은 점점 쇠약해졌다. 수염이 기운 없이 축 늘어졌다. 푹 꺼진 두 눈만이 애써 앞을 더듬고 있었다.

"아가, 늙은것이 공연히 널 고생을 시키는구나. 허허허."

길가에 앉아 쉴 때면, 혼자 돌아앉아 부어터진 발가락을 어루만지는 봉네의 등을, 이장 영감은 가엾게 쓸어 보는 것이었다. 그러면 봉네는 얼른 신을 신고 아무렇지도 않은 듯 앞으로 돌아앉는 것이었다. 웃어 보이려고 해도 어쩐지 자꾸 눈물이 쏟아져 나와 봉네는 끝내 고개를 못 들곤 하였다.

보름째 되던 날이었다. 그들은 드디어 영마루에 섰다.

"야, 우리 마을이다."

애들이 제일 먼저 소리를 질렀다. 모두 바위 위에 아무렇게나 주저앉았다. 멍히 저 아래 마을을 내려다보고 있는 그들의 눈에는 떠나던 날처럼 또 눈물이 '징' 소리를 내며 괴었다. 아무도 말이 없는 가운데 그저 여기저기서 코를 들이켜는 소리만 들려왔다.

마을은 변하였다.

학 나무는 타 새까만 뼈만 앙상하게 서 있었고, 또 이쪽 이장네 집과 봉네네 집터에는 아직 녹지 않은 흰 눈 가운데 깨어진 장독이 하나 우뚝

하니 서 있을 뿐이었다. 그리고 딴 집들은 다행히 그대로 남아 있었으나, 단 두 사람 남겨 두고 갔던 바우 어머니와 박 훈장은 보이지 않았다.

완전히 빈 마을은 눈 속에서 잠겨 있었다.

"갔지, 갔어."

"바우 녀석이 와서 데려갔을 테지."

"그리고 가면서 학 나무하고 이장 댁에 불을 놓았지, 뭘."

마을 사람들은 모여 앉기만 하면 분해하였다. 이장 영감은 박 훈장이 쓰던 서당 글방에 누워 조용히 눈을 감고 있었다. 여든에도 능히59 명석60을 메어 나르던 이장 영감이었으나 이제 극도로 쇠약해진 그는 때때로 한숨을 길게 내쉬곤 하였다.

덕이는 이제 농사일이 시작되기 전에 집을 다시 지으리라 생각했다. 그는 괭이를 들고 옛 집터로 갔다. 그날, 덕이는 무너진 벽 밑에서 반타다 남은 시체를 하나 파내었다. 박 훈장이었다.

이장 영감은 덕이에게서 그 말을 듣고도 놀라지 않았다. 그는 마치 다 알고 있었다는 듯이, 그저 고개를 끄덕거렸을 뿐이었다. 그래도 눈물이 베개로 굴러 떨어졌다.

그날 밤, 이장 영감도 갑자기 세상을 떠나고 말았다.

---

59 능히 : 막히거나 서투른 데가 없이
60 명석 : 흔히 사람이 앉거나 곡식을 너는 데 쓰는, 짚으로 엮어 만든 큰 자리

덕이의 손을 더듬어 잡은 이장 영감은 여전히 눈을 감은 채 간신히 입을 움직였다.

"학, 학 나무를, 학 나무를……."

이장 영감은 잠들듯이 숨을 거두었다. 흰 수염이 길게 가슴을 내리덮고 있었다.

상여61는 둘인데, 상주(喪主)62는 덕이 한 사람이었다. 그날, 마을 사람들은 모두 뒷산으로 따라 올라갔다. 피난을 가던 때처럼 이장 영감이 앞서갔다.

저녁때가 거의 다 되어서야 그들은 산을 내려왔다. 이번엔 덕이가 맨 앞에 두 주의 위패63를 모시고 걸었고, 그 바로 뒤를 봉네가 흰 보자기로 뿌리를 싼 조그마한 애송나무64를 하나 어린애처럼 앞에 안고 따르고 있었다.

---

61 상여 : 사람의 시체를 실어서 묘지까지 나르는 도구. 10여 명이 메며 길이가 길고 꼭지 있는 가마와 비슷하게 생겼다.

62 상주 : 부모나 조부모가 세상을 떠나 상중에 있는 사람 중에서 주장이 되는 사람

63 위패 : 죽은 사람의 이름을 적은 나무패

64 애송나무 : 어린 소나무

선생님이 들려주는 그 시절 이야기

태환 : 안녕하세요, 선생님. 오늘 저희들이 읽고 온 작품은 이범선의 「학마을 사람들」이에요. 작품 얘기 들려주세요.

선생님 : 알았다. 작품을 읽고 어떤 생각이 들었니?

태환 : 저는 지난번에 읽었던 황순원의 「학」이란 작품이 떠올랐어요.

선생님 : 그럴 만하지. 공통점이 많은 소설들이니까.

서연 : 네, 저도 그랬어요. 두 작품 모두 한국전쟁 시기의 시골 마을을 배경으로 하고, 무엇보다 제목에서 알 수 있듯이 '학'을 핵심 제재로 삼아 상징적으로 표현한 점이 비슷했어요. 물론 다른 점이 더 많았지만요.

선생님 : 그러면 두 작품에서 학이 내포하는 상징적인 의미는 같은 것이었니?

서연 : 아주 다르지는 않은데, 똑같다고 할 수는 없을 거 같아요. 정확하게 설명하기는 힘드네요.

선생님 : 천천히 함께 생각해보자. 우선 어떤 점에서 비슷하다고 느꼈을까?

태환 : 제 생각에는 학의 기본적인 이미지 때문인 거 같아요. 지난번에 황순원의 「학」에 대해 공부하면서 알아봤듯이, 학은 예로부터 아주 오래 살고 신비스러우면서 고결한 존재로 인식되어 왔잖아

요. 두 작품의 학에는 모두 이런 이미지가 기본적으로 깔려 있는 거 같아요.

선생님 : 그래, 잘 보았어. 그러면 두 작품에서 학이 상징하는 바는 어떻게 다르지?

태환 : 먼저 황순원의 「학」에서는 "흰 옷을 입은 사람이 허리를 굽히고 섰는 것 같"다고 해서, 백의민족이라 불리는 우리 민족을 상징했던 것이 기억나요.

이에 비해 이 작품에서는 학이 뭔가 굉장히 신령스러운 존재인 것 같아요. 풍년이나 흉년을 짐작케 해 주고, 마을의 좋고 나쁜 일뿐 아니라 국가의 큰 사건들을 알게 하기도 하니까요.

서연 : 네, 맞아요. 하늘과 사람을 이어주는 신비한 존재로 그려지고 있어요. 가령 비가 너무 많이 오거나 반대로 가뭄이 들었을 때 사람들이 학 나무를 쳐다보면, 학이 하늘을 향해 울고 그러면 문제가 해결된다는 장면을 보고 그런 생각이 들었어요. 무슨 전설 같은 느낌도 들고, 종교적인 면도 있는 거 같아요.

선생님 : 그래, 이 작품에서의 학은 전래적인 토속 신앙과 연관된 측면도 있다고 할 수 있지. 마을 사람들이 신령스러운 존재이자 마을의 수호신처럼 믿고 있으니까.

그런데 이렇게 묘사된 학의 속성보다 이를 통해 드러나는 사람들의 삶의 모습이 중요한 게 아닐까? 결국 우리의 관심사는 인간의 삶이니까 말이다. 그런 관점에서 본다면, 이 작품에서 학은 인간의 어떤 삶의 상태나 모습과 연관된 것일까?

태환 : 음……, 평화롭고 행복하게 살아가는 모습 아닐까요?

선생님 : 그렇지, 맞아. 학이 돌아온 해에는 풍년이 들고 청춘 남녀가 결혼하고, 젊은이들이 사지에서 살아 돌아온다고 묘사되지 않니? 결국 이 작품에서 학은 전통적인 공동체에서 사람들이 서로 도와가며 평화롭게 살아가는 삶을 상징한다고 할 수 있겠지.

서연 : 작가는 그런 학이 죽임을 당하거나 떠나고 학 나무가 파괴되는 이야기를 통해서, 우리 민족이 겪은 시련과 고통을 그려낸 거군요?

태환 : 또, 결말 부분에서 불타버린 노송 대신에 어린 소나무를 심는 것은 그런 공동체적 삶을 다시 회복하려는 노력을 보여주는 것이고요.

선생님 : 모두들 잘 이해했구나.

서연 : 그런데 선생님, 작가가 회복하려는 전통적인 공동체가 지금 시대에 가능한가요? 그게 사실은 미신적인 믿음을 가졌던 전근대적인 사회 아닌가요?

선생님 : 그런 식으로 이해할 필요는 없을 거 같구나. 작가가 과거의 전근대적인 공동체로 돌아가자고 한 건 아닐 테니까 말이다.

사실 조금만 따져 보면, 작품 속에 그려진, 학이 찾아오던 시절의 행복하고 풍요로웠던 사회는 유토피아에 가까워서 과거에도 실제로 존재했다고 보기는 어렵단다.

다만 그런 이상적인 사회, 다시 말해 평화롭고 인간적인 삶이

가능한 세상을 꿈꾼 거라고 보면 될 듯하다. 이런 작가의 소망은 이 작품이 발표된 당시의 상황에 비추어 보면 충분히 이해가 갈 거야.

그때는 전쟁 직후여서 국토는 초토화된 상태였고, 남과 북은 많은 피를 흘린 끝에 휴전하고도 극단적인 이데올로기 대립을 계속하고 있었으니까 말이다. 그런 상황을 비판하고 극복해 보자는 것이 작가의 의도였다고 할 수 있겠지.

서연 : 네, 알겠습니다.

선생님 : 한 가지 덧붙이자면, 이 작품에서 학은 내용 면에서 상징적 의미를 나타내는 데 그치지 않고, 구성에서도 중요한 역할을 하고 있어. 작품 속 이야기의 전개가 학을 기준으로 이루어지고 있는 걸 알 수 있지.

너희들도 읽으면서 느꼈겠지만, 학이 돌아오거나 오지 않는 일, 또 새끼나 어미가 죽는 사건들이 모두 우리 현대사의 중대 사건들과 정확하게 대응되면서 펼쳐지고 있잖니? 이런 점에서 이 작품 속의 학은 여러 측면에서 핵심적인 제재로 기능하고 있다고 할 수 있어.

태환 : 네, 알겠습니다. 마지막으로 하나만 더 여쭤 볼게요. 작품을 읽어 보면, 전쟁 기간에 마을에 들어온 점령군이 여러 번 바뀌잖아요?

처음에 북한군이 들어왔다가 얼마 후 국군에게 쫓겨서 북으로 갔고요. 또 겨울이 되자 중공군이 밀려오고 마을 사람들이 피난을 떠났다가 나중에 다시 마을로 돌아오잖아요? 국군이 다시 수복했다는 말이겠지요.

한국전쟁 때 전선이 오르락내리락한 건 대충 알고 있는데, 조금 헷갈리기도 해요. 전쟁이 정확히 어떻게 진행된 거예요?

선생님 : 그래 알았다. 한국사 시간에 자세히 배우겠지만, 한국전쟁을 배경으로 한 소설들도 많으니 이참에 한 번 정리해 보는 것도 좋겠구나.

한국전쟁은 1950년 6월 25일 발발했지. 초기에 국군과 유엔군은 불과 석 달 만에 낙동강 유역까지 밀렸단다. 그러다가 9월 15일 인천상륙작전을 성공시키면서 압록강까지 밀고 올라갔어.

그런데 11월에 중공군이 참전하면서 전세가 역전되어 국군과 유엔군은 북한 지역에서 철수했고, 다음 해인 1951년 1월 4일에는 서울까지 내줬어. 이때 북한 지역과 중부 지역의 많은 주민들이 후퇴하는 유엔군과 정부를 쫓아 남쪽으로 내려왔단다.

두 달 후인 3월 중순 경에 유엔군과 국군은 다시 진격하여 서울을 수복했지만, 더 이상 크게 북진하지 못하고 현재의 휴전선 일대로 전선이 고착되었어. 이후 남과 북은 이 일대에서 2년이 넘도록 지루한 공방을 벌이다가, 1953년 7월 27일에 휴전에 이르게 되었지.

작품 속에 그려진 학마을과 같은 강원도 지역을 기준으로 따져 보면, 네 번이나 점령군이 바뀐 거지. 그런데 정말 불행한 일은 이렇게 점령군이 바뀔 때마다 편 가르기를 강요당한 민간인들이 희생되었다는 사실이야.

태환 : 네, 그렇군요. 잘 알겠습니다.

서연 : 오늘도 좋은 말씀 잘 들었습니다. 감사합니다!

노새 두 마리

최일남(1932~)

작가 소개

최일남은 전북 전주에서 태어났다. 전주사범학교를 거쳐 서울대학교 국문학과를 졸업한 후, 고려대학교 대학원에 입학하여 석사과정을 수료하였다.

1959년부터 『민국일보』를 시작으로 『경향신문』과 『동아일보』 등에서 문화부장을 지내며 언론인으로 활약하다가, 신군부 세력이 등장하던 1980년에 해직되었다. 이후 1984년 동아일보 논설위원으로 복직한 후, 한겨레신문 논설고문 등을 역임하였다.

그는 대학 재학 시절인 1953년 『문예』에 「쑥 이야기」, 1956년에는 『현대문학』에 「파양」이 추천되어 문단에 등단하였다. 이후 1950년대 후반과 60년대에 「진달래」, 「동행」, 「보류」, 「참패」, 「두 여인」, 「축축한 오후」 등의 작품을 발표하였는데, 이들 초기작에서는 가난하고 비참한 농촌의 현실을 많이 다뤘다. 하지만 이 시기 그는 언론계 활동으로 인해 창작에 전념하지는 못했다.

그러다가 1970년대부터 「가을 나들이」, 「빼앗긴 자리」, 「서울 사람들」 등의 주요 작품을 발표하면서 본격적인 작가로서의 행보를 보여 주었다. 80년대에도 단편 「골방」, 「누님의 겨울」, 「고향에 갔더란다」, 「장씨의 수염」과 『거룩한 응달』, 『흔들리는 배』 등의 장편을 발표하며 활발한 활동을 보였다. 이 시기에는 주로 산업화의 과정 속에서 소외된 도시 하층민이나 서민들의 생활상을 묘사하면서, 물질만능주의에 빠진 세태를 풍자적으로 그려내기도 하였다.

1990년대 이후에도 작가는 체험을 바탕으로 정치인과 언론의 모순을 풍자한 「그때 말이 있었네」, 「숨통」 등의 작품을 꾸준히 발표하며 왕성한 창작욕을 보여 주었다.

그의 작품 세계는 산업화와 도시화로 인해 농촌 사회가 해체되고 삶의 방식이 크게 변해 가던 시대의 모습을 담아내고 있다. 급격한 사회 변동의 와중에서 소외된 계층의 애환이 생생하게 묘사되고, 인간성을 잃어가는 세태와 사회적 모순들이 풍자적으로 그려진다.

그는 이런 현실에 대한 비판 의식을 날선 표현으로 드러내기보다는 토착어를 바탕으로 한 개성적인 문체를 구사하며 해학과 풍자 속에 녹여 내는 특징을 보여 준다.

작품 해설

이 소설은 1970년대 서울의 가난한 동네에서 노새를 부리며 연탄 배달을 하는 하층민의 이야기를 통해, 사회 변화에서 소외된 사람들의 힘겨운 삶을 그려낸 작품이다.

아버지는 노새가 끄는 마차로 연탄을 배달하는 일을 한다. 우리 동네는 서울 변두리의 빈민촌이지만 이삼 년 전부터 '문화주택'들이 들어서며 분위기가 바뀌고 있다. 하지만 골목 하나를 경계로 나뉜 구동네와 새 동네 사람들은 서로 어울리지 않는다.

어느 날 연탄 배달을 하느라 가파른 골목길을 오르다 마차가 미끄러지면서 뒤집히는 일이 일어난다. 고삐가 풀린 노새가 달아나고, 아버지와 '나'는 노새를 찾아 다녔으나 끝내 찾지 못하고 집으로 돌아온다.

그날 밤 '나'는 노새가 멀리 도망가는 꿈을 꾸기도 했지만, 다음 날에도 아버지와 함께 노새를 찾으러 나간다. 그때 우연히 들어간 동물원에서 '나'는 아버지가 노새를 닮았다고 생각한다.

결국 노새를 찾지 못하고 돌아오던 길에 아버지는 이제 자신이 노새가 되겠다고 말한다. 그런데 집에 당도한 아버지는 노새가 일으킨 사고 때문에 경찰이 왔었다는 말을 듣고 다시 집을 나간다. 그 순간 또 한 마리의 노새가 집을 나가는 듯한 착각이 들었던 '나'는 곧 아버지를 찾아 캄캄한 골목길로 뛰어간다.

이와 같은 줄거리의 이야기에서 단연 눈길을 끄는 소재는 노새이다. "비행기가 붕붕거리고, 헬리콥터가 앵앵거리고, 자동차가 빵빵거리고 자전거가 쌩쌩거리는" 현대 문명의 도시에 어울리지 않는 존재이기 때문이다.

노새가 무거운 짐수레를 끌고 가는 풍경은 과학기술에 의해 산업화되기 이전의 삶의 방식과 연관된 것으로, 사회 변화 속에서 이제는 사라져 가는 모습이다.

작품 속에서 이런 노새의 모습은 도시 변두리에서 하층민으로 살아가는 '아버지'와 겹쳐진다. 아버지 스스로 "이제 내가 노새가 되는 거지"라고 말하기도 하고, '나'도 아버지가 노새를 닮았다고 느낀다. 또 아버지가 집을 나가자 나는 "또 한 마리의 노새가 집을 나가는 것 같은 착각을 일으"키기도 한다. '노새 두 마리'는 이런 동일시를 단적으로 보여주는 제목이다.

이처럼 작가는 아버지를 노새에 비유함으로써 작품의 주제를 담아내고 있다. 즉 노새처럼 힘겹게 일하는 '아버지'를 통해, 급속한 산업화가 진행되던 도시 속에서 시대 변화에 적응하지 못하고 힘겹게 살아가는 하층민의 소외감을 형상화하였다.

이러한 작품 세계의 밑바탕에는 외형적인 경제 발전과 도시화가 '문화 주택'뿐 아니라 좁은 골목길에 닥지닥지 붙은 판잣집을 양산하던 현실에 대한 비판 의식이 깔려 있다고 할 수 있다.

노새1 두 마리

그 골목은 몹시도 가팔랐다. 아버지는 그 골목에 들어서기만 하면 미리 저만치 앞에서부터 마차를 세게 몰아 가지고는 그 힘으로 하여 단숨에 올라가곤 했다. 그러나 이 작전이 매번 성공하는 것은 아니고, 더러는 마차가 언덕의 중간쯤에서 더 올라가지를 못하고 주춤거릴 때도 있었다. 그러면 아버지는 이마에 심줄2을 잔뜩 돋우며, "이랴, 이랴!" 하면서 노새의 잔등3을 손에 휘감고 있는 긴 고삐 줄로 세 번 네 번 후려쳤다. 노새는 그럴 때마다 뒷다리를 바득바득 바둥거리며 안간힘을 쓰는 듯했으나, 그쯤 되면 마차가 슬슬 아래쪽으로 미끄러내리기는 할망정 조금씩이라도 올라가는 일은 드물었다.

물론 마차에 연탄을 많이 실었을 때와 적게 실었을 때에도 차이는 있었다. 적게 실었을 때는 그깟 것 달랑달랑 단숨에 오르기도 했지만, 그런 때는 드물고 대개는 짐을 가득가득 싣고 다녔다. 가득 실으면 대

---

1 노새 : 암말과 수나귀 사이에서 난 잡종으로, 크기는 말보다 약간 작으며 머리 모양과 귀, 꼬리, 울음소리는 나귀를 닮았다. 몸이 튼튼하고 힘이 세어 무거운 짐을 나를 수 있으나 생식 능력이 없다.
2 심줄 : 혈관이나 혈맥 등을 통틀어 이르는 말
3 잔등 : '등'의 비표준어. 사람이나 동물의 몸통에서 가슴과 배의 반대쪽 부분

층 오백 장에서 육백 장까지 실었는데, 아버지는 그래야만 다소 신명이 나지 이백 장이나 삼백 장 같은 것은 처음부터 성이 안 차는 눈치였으며, 백 장쯤은 누가 부탁도 안 할뿐더러 아버지도 아예 실으려고 하지도 않았다.

우리 동네는 변두리였으므로 얼마 전까지도 모두 그날그날 벌어 먹고 사는 사람들이 많아 연탄 배달도 일거리가 그리 많지 않았다. 기껏해야 구멍가게에서 두서너 장을 사서는 새끼줄에 대롱대롱 매달고 가는 게 고작이었다. 그랬는데 이삼 년 전부터 아직도 많은 빈터에 집터가 다져지고, 하나둘 문화주택4이 들어서더니 이제는 제법 그럴듯한 동네 꼴이 잡혀 갔다. 원래부터 있던 허름한 집들과 새로 생긴 집들과는 골목 하나를 경계로 하여 금을 긋듯 나누어져 있었는데, 먼 데서 보면 제법 그럴싸한 동네로 보였다. 일단 들어와 보면 지저분한 헌 동네가 이웃에 널려 있지만, 그냥 먼발치로만 보면 2층 슬라브5집들에 가려 닥지닥지 붙은 판잣집 등속6이 보이지 않았으므로 서울의 변두리에 흔한 여느 신흥 부락7으로만 보였다.

---

4 문화주택 : 생활하기에 편리하고 건강과 위생에 좋도록 꾸민 신식 주택
5 슬라브 : '슬래브'의 비표준어로, 바닥이나 지붕을 한 장의 판처럼 콘크리트로 부어 만든 구조물을 뜻한다. '슬라브집'이란 콘크리트를 부어 옥상을 평평하게 만든 집을 가리킨다.
6 등속 : 나열한 사물과 같은 종류의 것들을 몰아서 이르는 말
7 부락 : 시골에 여러 집이 모여 이룬 마을

동네가 이렇게 바뀌어지자 그것을 가장 좋아한 사람 중의 하나가 아버지였다. 아까 말한 대로 그전에는 동네 사람들이 연탄을 두서너 장, 많아야 이삼십 장씩만 사가는 터여서 아버지의 일거리가 적고, 따라서 이곳에서 이삼십 킬로나 떨어진 딴 동네까지 배달을 가야 했는데, 동네에 새집이 들어서면서부터는 그렇게 먼 걸음을 하지 않아도 되었기 때문이다. 그런 집에서 연탄을 한번 들여놓았다 하면 몇 달씩 때니까 자주 주문을 하지 않아 아버지의 일감이 이 동네에서 끝나는 것만은 아니고, 여전히 타동네까지 노새 마차를 몰기는 했지만 그전보다는 자주 먼 곳까지 가지 않아도 된 것만은 사실이었다.

새동네(우리는 우리가 그전부터 살던 동네를 구동네, 문화주택들이 차지하고 들어선 동네를 새동네라 불렀다)가 생기면서 좋아한 것은 비단 아버지만은 아니었다. 구동네에 두 곳 있던 구멍가게 주인들도 은근히 무언가를 기대하는 눈치였다. 그전까지는 가게의 물건들이 뽀얗게 먼지를 쓰고 있었고, 두 홉8짜리 소주병만 육실하게9 많았는데 그 병들 사이에 차츰 환타니 미린다10니 하는 음료수 병들이며 퍼머스트 아이스크림도 섞이

---

8 홉 : 가루나 액체의 용량의 단위를 나타내는 말. 한 되의 10분의 1이며, 약 180밀리리터이다.

9 육실하게 : '육시를 할 만하게'란 뜻으로 상대를 저주하여 욕으로 하는 말이다. '육시'란 이미 죽은 사람의 시체에 다시 목을 베는 형벌을 가하는 것을 가리킨다. '육시랄(아주 고약한 일을 당해 마땅한)'의 비표준어

고, 할머니의 주름살처럼 주름이 좍좍 가 말라비틀어진 사과 사이에 귤 상자도 끼이게 되었다.

그전에는 볼 수 없었던 우유 배달부가 아침마다 골목을 드나들고, 갖가지 신문 배달부가 조석으로 골목 안을 누비고 다녔다. 전에는 얼씬도 않던 슈샤인 보이11가 새벽이면 "구두 닦으……." 하면서 외치고 다녔다. 전에는 저 아래 큰 한길가 근처에 차를 대놓고, 올 테면 오고 말 테면 말라는 식으로 버티던 청소부들이 골목 안까지 차를 들이대고 쓰레기를 퍼갔다.

그러나 동네의 모습이 이처럼 달라지기는 했어도 구동네와 새동네 사람들이 서로 어울리는 법이 없었다. 너는 너, 나는 나 하는 식으로 새동네 사람들은 문을 꼭꼭 걸어 잠그고 누가 다가오는 것을 거절하고 있었다. 다만 그들이 들어옴으로 해서 구동네 사람들의 사는 모습이 조금 달라지기는 했는데 아무도 그걸 입에 올리지는 않았다.

아버지도 배달일이 늘어나서 속으로는 새동네가 생긴 것을 은근히 싫어하지는 않는 눈치였지만, 식구들 앞에서조차 맞대 놓고 그런 내색을 하지는 않았다. 그런 가운데에서도 우리 노새는 온 동네 사람들의 눈길을 모으고 짤랑짤랑 이 골목 저 골목을 헤집고 다녔다. 아니 그것

---

10 미린다 : 과일향 탄산음료의 상표. 오렌지, 포도, 파인애플, 자몽, 수박 맛 등이 있다.
11 슈샤인 보이 : 구두닦이 소년

은 새동네 쪽에서 더욱 그랬다. 원래의 우리 동네에서야 아무도 거들 떠보지 않았다. 자기들은 아이들의 싯누런 똥이 든 요강 따위를 예사롭게 수챗구멍12 같은 데 버리면서도, 어쩌다 우리 노새가 짐을 부리는 골목 한쪽에서 오줌을 찍 갈기면, "왜 하필이면 여기서 싸. 어이구, 저 지린내, 말을 부리려면 오줌통이라도 갖고 다닐 일이지 이게 뭐야. 동네가 뭐 공동변손가." 어쩌고 하면서 아낙네들은 코를 찡 풀어 노새 앞에다 팽개쳤다. 말과 노새의 구별도 잘 못 하는 주제에, 아무 데서나 가래침을 퉤퉤 뱉는 주제에 우리 노새를 보고 눈을 찢어지게 흘겼다.

그러나 새동네에서는 단연 달랐다. 여간해서 말을 잘 않는 아주머니들도 우리 노새를 보면 입가에 미소를 머금었다. 개중에는 "아이, 귀여워. 오랜만에 보는 노샌데." 하기도 하고, "어머, 지금도 노새가 있었네." 하기도 하고, "아니, 이게 노새 아니에요? 아주 이쁘게 생겼네." 하기도 하고, "오머 오머, 이게 망아지는 아니고…… 네? 노새라구요? 아, 노새가 이렇게 생겼구나아." 하면서 모가지에 매달린 방울을 한번 만져 보려다가 노새가 고개를 젓는 바람에 찔끔 놀라기도 했다.

비단 연탄 배달을 간 집에서만이 아니라 이 근처의 길을 가던 사람들도, 우리 노새를 힐끗 쳐다본 순간 분명히 다소 놀라는 기색으로 다시 한 번 거들떠보곤 했다. 대야를 옆에 끼고 볼이 빨갛게 익은 채 목욕 갔

---

12 수챗구멍 : 허드렛물이나 빗물 따위가 빠져나가는 구멍

다 오던 아주머니도 부드러운 눈길로 노새를 바라보고, 다정하게 나들이를 가려고 막 대문을 나서던 내외분도 우리 노새가 짤랑짤랑 지나가면 '고것……' 하는 표정으로 한동안 지켜보고, 파 한 단 사가지고 잰걸음13으로 쫄쫄거리고 가던 식모 아가씨도 잠시 발을 멈추고 노새를 바라보았다.

무엇보다도 우리 노새를 보고 좋아하는 것은 새동네 아이들이었다. 노새만 지나가면 지금까지 하던 공차기나 배드민턴을 멈추고 한동안 노새를 따라왔다. "야, 노새다." 한 아이가 외치면 다른 아이들도 덩달아 외쳤다. "그래그래, 노새다.", "야, 이게 노새구나.", "그래 인마, 넌 몰랐니?", "듣기는 했는데 보기는 처음이야.", "야, 귀 한번 데빵 크다.", "힘도 세니?", "그럼, 저것 봐, 저렇게 연탄을 많이 싣고 가지 않니." 아이들이 이러면 나는 나의 시커먼 몰골도 생각하지 않고 어깨가 으쓱해졌다. 아버지도 그런 심정일까. 이런 때는 그럴 만한 대목도 아닌데 괜히 "이랴, 이럇!" 하면서 고삐를 잡아끌었다.

나는 사실 새동네 아이들을 그리 좋아하지 않았다. 걔네들은 집 안에서 무얼 하는지 도무지 밖에 나오는 일도 드물었는데, 나온다 해도 저희네끼리만 어울리지 우리 구동네 아이들을 붙여 주지 않았다. 처음부터 우리가 걔네들더러 끼워 달라고 한 일은 없으니까 붙여 주고 안 붙여 주고 할 것은 없었는데, 보면 알지 돌아가는 꼴이 그런 처지가 못 되었다.

---

13 잰걸음 : 보폭이 짧고 빠른 걸음

우리 구동네 아이들이야 학교 가는 시간을 빼고는 내내 밖에서만 노는데, 놀아도 여간 시망스럽게14 놀지 않았다. 걸핏하면 싸움질이요, 걸핏하면 욕질이었다. 말썽은 어찌 그리도 잘 부리는지 아이들 싸움이 커진 어른 싸움도 끊일 날이 없었다. 그러자니 구동네 아이들은 자연히 새동네 골목에까지 진출했다. 같은 골목이라도 새동네는 널찍한 데다 사람들의 왕래도 그리 잦지 않아서 놀기에 좋았다. 그렇다고 새동네 아이들이 텃세를 부리지도 않았다. 그들은 저희끼리 놀다가도 우리들이 내려가면 하나둘씩 슬며시 자기네 집으로 들어갔다.

그런 아이들이었으므로 나는 평소에 데면데면하게15 대했는데, 이들이 우리 노새를 보고 놀라거나 칭찬할 때만은 어쩐지 그들이 좋았다. 거기 비해서 우리 동네 아이들은 노새만 보면 엉덩이를 툭 치거나, 꼬챙이 같은 걸로 자지를 건드리고 머리를 쓰다듬는 척하면서 콧잔등을 한 대씩 쥐어박고 하기가 일쑤였다. 평소에 말수가 적고 화내는 일이 드문 아버지도 이런 때는 눈에 불을 켜고 개구쟁이들을 내몰았다. "이 때갈 놈의 새끼들, 노새가 밥 달라든, 옷 달라든? 왜 지랄들이야!"

우리 집에 노새가 들어온 것은 이 년 전이었다. 그전까지는 말을 부렸는데 누군가가 노새와 바꾸지 않겠느냐고 제의해 왔다. 싫으면 웃돈

---

14 시망스럽다 : 아주 짓궂은 데가 있다.
15 데면데면하다 : 다른 사람을 대하는 태도가 친밀성이 없고 어색하다.

을 조금 얹어 주고라도 바꾸어 주겠다는 것이었다. 한 삼 년 가까이 그 말을 부려 온 아버지는 막상 놓기가 싫은 모양이었으나 그 말이 눈이 자주 짓무르고, 뒷다리 복사뼈 근처에 늘 상처가 가시지 않는 등 잔병 치레가 잦은 터라, 두 번째 말을 걸어 왔을 때 그러자고 응낙해[16] 버렸다. 할머니와 어머니, 그리고 큰형은 그래도 말이 낫지 그까짓 노새가 무슨 힘을 쓰겠느냐고, 바꾸지 말자고 했으나 노새를 한번 보고 온 아버지는 어떻게 생각했는지 그 길로 노새와 말을 맞바꾸었다. 아닌 게 아니라 노새는 힘이 하나도 없어 보였다. 보기에도 비리비리한 게 약하디약하게만 보였다.

할머니나 어머니, 그리고 큰형은 그것 보라고, 이게 어떻게 그 무거운 연탄 짐을 나르겠느냐고 빈정댔는데 그래도 아버지는 가타부타[17] 말이 없이 노새를 우리로 끌고 가 우선 솔질[18]부터 시작했다. 말이 우리이지 그것은 방과 바로 잇닿아 있는 처마를 조금 더 달아 낸 곳에 있었다. 그래서 우리 집에는 항상 말 오줌 냄새, 똥 냄새가 가실 날이 없었다. 그뿐 아니라 그 우리의 바로 옆방이 내가 할머니나 큰형과 함께 자는 방이었으므로 나는 잠결에도 노새가 앉았다 일어나는 소리, 히힝거리는 소리, 방귀 소리까지 들을 수 있었다. 어쨌거나 이 노새가 들어오면서 그

---

16 응낙하다 : 어떤 사람이 다른 사람이 부탁하는 것을 응하여 받아 주다.
17 가타부타 : 옳다느니 그르다느니
18 솔질 : 솔로 먼지나 오물 따위를 문질러 털어 내거나 닦는 일

뒤치다꺼리는 주로 내가 맡게 되었다.

큰형도 더러 돌봐 주기는 했으나 큰형마저 군에 들어가고 난 뒤부터는 나에게 전적으로 그 일이 맡겨졌다. 고등학교를 나온 작은형이 있다 해도 그는 아버지나 어머니의 성화[19]에 아랑곳없이, 늘상 밖으로 싸다니기만 하고 집에 있을 때도 기타를 들고 골방에 처박히기가 일쑤였다. 가엾게도 노새는 원래 회색빛이었는데도 우리 집에 온 뒤로는 차츰 연탄 때가 묻어 검정빛으로 변해 갔다. 엉덩이께는 물론 갈기도 까맣게 연탄가루가 앉아 있었다. 내가 깜냥[20]으로는 지성스럽게[21] 털어 주고 닦아 주고 하는데도, 연탄 때는 속살까지 틀어박히는지 닦아 줄 때만 조금 희끗하다가 한바탕 배달을 갔다 오면 도로 그 모양이었다. 하지만 노새도 내 그런 정성을 짐작은 하는지, 멍청히 서 있다가도 내가 가까이 가면 고개를 위아래로 흔들어 아는 체를 했다. 그랬는데 그 노새가 오늘은 우리 집에 없다.

노새가 갑자기 달아난 건 어저께 일이었다. 아버지는 연탄을 실은 뒤 노새의 고삐를 잡고 나는 그냥 뒤따르고 있었다. 내가 뒤따르는 것은 아버지에게 큰 도움이 못 되고 하릴없이 따라다니기만 할 뿐이

---

19 성화 : 매우 귀찮게 졸라 댐.
20 깜냥 : 어떤 일을 가늠해 보아 해낼 만한 능력
21 지성스럽다 : 지극히 정성 어린 데가 있다.

었다. 야트막한22 언덕길을 오를 때 마차의 뒤를 밀기도 했으나 그것은 그대로 시늉일 뿐, 내 어린 힘으로 어떻게 된다든가 하는 일은 없었다. 아버지는 이따금 따라다니지 말고 집에 가서 공부나 하라고 했지만, 내가, 공부를 다 했어요, 하면 그 이상 더 말리지는 않았다. 그러나 탄을 싣거나 부릴 때 내가 거들려고 나서면 아버지는 한사코 그걸 말렸다. 아버지가 그랬으므로 나는 그러면 더 좋지 하는 홀가분한 마음으로 망아지 모양 마차 뒤만 졸졸 따라다녔다. 바로 어저께도 그랬다. 새동네의 두 집에서 2백 장씩 갖다 달라고 해서, 아버지는 연탄 4백 장을 싣고 새 동네로 들어가는 그 가파른 골목길을 들어서고 있었다.

얘기의 앞뒤가 조금 바뀌었지만, 우리 아버지는 연탄 가게의 주인이 아니고 큰길가에 있는 연탄 공장에서 배달 일만 맡고 있다. 그러므로 연탄 공장의 배달 주임23이 어느 동네 어느 집에 몇 장을 배달해 주라고 하면, 그만한 양의 탄을 실어다 주고 거기 따르는 구전(口錢)24만 받으면 그만이었다. 그런데 한 가지 자랑스러운 일은 아버지는 아무리 찾기 힘든 집이라도 척척 알아낸다는 것이다. 연탄 공장 사람들의 설명이 미처 끝나기도 전에 알 만하오, 한마디면 그만이었다. 열이면 열

---

22 야트막하다 : 높이가 조금 얕은 듯하다.
23 주임 : 어떤 분야에서 주가 되어, 맡은 일을 책임지고 관리하는 직위
24 구전 : 흥정을 붙여 주고 그 대가로 받는 돈

거의 틀리는 일이 없었다. 오죽하면 공장 사람들도 "마차 영감은 집 찾는 데 귀신이니깐." 하면서 혀를 내두를까. 그들도 아버지에게 실려 보내면 마음이 놓인다는 것이었다. 어저께도 아버지는 이러이러한 댁에 갖다 주라는 말을 듣자, 두 번 다시 물어보지 않고 짐을 싣고 나선 것이다.

그 가파른 골목길 어귀에 이르자 아버지는 미리서 노새 고삐를 낚아 잡고 한달음에 올라갈 채비를 하였다. 그러나 어쩐 일인지 다른 때 같으면 사백 장 정도 싣고는 힘 안 들고 올라설 수 있는 고개인데도 이 날따라 오름길25 중턱에서 턱 걸리고 말았다. 아버지는 어, 하는 눈치더니 고삐를 거머쥐고 힘껏 당겼다. 이마에 힘줄이 굵게 돋았다. 얼굴이 빨개졌다. 나는 얼른 달라붙어 죽어라고 밀었다. 그러나 길바닥에는 살얼음이 한 겹 살짝 깔려 있어서 마차를 미는 내 발도 줄줄 미끄러져 나가기만 했다.

노새는 앞뒤 발을 딱딱 소리를 낼 만큼 힘껏 땅을 밀어냈으나 마차는 그때마다 살얼음 위에 노새의 발자국만 하얗게 긁힐 뿐 조금도 올라가지 않았다. 아직은 아래쪽으로 밀려 내리지 않고 제자리에 버티고 선 것만도 다행이었다. 사람들이 몇 명 지나갔으나 모두 쳐다보기만 할 뿐 아무도 달라붙지는 않았다. 그전에도 그랬다. 사람들은 얼핏 도와주고 싶

25 오름길 : 낮은 곳에서 높은 곳으로 이어지는 비탈길

은 생각이 났다가도, 상대가 연탄 마차인 것을 알고는 감히 손을 내밀지 못했다. 도대체 어디다 손을 댄단 말인가. 제대로 하자면 손만 아니라 배도 착 붙이고 밀어야 할 판인데 그랬다간 옷을 모두 망치지 않겠는가. 옷을 망치면서까지 친절을 베풀 사람은 이 세상엔 없다고 나는 믿어 오고 있다. 그건 그렇고, 그런 시간에도 마차는 자꾸 밀려 내려오고 있었다. 돌을 괴려고 주변을 살펴보았으나 그만한 돌이 얼른 눈에 띄지 않을 뿐더러, 그나마 나까지 손을 놓으면 와르르 밀려 내려올 것 같아서 손을 뗄 수가 없었다. 아버지는 평소의 그답지 않게 사정없이 노새에게 매질을 해댔다.

"이랴, 우라질 놈의 노새, 이랴!"

노새는 눈을 뒤집어 까다시피 하면서 바득바득 악을 써 댔으나 판은 이미 그른 판이었다. 그때였다. 노새가 발에서 잠깐 힘을 빼는가 싶더니 마차가 아래쪽으로 와르르 흘러내렸다. 뒤미처 노새가 고꾸라지고 연탄 더미가 대그르르 무너졌다. 아버지는 밀려 내려가는 마차를 따라 몇 발짝 뒷걸음질을 치다가 홀랑 물구나무 서는 꼴로 나자빠졌다.

나는 얼른 한옆으로 비켜섰기 때문에 아무 일도 없었다. 그러나 정작 일은 그다음에 벌어지고 말았다. 허우적거리며 마차에 질질 끌려가던 노새가 마차가 내박질러진[26] 자리에서 벌떡 일어서더니 뒤도 안 돌아보고 냅다 뛰기 시작한 것이다. 정확히 말하면 벌떡 일어섰다가 순간적으로

---

26 내박질러지다 : 내박쳐지다. 힘껏 내던져지다.

아버지와 내가 있는 쪽을 힐끔 쳐다보고는 이내 뛰어 버린 것이다. 마차가 넘어지면서 무엇이 부러져 몸이 자유롭게 된 모양이었다.

"어 어, 내 노새."

아버지는 넘어진 채 그 경황에도 뛰어가는 노새를 쳐다보더니 얼굴이 새하얘졌다. 그러나 그런 망설임도 그때뿐 아버지는 힘들게 일어서자 딴 사람이 되어 빠른 걸음으로 노새를 뒤쫓았다.

"내 노새, 내 노새."

아버지는 크게 소리 지르는 것도 아니고 그렇다고 입안엣소리27도 아닌, 엉거주춤한 소리로 연방 뇌면서 노새가 달려간 곳으로 뛰어갔다. 나도 얼른 아버지의 뒤를 따랐다. 노새는 십 미터쯤 앞에 뛰어가고 있었다. 뒤미처 앞쪽에서는 악악 하는 비명소리가 들려왔다. 어깨에 스케이트 주머니를 메고 오던 아이들 둘이 기겁을 해서 길옆으로 비켜서고, 뒤따라오던 여학생 한 명이 엄마! 하면서 오던 길을 달려갔다. 손자를 업고 오던 할머니 한 분은 이런, 이런! 하면서 어쩔 줄 몰라 하다가 그 자리에 폭삭 주저앉고 말았다. 막 옆 골목을 빠져나오던 택시가 찍 브레이크를 걸더니 덜렁 한바탕 춤을 추고 멎었다. 금세 이집 저집에서 사람들이 쏟아져 나와서 골목은 어느 사이 수많은 사람들이 모여 웅성대기 시작했다.

"왜 그래, 왜 그래."

"무슨 일이야, 무슨 일이야."

"말이 도망갔다나 봐, 말이 도망갔다나 봐."

"무슨 말이, 무슨 말이."

"저기 뛰어가지 않아."

"얼라 얼라, 그렇군. 말이 뛰어가는군."

"별꼴이야, 말마차가 지금도 있었군."

이런 웅성거림 속을 아버지는 두 주먹을 불끈 쥐고 뜀박질 쳐 갔다.

"내 노새, 내 노새."

그때 나는 아버지보다 몇 발짝 앞서 있었다. 아버지의 헉헉 소리가 들려왔다. 하지만 노새는 우리보다 훨씬 빨랐다. 노새는 이미 큰길로 나가고 있었다. 드디어 아버지는 큰길로 나오자 덜컥 그 자리에 주저앉고 말았다. 노새는 이제 보이지 않았지만 나는 노새보다도 아버지의 일이 더 큰일일 것 같아서, 뛰던 것을 멈추고 아버지의 손을 잡고 끌어 일으키려고 했다. 한데 아버지는 쉽게 일어나지를 못했다. 아버지의 눈은 더할 수 없는 실망과 깊은 낭패로 가득 차, 나는 제대로 쳐다보지도 못하고 슬며시 고개를 돌리다가 이내 축 처지고 말았다. 얼굴 근육이 실룩거리는 것이 옆얼굴에도 보였다. 불현듯 슬픔이 복받쳐 내 눈도 씀벅거렸으나28 나는 그것을 억지로 참고, 계속해서 아버지의 팔목을 이끌었다.

---

28 씀벅거리다 : 눈꺼풀을 움직이며 자꾸 세게 감았다 떴다 하다.

"아버지, 여기서 이렇게 앉아 있으면 어떻게 해요. 노새를 찾아야지요."

지나가는 사람들이 우리 부자의 이런 모습을 구경거리나 되는 듯이 잠깐잠깐 쳐다보았다.

"그래."

아버지는 힘없이 일어났으나 나는 어디를 어떻게 가야 할지 그저 막막하기만 했다. 아버지도 그런 눈치인 듯 나를 한번 덤덤히 쳐다보다가 아무 말 없이 앞장을 서기 시작했다. 두 사람 중 아무도 내박질러진 마차며 연탄 이야기를 꺼내지 않았다. 그 뒤처리도 큰일일 테니 말이다. 터덜터덜 걸어서 네거리까지 온 우리는 정작 그때부터 막막함을 느꼈다. 동서남북 어느 쪽으로 가야 할 것인가.

"아버지, 이렇게 하면 어때요. 둘이 같이 다닐 게 아니라 따로따로 헤어져서 찾아보도록 해요. 내가 이쪽 길로 갈 테니깐 아버지는 저쪽 길로 가세요, 네?"

아버지는 아무 말 없이 나와는 반대 방향으로 걸어갔다.

아버지와 헤어진 나는 사뭇 뛰었다. 사람들은 거리에 가득 넘쳐 있었다. 크고 작은 자동차는 뿡빵거리면서 씽씽 달려가고 달려오고 하였다. 5층 건물, 3층 건물이 즐비한 거리는 언제나처럼 분주했다. 아무도 나를 붙잡고 왜 뛰느냐고, 노새를 찾아 나선 길이냐고 묻지 않았다. 아무도 네가 찾는 노새가 방금 저쪽으로 뛰어갔다고 걱정 말라고 일러 주진 않았다.

나는 이 사람에게 툭 부딪치고, 저 사람에게 탁 부딪치면서 사뭇 뛰었다. 그러나 뛰면서도 둘레둘레 사방을 쳐다보는 것을 잊지 않았다.

벌써 거리는 조금씩 어두워지고 있었다. 이미 앞이마에 헤드라이트를 켠 자동차도 있었다. 나는 그런 자동차들이 막 뛰어다니는 노새로 보였다. 파랑 노새, 빨강 노새, 까만 노새들이 마구 뛰어다니는 것이 아닌가. 바람같이 달리는 놈, 슬슬 가는 놈, 엉금엉금 기는 놈, 갑자기 멈추는 놈, 막 가다가 획 돌아서는 놈, 그것은 가지가지였다. 그런데도 그중에 우리 노새는 없었다. 두 귀가 쫑긋하고 눈이 멀뚱멀뚱 크고, 코가 예쁘고 알맞게 살이 찐, 엉덩이에 까맣게 연탄 가루가 묻어 반질반질하고, 우리 사촌 이모 머리채처럼 꼬리를 길게 늘어뜨린 우리 노새는 안 보였다.

어디까지 왔는지도 몰랐다. 차츰 다리가 아프기 시작했다. 배도 고프기 시작했다. 그러고 보면 나는 오늘 점심도 설친 채였다. 아이들하고 한참 놀다가 집에서 점심을 몇 술 뜨는 둥 마는 둥 하다가 아버지의 일이 궁금하여 연탄공장에 갔었는데, 그때 마침 아버지가 짐을 싣고 나오는 것이었다. 그러나 나는 걸음을 멈출 수가 없었다. 노새를 찾아야 한다, 노새를 찾아야 한다는 마음이 내 걸음에 앞서, 몇 번 고꾸라지기도 하였다. 더러는 어떤 신사 아저씨의 옆구리에 넘어지듯 부닥치기도 하였는데, 그러면 그 아저씨는 "이 녀석아……." 어쩌고 하면서 못마땅하게 쳐다보고, 더러는 어떤 아주머니의 치마꼬리29를 밟기

---

29 치마꼬리 : 풀치마 자락의 끝. '풀치마'란 양쪽으로 세로로 된 단이 있어 둘러 입게 만든 치마로서, 전통적인 한복 치마가 이에 해당한다.

도 하였는데, 그러면 그 아주머니는, "얘가 왜 이래, 눈을 어데 두고 다녀?" 하면서 호통을 치기도 하였다. 그럴 때마다 나는 '미안해요, 우리 노새를 찾느라고 그래요.' 하고 뇌까렸으나30 그것이 입 밖으로 말이 되어 나오지는 않았다. 입안이 메말라서 도무지 말을 하고 싶지도 않았다.

언뜻 내가 왜 이렇게 쏘다니고 있을까, 노새가 어디로 간지도 모르고 왜 이렇게 방황해야만 하는가 하는 생각이 없지도 않았으나 그런 마음에 앞서 내 눈은 부산하게31 거리의 구석구석을 살피고 있었다. 그러고 보면 나는 그동안 우리 노새와 깊이 정이 들어 있는지도 몰랐다. 자다가도 바로 옆 마구간에서 노새가 투레질하는32 소리, 발을 들었다 놓았다 하는 소리를 들으면 왠지 마음이 놓였고, 길에서 놀다가도 저만치서 아버지에게 끌려오는 노새가 보이면 후딱 달려가 그 시커먼 엉덩이를 한번 두들겨 주기도 했다. 그러면 저도 날 알아보는지 그 큰 눈을 한번 크게 치떴다가 내리곤 했다. 아이들은 그런 나를 더욱 놀려 댔다. "비리비리 노새 새끼.", "자지만 큰 노새." 그리고 나더러는 '까마귀 새끼'라고 말이다.

까마귀 새끼라는 것은 우리 아버지가 까맣게 연탄재를 뒤집어쓰고 다

---

30 뇌까리다 : 되풀이하여 중얼거리다.

31 부산하다 : 급하게 서둘러 어수선하고 바쁘다.

32 투레질하다 : 두 입술을 떨며 투루루 소리를 내는 짓을 하다.

닌대서 그 아들인 나를 가리키는 말이다. 사실 아버지는 노상 시커먼 몰골을 하고 다녔다. 옷은 물론 국방색33 신발도 어느새 깜장 구두가 되어 있었다. 손, 얼굴 할 것 없이 온몸이 껌정투성이였다. 어쩌다가 헹 하고 코를 풀면 콧물조차도 까맸다. 그런 가운데에서도 눈 하나만은 퀭 하니 크게 빛났다. 아이들은 그런 아버지를 보고 까마귀라고 불러 댔으나 차마 대놓고 그러지는 못하고, 만만한 나만 보면 까마귀 새끼라고 놀려 댔다.

하지만 저희네들 아버지는 별것이었던가. 영길이네 아버지는 조그마한 기계와 연탄불을 피워 가지고 다니면서, 뻥 소리와 함께 생쌀을 납작하게 눌러 튀겨 내는 장사를 하고 있었고, 종달이네 형님은 번데기 장수였다. 순철이네 아버지는 시장 경비원이었고, 귀달네 아버지는 포장마차에서 장사를 하고 있었다. 그래서 우리는 영길이더러 '뻥', 종달이더러는 '뻔'이라는 별명을 붙여 주었으며, 순철이, 귀달이도 모두 하나씩 별명을 가지고 있었다. 그러니까 내가 까마귀 새끼라는 별명을 가지고 있다는 것은 어떻게 보면 당연한 것이고 별로 억울할 것도 없었다.

내가 집에 돌아온 것은 밤 열 시도 넘어서였으나 아버지는 그때까지

---

33 국방색 : 전투 시 눈에 잘 띄지 않도록 군인의 옷에 물들인, 나뭇잎이나 풀잎과 같은 짙은 초록색

돌아오지 않고 있었다. 할머니와 어머니는 동네 사람들의 귀띔[34]으로 미리 사건을 알고 있었던지, 내가 들어서자 얼른 뛰어나오며 허겁지겁 물었다.

"찾았니?"

"아버지는 어떻게 되셨어?"

내가 혼자 들어서는 걸 보면 찾지 못한 것을 번연히 알면서도 어머니는 다그쳐 물어 댔다. 어머니는 나에게 밥을 줄 생각도 하지 않고 한숨만 내리쉬고 올려 쉬곤 하였다.

아버지가 돌아온 것은 통행금지 시간이 거의 되어서였다. 예상한 일이지만 아버지는 빈 몸이었고 형편없이 힘이 빠져 있었다. 그때까지 식구들은 아무도 잠들지 않았다. 작은형도 일이 일인지라 기타도 치지 않고 죽은 듯이 방 안에만 처박혀 있었다. 아버지를 보고도 아무도 말을 하지 않았다. 다만 할머니만이 말을 걸었다.

"이제 오니?"

"네."

그뿐, 아버지는 더는 말이 없었다. 그리고는 어머니가 보아온 밥상을 한 옆으로 밀어 놓고는 쓰러지듯 방 한가운데 드러눕고 말았다. 아버지는 지금 내일부터 당장 벌이를 나갈 수 없는 아픔보다도 길들여 키

---

34 귀띔 : 상대편이 상황이나 일의 진행 따위를 알아차릴 수 있도록 슬그머니 미리 일깨워 주는 일

워 온 노새가 가여워서 저러는지도 모를 일이었다. 아버지는 원래가 마부였다. 서울에 올라오기 전 시골에서도 줄곧 말마차를 끌었다. 어쩌다가 소달구지[35]를 끄는 적도 있기는 했으나 얼마 가지 않아서 도로 말마차로 바꾸곤 했다. 그런 아버지였으므로 서울에 올라와서는 내내 말마차 하나로 버텨 나왔었는데 어떻게 마음먹었는지 노새로 바꾸고만 것이다.

노새나 말이나 요즘은 그놈의 삼륜차[36] 때문에 아버지의 일감이 자칫 줄어드는 듯하기도 했다. 웬만한 오르막길도 끄떡없이 오르고, 웬만한 골목 안 집까지도 드르륵 들이닥치니 아버지의 말마차가 위협을 느낌직도 했고, 사실 일감을 빼앗기기도 했다. 그런데도 그때마다 아버지는 큰소리였다. "휘발유 한 방울 안 나오는 나라에서 자동차만 많으면 뭘해." 마치 애국자처럼 말하는 것이었으나 나는 아버지의 그 말 뒤에 숨은 오기 같은 것을 느낄 수 있었다. 너무 고단해서였을까, 이날 밤 나는 앞뒤를 가릴 수 없을 만큼 깊이 잠에 빠졌던 것 같다.

골목에서 뛰쳐나온 노새는 큰길로 나오자 잠시 망설이다가 곧 길 복판으로 뛰어 들어갔다. 그러자 달려가고 달려오던 차들이 브레이크를 밟느

---

35 소달구지 : 소가 끄는 짐수레
36 삼륜차 : 바퀴가 세 개 달린 차로서, 대개 바퀴가 앞에 한 개, 뒤에 두 개 달려 있다. 우리나라에서는 1960~70년대 소형 트럭으로 많이 쓰였다.

라고 찍, 찍 소리를 냈으나 노새는 그걸 본체만체하고 달렸다. 어디서 뛰어나왔는지 교통순경이 호루라기를 불며 달려오다가 노새가 가까이 오자 혼비백산37해서 도망갔다. 인도를 걸어가던 사람들이 일제히 발을 멈추고 노새의 가는 곳을 쳐다보곤 저마다 놀라고, 또는 재미있다는 표정을 지었다.

"허허, 저놈이 제 세상 만났군."

"고삐 풀린 말이라더니 저놈도 저렇게 한번 뛰어 보고 싶었을 거야."

"엄마, 저게 뭔데 저렇게 뛰어가? 말이지?"

"글쎄, 말보다는 작은데 노새 같다, 얘."

사람들이 그러거나 말거나 노새는 뛰고 또 뛰었다. 연탄 짐을 매지 않은 몸은 훨훨 날 것 같았다. 가파른 길도 없었고 채찍질도 없었고 앞길을 막는 사람도 없었다. 신호등에 파란불이 켜진 때도 있었고 노란불이 켜진 때도 있었으며 빨간불이 켜진 때도 있었으나, 막무가내로 그냥 뛰기만 했다.

노새는 이윽고 횡단보도에 이르렀다. 마침 파란불이 켜져서 우우하고 길을 건너던 사람들이, 앗, 엇, 외마디 소리를 지르며 풍비박산이 되었다. 보통이를 이고 가던 아주머니가 오메 소리를 지르며 퍽 그 자리에 넘어지자 머리 위에 있던 보통이가 데구루루 굴렀다. 다정히 손잡고 가던 모녀가 어머멋 소리를 지르며 제자리에 우뚝 섰다. 재잘거리며 가던

---

37 혼비백산 : 혼백이 사방으로 흩어진다는 뜻으로, 매우 놀라거나 혼이 나서 넋을 잃음을 이르는 말

두 아가씨가 엄마! 소리를 지르며 한꺼번에 엉켜 넘어졌다. 자전거에 맥주 상자를 싣고 기우뚱 기우뚱 건너가던 인부가 앞사람이 갑자기 뒷걸음질 치는 바람에 자전거의 핸들을 놓쳐 중심을 잃은 술 상자가 우르르 넘어졌다. 밍크 목도리에 몸을 휘감고 가던 아주머니가 나 몰라! 하고 소리를 지르며 휙 돌아서다가 자기도 모르게 옆에 있는 낯모르는 아저씨 품에 안겼다. 땟국38이 잘잘 흐르는 잠바 청년 하나가 이때 워! 워! 하면서 앞을 가로막았으나 노새가 앞다리를 번쩍 한번 들자 어이쿠 소리를 지르면서 인도 쪽으로 도망갔다.

노새는 그대로 달렸다. 뒤미처 순경이 쫓아오는 소리가 나고 앵앵거리며 백차39가 따라오고 있었다. 노새는 그러나 아랑곳하지 않았다. 노새는 어느덧 번화가에 들어서고 있었다. 여기는 아까의 횡단길보다도 더욱 사람이 많았다. 노새는 자꾸 자동차가 걸리는 것이 귀찮았던지 성큼 인도 쪽으로 방향을 꺾었다. 그러자 이번에는 더욱 요란스런 혼란이 벌어졌다.

사람들은 달랑달랑하는 노새의 목에 달린 방울소리가 들릴 때는 호기심으로 그쪽을 쳐다보았다가도, 금세 인파가 우, 우, 이리 몰리고 저리 몰리고 하면서 눈앞에 노새가 뛰어오자 어쩔 바를 모르고 왝, 왝, 소리를 지르며 달아나기에 바빴다. 분홍색 하이힐 짝이 나뒹굴고, 곱게 싼

---

38 땟국 : 꾀죄죄하게 묻은 때
39 백차 : 차체에 흰 칠을 한, 경찰이나 헌병 등이 타고 다니는 순찰차

상품 상자들이 이리저리 흩어졌다. 신사가 한옆으로 급히 비키다가 콘크리트 전봇대에 이마를 찧고, 군인이 앞사람의 뒤꿈치에 밟혀 기우뚱하다가 뒤에 오는 할아버지를 안고 넘어졌다. 배지를 단 여대생이 황망히[40] 길옆 제과점으로 도망치다가 안에서 나오던 청년과 마주쳐 나무토막 쓰러지듯 넘어지고, 아이스크림을 핥고 가던 꼬마 둘이 얼싸안고 넘어졌다.

번화가 옆은 큰 시장이었다. 노새가 이번에는 그 시장 속으로 뚫고 들어갔다. 머리에 수건을 동이고 좌판 앞에 앉아 있던 아낙네들이 아이구 이걸 어쩌지, 하면서 벌떡 일어서는 것을 신호로, 시장 안에 벌집 쑤신 듯한 소동이 사방으로 번져 갔다. 콩나물 통이 엎어지고, 시금치가 흩어지고, 도라지가 짓이겨지고, 사과 알이 데굴데굴 굴렀다. 미꾸라지 통이 엎어지고 시루떡이 흩어지고, 테토론[41] 옷감이 나풀거리고 제주 밀감이 사방으로 굴렀다. 갈치가 뛰고 동태가 날고, 낙지가 미끈둥미끈둥 갈바닥을 메웠다.

연락을 받고 달려왔는지 시장 경비원 두세 명이 이놈의 노새, 이놈의 노새, 하면서 앞뒤를 막았으나 워낙 젖 먹던 힘까지 다 내서 길길이 뛰는 노새를 붙들지는 못하고, 저 노새 잡아라, 저 노새, 하고 외치며 이리 뛰고 저리 뛰고 할 뿐이었다.

---

40 황망히 : 당황하여 급하고 어리둥절하게
41 테토론 : 석유를 원료로 하여 만든 합성 섬유의 하나. 질기고 마찰과 열에 강하며 탄성이
   좋고 빨리 마르는 성질이 있어 의복이나 로프 등의 제조에 널리 쓰인다.

골목을 뛰쳐나온 지 한 시간이 지났을까, 노새는 시장 안에서 한바탕 북새[42]를 떨고는 다시 한길로 나왔다. 이 무렵에는 경찰에 비상이 걸렸는지 곳곳에 모자 끈을 턱에까지 내린 경찰관들이 지키고 서 있었다. 서울 장안이 온통 야단이 난 모양이었다. 군데군데 무전차[43]가 동원되어 자기네끼리 노새의 방향에 대해서 연락을 취하고 있었다. 그러나 노새는 미리 그것을 알고라도 있는 듯 용케도 경비가 허술한 길만을 찾아 잘도 달려갔다.

모가지는 물론, 갈기며 어깻죽지, 그리고 등허리에 땀이 비 오듯 해서 네 다리에 물이 주르르 흐르고 있었다. 검은 물이. 노새는 벌써 한강 다리를 건너고 있었다. 노새는 얼핏 좌우로 한강 물을 한번 훑어보더니 여전히 뛰어가면서도 길게 심호흡을 하였다. 다리를 건너고 얼마를 가자 길이 넓어지고 앞이 툭 트였다. 고속도로였다. 노새는 돈도 안 내고 톨게이트를 빠져나가더니 그때부터는 다소 속도를 늦추었다. 그러나 절대로 뛰는 일을 멈추지는 않았다.

여느 날보다 다소 늦게 일어난 나는 간밤의 꿈으로 하여 어쩐지 마음이 헛헛했다. 꿈 그대로라면 우리는 다시는 그 노새를 찾지 못할 것이 아닌가. 꿈대로라면 우리 노새는 고속도로를 따라 멀리멀리 달아나서 우리가 도저히 찾을 수 없는 곳, 상상도 할 수 없는 곳에 가서 있는 것이 아닐까. 우리를 버리고 간 노새, 그는 매일매일 그 무거운, 그 시커먼 연탄을 끄

---

42 북새 : 많은 사람들이 부산스럽고 시끌시끌하게 떠들어 대며 법석이는 일
43 무전차 : 무전기가 설치되어 있는 자동차

는 일이 지겹고 지겨워서 다시는 돌아오지 못할 자기의 보금자리를 찾아 영 떠나가 버렸는가.

아버지와 내가 집을 나선 것은 사람들이 아직 출근하기도 전인 이른 새벽이었다. 큰길로 나오자 두 사람은 막상 어느 쪽부터 뒤져야 할지 막연하기만 했다. 둘 중 아무도 말을 꺼내지는 않았으나 부자는 잠깐 주춤하다가 동네와는 딴 방향으로 걷기 시작했다. 새벽이라 그런지 사람은 그리 많지 않은데 날씨가 몹시도 찼다. 길은 단단히 얼어붙고 바람은 매웠다. 귀가 따갑게 아려 오는 듯하자 아랫도리로 냉기가 찰싹찰싹 달라붙었다.

"아버지, 시장으로 가봐요."

나는 언뜻 간밤의 꿈이 생각났다.

"시장은 왜?"

"혹시 알아요, 노새가 뛰어가다가 시장기가 들어 시장 쪽으로 갔는지."

나는 말해 놓고도 좀 우스웠지만 아버지도 별 싱거운 녀석 다 보겠다는 듯이 시큰둥한 태도였다. 아버지는 키가 컸다. 그래서 그런지 급히 서둘지도 않고 보통 걸음으로 걷는데도 나는 종종걸음을 쳐야 따라갈 수 있었다. 나는 할 수 없이 한 손을 내밀어 아버지의 손을 잡았다. 아버지의 손은 크고 투박하고 나무토막처럼 단단했다. 끌려가듯 따라가면서도 나는 좀 우스웠다. 이날까지는 이런 일은 생각할 수도 없었다. 아버지와 손을 잡고 길을 걷는다는 것은 꿈에도 상상할 수 없는 일이었다. 그렇게 지내 왔는데, 오늘 나는 아주 자연스럽게 아버지와 손을 맞잡고 길을 걷고 있다. 좀 우쭐한 생각이 들었다. 하지만 아무도 그런 우리를 부러운 눈초리로 쳐다보지는 않았다.

아버지와 나는 한도 끝도 없이 걸었다. 어느새 거리는 점심때쯤 되었고, 눈발이 비치기 시작했다. 어느 곳을 가나 거리는 사람으로 붐벼 있었고, 그 많은 사람들은 우리 부자더러 어디를 그리 바삐 가느냐고, 노새를 찾아다니느냐고 묻지 않았고, 아버지와 나는 아무에게 노새를 보지 못했느냐고 묻지 않았다. 다리는 쇠사슬을 단 것처럼 무겁고, 배가 고프고 쓰렸다. 나는 그런 우리가 옛날 얘기에 나오는 길 잃은 나그네 같다고 생각했다. 길은 멀고 해는 저물었는데, 쉬어 갈 곳이라고는 없는 그런 처지 같았다. 아무리 가도 인가는 나타나지 않고, 멀리서 깜박깜박 비치는 불빛도 없었다. 보이느니 거친 산과 들뿐 사람이나 노새는 보이지 않았다.

아버지와 내가 동물원에 들어간 것은 거의 해가 질 무렵이었다. 어떻게 해서 동물원에 들어오게 되었는지 나는 잘 기억해 낼 수가 없다. 둘 중의 아무도 동물원에 들어가자고 말한 사람은 없었는데 어째서 발길이 이곳으로 돌려졌는지 모른다. 정처 없이 걷다가 마침 닿은 곳이 동물원이어서 그냥 대수롭지 않게 들어왔는지도 모르겠다. 하여튼 나는 희한한 곳엘 다 왔다 싶었다. 내 경우 동물원에 와본 것은 지금까지 딱 한 번밖에 없었으니까. 그것도 어린이날 무료 공개한다는 바람에 동네 조무래기들과 함께 와본 것뿐이었다. 그때는 사람들에 치여 제대로 구경도 못 했는데 지금 나는 구경꾼도 별로 없는 동물원을 더구나 아버지와 함께 오게 되었으니 참 가다가는 별일도 있는 것이구나 하였다. 남들 눈에는 한가하게 동물원 구경을 온 다정한 부자로 비칠 것이 아닌가.

　동물원 안은 조용하고 을씨년스러웠다. 동물들은 제집에 처박혀 있거나 가느다란 석양이 미치는 곳에 웅크리고 있거나 하였다. 막상 들어온 아버지는 그런 동물들을 별로 눈여겨보지 않았다. 동물들의 우리를 보다가 하늘을 보다가 할 뿐, 눈에 초점이 없었다. 칠면조도 사자도 호랑이도 원숭이도 사슴도 그런 눈으로 건성건성 보고 지나갈 뿐이었다. 그러던 아버지가 잠시 발을 멈춘 곳은 얼룩말이 있는 우리 앞이었다. 얼룩말은 두 마리였다. 아버지는 그러나 그 앞에서도 멍하니 서 있기만 하지 이렇다 할 감정의 표시를 하지 않았다.

　나는 그런 아버지를 한번 쳐다보고, 얼룩말을 한번 쳐다보고 하였다. 그러다가 아버지의 얼굴이 어쩌면 그렇게 말이나 노새와 닮았는지 모르겠다고 생각하였다. 그렇게 생각하고 보니 꼭 그랬다. 길게 째진, 감정이 없는 눈이며 노상44 벌름벌름한 코, 하마 같은 입, 그리고 덜렁하니 큰 귀가 그랬다. 아버지가 너무 오래 말이나 노새를 다뤄 와서 그런 건지, 애당초 말이나 노새 같은 사람이어서 그런 짐승과 평생을 같이해 온 것인지는 알 수 없으나, 막상 얼룩말 앞에 세워 놓은 아버지는 영락없는 말의 형상45이었다.

---

44 노상 : 언제나 변함이 없이
45 형상 : 물건의 생긴 모양이나 상태

동물원을 나왔을 때 이미 거리는 밤이었다. 이번엔 집 쪽으로 걸었다. 그럴 수밖에. 우리는 더 갈 데가 없었던 것이다. 우리 동네가 저만치 보였을 때 아버지는 바로 눈앞에 있는 대폿집[46]에서 발을 멈추었다. 힐끗 나를 돌아보고 나서 다짜고짜 나를 술집으로 끌고 들어갔다. 이런 일도 전에는 없던 일이었다. 술집 안에는 사람들이 가득 차서 와와 떠들어 대고 있었다. 돼지고기를 굽는 냄새, 찌개 냄새, 김치 냄새가 집 안에 가득했다.

사람들은 우리를 의아스런 눈초리로 쳐다보았으나 이내 시선을 거두고 자기들의 얘기 속으로 다시 들어갔다. 나는 들어가자마자 그 냄새를 힘껏 들이마셨다. 쓰러질 것 같았다. 아버지는 소주 한 병과 안주를 시키더니 안주는 내 쪽으로 밀어 주고 술만 거푸 마셔 댔다. 아버지는 술이 약한 편이어서 저러다가 어쩌나 하고 걱정이 되었다.

"아버지, 고만 드세요. 몸에 해로워요."

"으응."

대답하면서도 아버지는 술잔을 놓지 않았다. 얼마나 지났을까, 안주를 계속 주워 먹었으므로 어느 정도 시장기를 면한 나는 비로소 아버지를 쳐다보았다.

"이제부터 내가 노새다. 이제부터 내가 노새가 되어야지 별수 있니? 그놈이 도망쳤으니까 이제 내가 노새가 되는 거지."

---

46 대폿집 : 대폿술을 파는 집. '대폿술'이란 큰 술잔으로 마시는 술을 말한다.

기분 좋게 취한 듯한 아버지는 놀라는 나를 보고 히힝 한번 웃었다. 나는 어쩐지 그런 아버지가 무섭지만은 않았다. 그러면 형들이나 나는 노새 새끼고, 어머니는 암 노새고, 할머니는 어미 노새가 되는 것일까? 나도 아버지를 따라 히히힝 웃었다. 어른들은 이래서 술집에 오는 모양이었다. 나는 안주만 집어 먹었는데도 술 취한 사람처럼 턱없이 즐거웠다. 노새 가족…… 노새 가족은 우리 말고는 이 세상에 또 없을 것이다.

그러나 그러한 생각은 아버지와 내가 집에 당도했을 때 무참히 깨어지고 말았다. 우리를 본 어머니가 허둥지둥 달려 나와 매달렸다.

"이걸 어쩌우, 글쎄 경찰서에서 당신을 오래요. 그놈의 노새가 사람을 다치고 가게 물건들을 박살을 냈대요. 이걸 어쩌지."

"노새는 찾았대?"

"찾고나 그러면 괜찮게요? 노새는 간데온데없고 사람들만 다치고 하니까, 누구네 노새가 그랬는지 수소문 끝에 우리 집으로 순경이 찾아왔지 뭐유."

오늘 낮에 지서47에서 나온 사람이 우리 노새가 튀는 바람에 많은 피해를 입었으니 도로 무슨 법이라나 하는 법으로 아버지를 잡아넣어야겠다고 이르고 갔다는 것이었다. 아버지는 술이 확 깨는 듯 그 자리에 선 채 한동안 눈만 데룩데룩 굴리고 서 있더니 힝 하고 코를 풀었다. 그러고는 아무 말 없이 스적스적 문밖으로 걸어 나갔다. 나는 '아버지' 하고

---

47 지서 : 본서에서 갈려 나가, 그 관할 지역의 일을 맡아 하는 관서. 주로 경찰 지서를 이른다.

따랐으나 아버지는 돌아보지도 않고 어두운 골목길을 나가고 있었다.

　나는 그 순간 또 한 마리의 노새가 집을 나가는 것 같은 착각을 일으켰다. 그러고는 무엇인가가 뒤통수를 때리는 것을 느꼈다. 아, 우리 같은 노새는 어차피 이렇게 비행기가 붕붕거리고, 헬리콥터가 앵앵거리고, 자동차가 빵빵거리고, 자전거가 쌩쌩거리는 대처48에서는 발붙이기 어려운 것인가 하는 생각이 들었다.

　언젠가 남편이 택시 운전사인 칠수 어머니가 하던 말,

　"최소한도 자동차는 굴려야지 지금이 어느 땐데 노새를 부려."

했다는 말이 생각났다. 그러나 그것은 잠깐 동안이고 나는 금방 아버지를 쫓았다. 또 한 마리의 노새를 찾아 캄캄한 골목길을 마구 뛰었다.

---

48 대처 : 인구가 많고 번화한 도시

선생님이 들려주는 그 시절 이야기

서연 : 안녕하세요, 선생님. 오늘도 작품 이야기 들으러 왔어요. 이야기 해 주실 거죠?

선생님 : 물론이지. 그래, 오늘은 어떤 작품을 읽었니?

태환 : 최일남의 「노새 두 마리」란 작품이에요.

선생님 : 작품을 읽어 보니, 어떤 점이 가장 기억에 남거나 인상 깊었니?

태환 : 우선 제목에도 나오지만, '노새' 이야기가 신기했어요. 이 작품 의 배경은 1970년대의 서울이잖아요? 그때 실제로 서울 거리에 짐수레를 끄는 노새가 있었나요? 그런 건 조선 시대, 아니면 일 제강점기에서나 볼 수 있었을 거 같은데 말이죠.

선생님 : 우리나라에서는 1960년대까지만 해도 소달구지나 마차가 짐을 나르는 주요 운송 수단이었단다. 말이나 나귀, 노새 등이 끄는 수레로 이삿짐이나 쌀가마니, 김장용 배추나 무 등을 옮겼고, 연탄이나 공사장 모래와 자갈 등도 실어 날랐어.

그러다가 1960년대 중반부터 세 바퀴 트럭인 삼륜차가 보급되 면서 소달구지나 마차를 빠르게 대체했단다. 지금은 생산되지 않지만, 1960, 70년대 당시 삼륜차는 여러 가지 상품이나 짐 을 배달하는 용달차로 활약하며 선풍적인 인기를 누렸어.

그 결과 1970년대 들어서는 노새나 말을 거리에서 찾아보기 힘들게 되었지. 이 작품 속에 그려진 상황은 노새가 짐을 날랐던 것으로는 거의 마지막 시기의 이야기였다고 보이는구나.

태환 : 네, 그랬군요.

서연 : 그렇게 불과 십여 년 만에 노새가 사라지고 삼륜차가 대신하게 됐다는 이야기를 들으니, 급속한 시대의 변화가 느껴져요.

선생님 : 좀 더 자세히 말해 볼래?

서연 : 노새가 하던 일을 자동차가 대신하게 됐다는 건 기계와 기술이 발달하고 공업화와 산업화가 본격적으로 진행됐다는 거잖아요?

선생님 : 맞아, 잘 보았다. 이 작품의 배경이 되는 1970년대는 우리나라가 빠르게 산업화, 도시화되던 시기였고, 짐수레를 끌던 노새는 시대 변화에 따라 사라져가던 존재였지. 그런데 이 작품에서 노새와 관련해 한 가지 더 생각해 보아야 할 게 있다.

태환 : 그게 뭐예요?

선생님 : 이 작품에서 아버지가 또 다른 노새로 묘사되고 있는 건 알지?

태환 : 네, 알아요. 아들인 '나'도 아버지가 노새를 닮았다고 생각하고, 아버지 스스로도 자신이 노새라고 말하고 있어요.

선생님 : 그렇다면 작가는 어떤 의미에서 아버지를 노새에 비유했을까?

태환 : 제 생각에는 아버지가 평생 말이나 노새와 함께한 사람이어서 닮아 보인다고 그런 거 같아요. 또, 무거운 짐수레를 끌고 가파른 골목길을 올라가는 노새의 모습이 가족의 생계를 책임지기 위해 힘들게 일하는 아버지와 비슷해서 그런 걸로 보여요.

선생님 : 맞아. 분명히 그런 면이 있지. 그런데 다른 공통점은 찾을 수 없

을까? 좀 전에 시대 변화에 대해서 말했는데, 그런 관점에서 생각해 보면 어떨까?

태환 : 음……, 노새와 아버지 모두 시대 변화에 적응하지 못해 소외되고 도태되어 가는 존재인 거 같아요.

선생님 : 노새에 대해서는 아까 이야기했고, 아버지는 왜 그렇다고 생각했니?

태환 : 이제 옛날처럼 노새를 몰아서는 경쟁력이 없고, 오래지 않아 그만 둘 수밖에 없잖아요. 작품에서도 삼륜차에게 일감을 빼앗기고 있는 걸로 묘사되고 있고요.

선생님 : 잘 보았어. '나'의 아버지도 급변하는 시대 흐름을 좇아가지 못해서 점차 소외되고 밀려나고 있는 존재이지. 마치 노새처럼 말이다.

그런데 당시 시대상을 생각해 보면, 이런 문제가 비단 이 인물만의 일은 아니었어. 작품 속에서 '구동네'의 판잣집에서 살고 있는 사람들이 보편적으로 겪는 문제였다고 할 수 있지.

태환 : 그들은 어떤 사람들이었나요?

선생님 : 당시 산업화로 인한 경제 발전의 혜택을 받지 못하고 소외된 도시 빈민들이었단다. 대부분 산업화와 도시화 과정에서 일자리를 찾아 서울로 올라온 시골 출신들이었지.

서연 : 아, 기억났어요. 지난번에 박완서의 「자전거 도둑」에 대해 설명하면서 이야기해 주셨잖아요?

선생님 : 네가 다시 간단히 설명해 볼래?

서연 : 네. 산업화가 이루어질 때, 공장이나 기업이 대부분 서울을 비롯한 도시에 생겼기 때문에 많은 농민들이 일자리를 찾아 도시로 향했어요. 곡식 가격이 낮아 농사만 지어서는 먹고살기 힘들었기 때문이에요. 이런 현상을 '이농 현상' 또는 '이촌향도'라고 불렀어요.

그런데 그들이 이렇게 무작정 도시로 온다고 쉽게 돈을 벌 수는 없었어요. 특별한 지식이나 기술, 또 자본도 없었기 때문에 많은 사람들이 저임금 노동자나 도시 빈민이 되었다고 들었어요.

선생님 : 아주 정확하게 기억하고 있구나. 별다른 교육도 받지 못하고 시골에서 농사를 짓다가 고향을 버리고 서울로 왔지만, 많은 사람들은 고달픈 하층민 생활을 할 수밖에 없었단다.

태환 : 아, 그리고 보니, 이 작품에서도 '나'의 아버지는 시골에서 마차를 끌다가 서울로 올라온 걸로 나와요.

선생님 : 맞아. 작품 속 '구동네'의 주민 대부분이 그렇게 농촌에서 올라온 사람들이라고 할 수 있지. 실제로 1960년에 240만 명 정도였던 서울 인구는 1980년 초반에 이르면서 1,000만 명을 넘게 되었단다. 그만큼 많은 사람들이 서울로 올라왔어.

태환 : 네, 알겠습니다. 한 가지 더 여쭤볼게요. '문화주택'에 대해 설명해 주세요. 작품을 보면, 판잣집과 대비되며 잘사는 사람들이 사는 집인 건 알겠어요.

또 사전을 찾아보니, '생활하기에 편리하고 건강과 위생에 좋도록 꾸민 신식 주택'이라고 설명되어 있어서 대충은 알겠는데,

명칭도 조금 이상하고 자세히 알고 싶어요.

선생님 : 그래, 알았다. '문화주택'이란 말은 일제강점기부터 사용됐어. 당시 전통적인 재래식 가옥이 비위생적이고 불편하다고 하면서, 근대적인 생활 방식에 맞는 신식 주택을 지어야 한다는 주장이 일어났지. 그리고 실제로 위생을 강조하며 부엌과 화장실을 개선하고 서구식 건축양식을 따라 지은 주택들을 그렇게 불렀어. 이후 1970년대까지도 많은 주택들을 거실 중심의 서구식 주택으로 짓고는, 문화주택이라고 불렀단다. 이런 주택에다 왜 '문화'라는 말을 붙였는지는 분명하지 않아. 추측해 보자면, 문화란 말이 야만과 대비되는 뜻을 지니니까, 재래식 가옥에 비해 뭔가 개화되고 발전된 것이라는 의미를 나타낸다고 이해할 수 있을 거 같아.

태환 : 네, 잘 알겠습니다.

서연 : 오늘도 좋은 말씀 감사합니다!